文春文庫

エヴリシング・フロウズ

津村記久子

文藝春秋

目次

挿画　内巻敦子

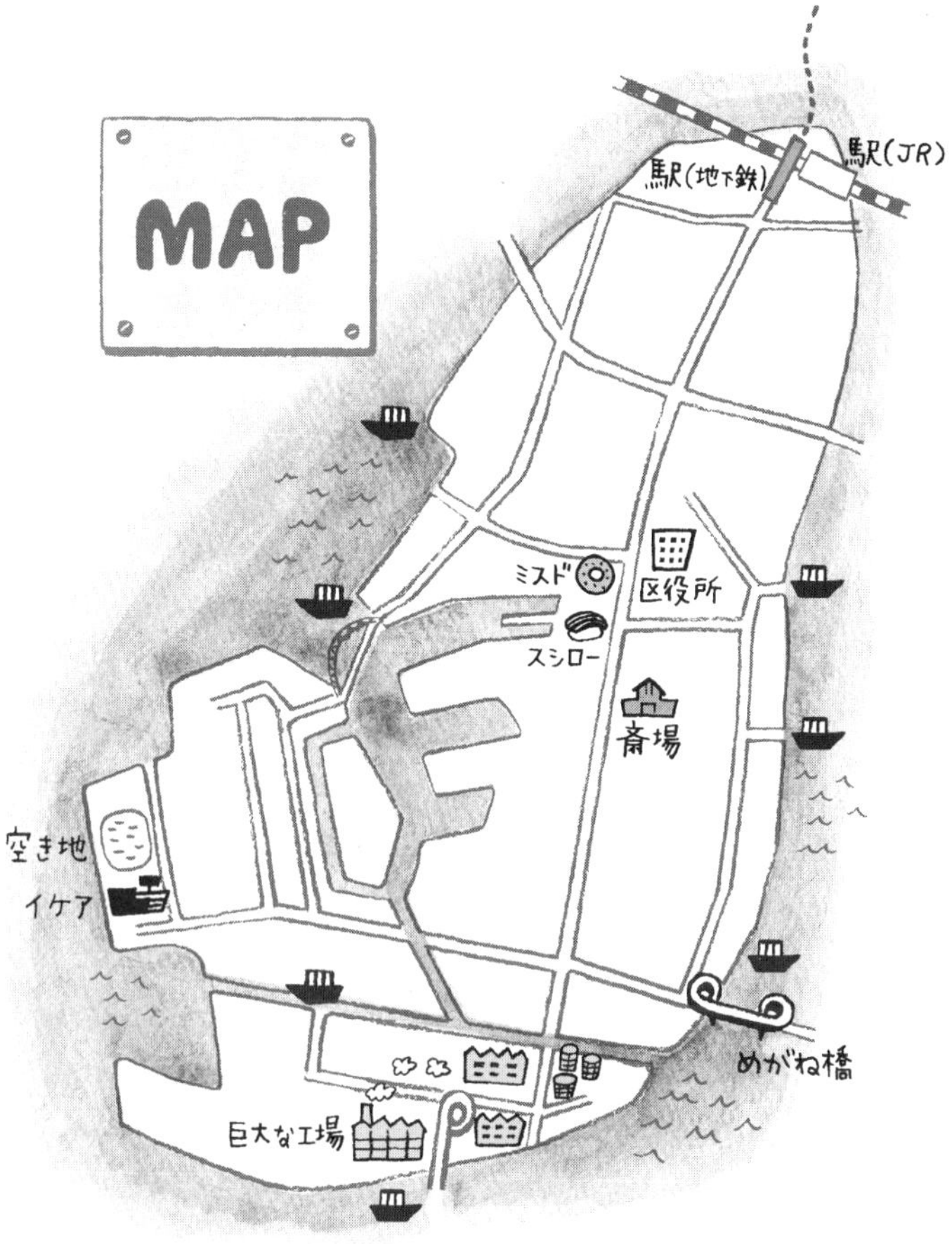
MAP
駅(地下鉄)
駅(JR)
ミスド
区役所
スシロー
斎場
空き地
イケア
めがね橋
巨大な工場

エヴリシング・フロウズ

1

　クラス替えの表は、下駄箱と玄関ホールの間に設置されている掲示板に貼り出されてあった。こっちの脳みそがスライスされてしまいそうなほどのキーキー声を上げて手を取り合ったりしている女たちと、新しいクラスなどどうでもよいという態《てい》で余裕ぶって、まったく関係のない話をしながら、しかし掲示板の前から離れようとしない体育会系の男たちの後ろで、背の低いヒロシは根気強く表の確認を待っていた。

　自分の名前を見つけたい、というよりはむしろ、名前がないほうが良いかもしれない、とヒロシは思う。名前がないんで帰りました！　と誰だか知らないけど担任から電話がかかってきたら言えるし。

　もう面倒なのだった。誰と中学三年の一年をつるめるかについて、意外と出たとこ勝負のくせして、この場ではどちらが派手に喜べるかを競っているような女たちや、興味のなさそうな顔つきで名前の表をずるずると眺めながら、こいつにならおれは勝ってるとか、腕力では敵《かな》わないけど顔では上とか、想像力をたくましくしている男たちが周りにうろうろしていると、ヒロシはときどき窒息しそうになる。彼らはよくしゃべるからその場の酸素を奪うし、質量も大きい。女は細いのもいるけれども、だいたい髪の毛が場所を取っているし、体を補って余り有るほど声が物みたいに存在感がある。そして全員共通して、空間を把握する能力が完全に欠如しているから、自分がどれだけ場所を占領して、どれだけ一般的な注視を集めるものへの視線を遮《さえぎ》っているかがまったく想像できていない。

などとえんえんと考えていることはたぶん時間の無駄なので、いったん家に帰りたい、とヒロシは思う。

キャスター付きの掲示板越しに、ホールの壁に掛けられている絵が見えることも苦痛だった。ヒロシが両腕を伸ばした幅よりもまだ少し大きな横寸法のパネルに描かれた、『私の街』というタイトルの絵で、詳しくは知らないのだが、何かの賞を獲ったのだという。校区に隣接した川にかかっている巨大なループ橋の上からの眺めを描いたもので、ヒロシは、完成したものを一瞬しかちゃんと観たことがないのだが、評価を下すのにそれ以上たしかめる必要はないほど、精細で大した作品ではあった。作者は、ヒロシと二年の時に同じクラスだった水口麻由奈《みずぐちまゆな》とされていたが、本当は、美術のクラスでその隣に座っている増田誓子《ますだせいこ》の手によるものであることを、ヒロシは知っている。水口が、自分の徒党の女たちとぺちゃくちゃしゃべったり、ヒロシの近くに座っているヤンキーの橋本《はしもと》のところにきていちゃついている間、増田は黙々と水口の作品を描いていた。べつに水口が増田に代筆を強要したというわけではなく、単純に増田が早く自分の作品を描き終わってしまったので、水口の分も描いている、という様子だった。前髪がやたら長く、学校でほとんど顔を上げることのない増田の表情をうかがい知ることはできなかったが、集中した筆運びには、それなりの充足が感じられた。ヒロシは、増田の描きかけの作品を見かけた時に、自分の意欲に突然小さい無数の穴が開いて崩れ去るのを感じ、そのままいいかげんな仕上げにして提出してしまった。賞はもちろん、教師にも評価されなかったし、自分でも自分の絵を見捨てていた。

　それが二年の二学期の半ばのことで、それ以来、ヒロシは絵を描くことに対して、それまでのような強い意欲や衝動が持てなくなってしまった。もともとその気配はあったのだが、増田によってそれは決定的なものになった。小学校の低学年の頃から、自分はとにかく体が小さいし、話もうまくないし勉強もできないけれど、絵を描くことにだけは集中できる、と思ってきたのだが、よもやクラスでも一、二を争う地味な女、全然頭を上げないせいで、一年経っても顔の輪郭が八割がたぼやけているような女に、それが打ち砕かれるとは。

　早くクラス替えの表が見られないと、気持ちがささくれてくるんで早く見せろ、とヒロシは勝手なことを思いながら、少し人が減った掲示板の前に滑《すべ》り込んで目を凝《こ》らす。

表は、見えそうで見えないぐらいの大きさの字で、ヒロシは、自分の目が悪くなってきたのではないかと疑う。それとも、増田の絵を視界に入れてしまって、頭が上の空になっているのか。

前に人が割り込んできて、また後ろ側に追いやられてしまったヒロシの背後に、誰かがやってくる。気配で背の高い人物だということがわかる。振り返ると、二年の時に五組だった矢澤徹也《やざわてつや》が、ヒロシの頭越しに表に目を凝らしている。ヒロシは去年四組だったし、一年の時もクラスは違っていたので、矢澤についてはよく知らないが、とにかく、誰かと話をしているところを見たことがない。孤立しているというのでもないのだが、いつも一人でいる。軽薄ではない程度にちゃんと髪の毛にかまって、物憂げな顔つきで落ち着き払っている矢澤は、中学生の中に迷い込んだ大人になりたての男のように見える。一度だけ、童貞ではないらしいという噂も聞いた。

その矢澤に、突然両肩を叩かれ、ヒロシは本当に軽く飛び上がってしまった。なんやおまえ、なんやねん、と取り乱しているのを必死に隠しながら振り向くと、ヒロシの前でだらだらと滞留している生徒たちの頭越しに掲示板を指差して、どこかおっくうな様子で口を開いた。

さんくみ。

「おまえが？」

そう訊《き》くと、矢澤はうなずいて、ヒロシのことも軽く指差す。

「おれも？」

矢澤は再び、首を一度だけ縦に振る。

そうか、ありがとう、と担任の名前を知りたかったのだが、もう面倒になって、ヒロシは掲示板の前を抜け出す。矢澤がゆっくりとついてくる。脚の長さが全然違うので、ヒロシが小走りでも、すぐに追いつかれそうだったのだが、矢澤は一定の距離を保ちながら、ヒロシの後ろを歩いていた。三年の教室は、校舎の四階に固まっていて、階段がおっくうだった。

四階まで上りきると、ヒロシは、急ぐのが急にあほらしくなって、速度を緩める。廊下にもずるずると人が溜まって、しゃべったり笑ったり、隣の人間を叩いたりしている。廊下の端と端に座り込んでげらげら笑っている男たちを避けながら、三組の教室に、首筋の半分ぐらいで髪を切り揃えたかなり背の高い女と、後ろで髪を一つに結《ゆ》わえている中ぐらいに背の高い女が入っていくのが見える。ヒロシは一瞬で彼女たちが誰だか判別できる。野末義美《のすえよしみ》と大土居紗和《おおどいさわ》だった。ソフトボール部の主将と副主将である彼女たちは、いつも、常に、どんな時もつるんでいる。ヒロシがそのことを知っているのは、彼女たちを頻繁に視界に入れているからだ。

同じクラスなのか、とヒロシは変な表情をしないように、噛み合わせに力を入れ、深くまばたきをして軽く首を振る。べつに誰もヒロシの顔つきなんて気にしていないことはわかっているが、自分に対しての戒《いまし》めだった。

黒板に描かれている席の図をしばらく眺め、自分が窓側の最後方の席であることを確認する。前の席は、さっきヒロシを驚かせた矢澤だった。担任は、社会の森野《もりの》という女の教師で、一年の地理の時に受け持ってもらったが、ヒロシが地理を好きなせいか、そんなに悪い印象はなかった。ときどき、いい年して独身、ということを自虐的に語るのが、ヒロシにはよくわからなかった。べつにあんたが結婚してようとしてなかろうと自分はまったくかまわんので、授業を進めて欲しい、まあまあおもしろいから、とヒロシは思っていた。

二年の時につるんでいた連中とは全員離れてしまったようだった。一緒にはいられるものの、共通の話題があまりなかったので、そんなに残念でもなかった。それとも、このクラスで孤立してしまったら、ものすごくつらく思うのだろうか。

人間関係が変わるのはめんどくさい、と思いながら、ヒロシは、教卓に向かって左端の一番後ろに座る。その前には矢澤が、いつのまにヒロシを追い抜かしたのか、ひざの上で手を組んで、横向きに静かに座っている。こんな背えでかい奴が真ん前やったら黒板見えへん、とヒロシは顔を歪《ゆが》める。

矢澤は、大きな目でヒロシの姿を追ったかと思うと、無言でヒロシの机を右側に少し動かす。

おれは座高が高いので。

矢澤は、ゆっくりと言いながら、黒板を指差す。

「そうか、ありがとう」

どうして自分の考えていることがわかったのか、と不思議に思いながら、しかし自分と矢澤の身長の差を考えるとすぐにわかることか、と考え直す。

ヒロシも、リュックを机の横に吊るして、片手で頬杖《ほおづえ》をついて人心地つく。ヒロシの後ろに人はいないので、このクラスの男子の名前は、「やまだ」で終わっているようだ。

矢澤は黙って横向きに座っている。鷹揚《おうよう》に首を回しながら教室を一望し、ときどき深いまばたきをする。妙に表情が真剣なので、だらっとしているという感じではなく、絶えず何かに集中しているようなフォーマルさをまとっている。

でも、もともとそういう顔なのかもしれないな、とあくびをしながら、ヒロシは教室の喧騒を一望し、隣の列の前から二番目に、増田誓子がいることを発見して、少しだけ顔をしかめる。増田の前には野末がいて、野末は増田の机の前方に腕をかけて、ソックスを上げながら、何事か首を振りながら話している。大土居は、最前列である野末の机の前に立って、おそらく野末の話にうなずきながらときどき笑っている。増田は、背中と顔の左側の少ししか見えないので、表情はわからないが、一応肩をすくめたりしながら、野末の話に反応しているようだ。

野末は、わりといつも堂々としている。横柄《おうへい》だとか威張っているとかではなくて、誰と関わったら自分はどう思われるか、ということをいちいち気にしていないので、相手を選ばずに話しかけることができる。だから、増田と話していたら自分も冴えない女だと思われるかもしれない、などと考えず、話したい、と思えば、どんどん声をかけることができるのだろう。大土居がいつも隣にいることも、野末の安定にとって大きな役割をはたしているのかもしれない。

名前の順で席を決めるのは、あかんな。

「え、なに?」

矢澤が何か言葉を発したような気がしたので、ヒロシはやや机から身を乗り出して、耳を傾ける。矢澤は、ヒロシのほうを向かずに、ヒロシの耳に入ってきたこととまったく同じことを同じスピードで言う。やはり、同年代の中学生にしてはゆっくりと落ち着いて話す。

名前の順で席を決めるのは、あかんな。

「まあな、おまえもでっかいし、隣の女子の列の前のほうとかさ、背の高いやつが前に行くこともあるし」

野末の名前を知っていることは伏せる。今まで一度も同じクラスになったことがない

のに、何で知ってるんだと思われるのは恥ずかしく感じる。

ソックスを上げ終わった野末は、まだ増田の机の前側に腕を置いたまま、きょろきょろと頭を動かして、時計を指差す。担任遅いとでも言っているのだろうか。

新たにクラスに入ってきた、派手めなグループの女たちが、ヒロシのほうを一瞥《いちべつ》して顔を寄せ合って笑うのが見える。ヒロシは首を捻《ひね》って、あ、おれとちゃうか、こいつか、とじっとしている矢澤を見る。

このクラスは、絵のうまいやつが多いな。

唐突に、しかしゆっくりと矢澤が言うので、ヒロシは何も言い返さず、目を丸くして矢澤の横顔を眺める。

視界の端で、大土居が教卓の前を横切って席に戻るのが見える。自分の席に座っていなかったほかの生徒たちも、ばらばらと解散して席に着く。ごめんごめん、職員会議が長引いて、と言いながら社会科の森野が教室に入ってきた。横を向いていた矢澤は、特に急ぐ様子もなく、前を向いて座りなおす。

全員が着席しても、教室はまだざわざわしている。森野は、はい、ちょっと静かにしてー、と出席簿で軽く教卓を叩く。ちょっとでええんやー、と誰かが言うので、森野は、正確に言うと二十分間ね、と言い返す。

「今年は進路決める年やし、先生もがんばるんで、みんなも去年よりは気い抜かんとがんばってください。少しでも内申点上げられるように」

森野は、地理の授業をやっていた時のへらへらした様子とは違う感じで言う。三年の社会の授業は、日本史をやるらしい。

森野彼氏できたあ？　と派手な女グループの誰かが、なれなれしく訊く。いや、できてないよ、と森野は答える。脳内におるんやんな？　と男の誰かが意地悪そうに言う。ヒロシは、増田の肩越しに野末の首の後ろを眺めながら、うざ、と口の中で呟《つぶや》く。

「誰かあててみ？」

森野はにやっと笑って、黒板に書かれた席次の表をがしがしと汚く消す。興味ないわ、とまた誰かが言う。森野はまったくめげずに、出席を取り始めた。

＊

三年になると、塾は月火木金で時間は午後六時三十分から十時、というスケジュールになった。水曜と土曜は自習室が開放されている。平日の三時間半を塾に費やすのは長い、とヒロシは落ち込んでいたが、別の塾の生徒は、土曜も拘束されるらしいので、まだましなほうかと思うことにする。

塾に行く前にも夕食は一応摂《と》るのだが、帰ってきてからまた夜食を食べる。塾自体もいやだったけれども、母親と二人きりでテーブルに向かい合うことになるこの夜食の時間には、またべつの苦痛があった。

ヒロシの母親は、テレビに集中している時間以外は、ほとんど間断なく話をする。料理中もそれは同じで、ちょっとしたうどんや雑炊《ぞうすい》を作ってくれている時にも、ネギはどのぐらい入れるか、だとか、玉子はどのぐらい半熟がいいか、だとか、揚げ玉があるけど欲しいか、だとか、食後にりんごを剝《む》こうか、だとか、みかんもある、だとか、えんえんと話をしている。ヒロシは、うん、だとか、ああ、だとか、それはいらん、などといちいち返事をするのだが、たまには、黙ってくれ、作ったものをそのまま食べるから、と言いたくなる。ただ、女手一つで育ててもらっている義理もあるので、とりあえず返事だけはするようにしている。母親とヒロシが一緒にいるときにしゃべる比率は、間違いなく9対1に偏っているはずだ。

試《ため》しに友人に聞いてみると、母親とはすごく話す、という家もあるし、ババアなんかと話すかよ、という強がりもあるし、かなりまちまちだった。

今日も、寒さがぶり返してきたから、起毛《きもう》のシーツをまた出してこようか？　ということと、新しいクラスはどう？　ということを訊かれた。ヒロシは、夕食の残りの豚汁をすすりながら、悪くない、と答える。ここで「そんなん始業式だけでわかるわけないやろ」などと正確なことを言うとややこしいことになりそうなので、それは引っ込めて

おく。しかし、

「へえ、何なん、どんな子がおって悪くないん？」

などと母親は話をつなげてしまうので、自分の対処の仕方は間違っているんだろうか、とヒロシは疑問に思う。

「べつに、なんやろ、すごい嫌いなやつとかおらんし」ヒロシが、豚汁の味付けを薄く感じたので、味噌を足すと、塩分摂りすぎで体悪《わる》なるで、あんまりやめとき、と母親がコメントする。ヒロシは無視して続ける。「おかんの知ってるのんは、増田ぐらいかな」

増田の母親は、ヒロシの母親が正社員で働いている会社にパートで来ている。ごくたまに話に出てきて、昼ごはんを一緒に食べに行っただとか、しかし愚痴っぽい人だとか、仲がいいのか悪いのかわからない。まあ女はそんなもんだとヒロシは思う。

「増田さんな。お母さんに、娘さん松田聖子と一文字違いですよね、って言ったらきょとんとしてた」

母親はにやっとする。ヒロシは何もコメントせずに、増田の母親に少し同情する。

「デザイン科に行きたがってるらしいねんけど、お母さんは不安らしいな。絵ばっかり描いて、成績良くないって」

ふうん、とそれ以上増田の話など聞きたくなかったので、ヒロシは気のない返事をしながら、お椀の中に残しておいた豚肉を口に入れる。正直、自分の部屋で食いたいと思うけれども、勉強机が常に散らかっているので、そこで食べるのも忍びない。

「うちの会社もさあ、新しいパートさんが入ってきてんけれども、なかなかっぽいわ」

母親は、若くて暗い感じのそのパートの奥さんが、メモを取れといっても全然取らない、ということに関して文句を言い始める。ヒロシは無言で聞き流すけれども、母親は一人でしゃべっている。何か言いたくなる時があっても、話が延びるのでそれは口にしないことにしている。

それにしてもなんで、あの人は絶対旦那めっちゃ年上で、養ってもらうために結婚したけどそれほどの稼ぎでもなかったっていう感じのはず、などと断定できるのだろう、とヒロシは思う。

とにかく食べ終わってお椀を置くと、食器は自分で洗ってな、と必ず言われる。言われなくても洗う、と言い返すと、ときどき忘れてるわよ、と母親は答える。ヒロシがもはや無言でスポンジに洗剤を含ませていると、洗剤を使いすぎんといてね、と言われる。

ごはんの茶碗と豚汁のお椀とコップを洗いながら、ヒロシは、両親の離婚には、母親のこの性格も原因しているのではないかと考え始める。言っていること自体はおかしくないのだが、その量が膨大で相手をしきれない、というか。それでちゃんとしたくなくなる、というのでもないのだが、ヒロシは無性に世界のどこかに隠れたくなる。『心地よく秘密めいた場所』という、昔読んだエラリイ・クイーンの小説の題名を思い出す。

学校とか塾におる時は家に帰りたくて仕方ないのになあ、と考えながら、食器を乾燥機に入れていると、キウイがあるよ、と言われる。春なので、いちごをやたら買ってくる母親だが、今日は果物は拒否しようと思っていたのに、ちょっと珍しいものの名前を出されて、ヒロシはかすかに戸惑う。

少し考えて、いや、いいよ、と答える。母親は、明日は遅くなるからね、とさっそく話題を変える。遅くなろうとならなかろうと、塾に行くヒロシには関係ないのだが、わかった、と一応うなずく。夜食を自分で用意すればいいだけのことだろう。

リュックを片側のストラップだけで背負って、さすがにもう言うことはないよな、と思いながら階段に足をかけると、母親の声が背後から飛んでくる。

「ヒロシはさ、わたしが再婚するかもってなったらどう思う？」

振り向きたくない、と思う。どんな顔をしたら良いか考えるのが面倒だから。顔つきから母親が何かを察することはないのは承知の上で。

しかしヒロシは振り向いて、わからん、と端的に答える。母親は、好きな人ができたのよ、会社の人、と、ヒロシの答えにはかまわない様子で続ける。

「年下の人」

「脈あんの？」

反射的に訊き返すと、母親は、どうかな、と首を傾げる。

「向こうから誘ってくんのよ、山田さんと話してたら時間を忘れますって」

たぶん彼女とかはおらんと思う、と母親は付け加える。

「何の話すんの？」

「音楽と映画とお笑いの話」

ヒロシは、そうか、とだけうなずいて、階段を上がる。どれもヒロシにだってできる話だが、それぞれに趣味が違っていて、特に母親とは腰を据えて話し合いたいとは思わないテーマだった。母親は、イギリスのロックと、単館系の映画と、芸人のトーク番組を好む。独身の時からずっとそうで、父親と合わなかったのは、そういう話があまりできなかったからだ、と母親はたまに分析する。ヒロシには、今となっては父親が何が好きだったのかはあやふやなことなのだが、スキーとドライブに連れ出されたことはよく覚えている。ヒロシはどちらも好きではなかった。父親とは、両親の離婚後の一年ほどは数か月に一度会っていたのだが、そういった趣味の食い違いもあって、自然に顔を合わせなくなった。

がんばってみようと思うの、と階下から母親の声がする。母親は、ヒロシが家のどこにいようと声が届くと思い込んでいるふしがある。

暗い二階の廊下に、黒くて背の高い人影がのっそりと現れる。ヒロシは、用心のために電気をつけ、壁際に寄って、人影が廊下を往くのを優先させる。祖父だった。

「あいつはほんまに声がでっかいなあ、ヒロシ。二階の奥の部屋まで聞こえてきよるで」

トイレにでも行くのか、パジャマ姿の祖父は、ゆっくりと階段を降りていく。ヒロシは、うんうんとうなずきながら、自分の部屋の襖《ふすま》を開け、電気をつけない暗い空間に向かって、大きなため息を一つついた。

＊

写真をすべて見終わり、ヒロシはぼうっとした頭で、百貨店の中に作られた小さなミュージアムスペースを出る。これから昼飯食うこと考えると図録は無理やけど、絵はがきか何かは買えるか、と思う。家を出る時に、どこへ行くの？　と例によって母親に訊かれ、小学校の時に塾が一緒だったフジワラと写真を観に心斎橋へ行く、と答えると、何の気まぐれか二千円くれた。券は、フジワラが親経由で新聞屋からもらったものだし、自転車でやってきたので、まるまる使える。

ミュージアムの中ほどでいったん別れた藤原仁志《ふじわらひとし》は、グッズの販売スペースの隅に立って、限定品だというトートバッグを見上げている。「ＲＯＢＥＲＴ　ＣＡＰＡ」という、太い毛筆のようなフォントが物々しい。

「なんなん、買うん、それ?」

ヒロシが近くに寄って訊くと、いや、べつにえんやけど、とフジワラは頭を振る。

「一九八〇円もするんや、と思って」

「たっか」

ヒロシが顔をしかめると、フジワラも同じように目を眇《すが》めて、うなずく。フジワラは、意識しないでも目の前の人間と簡単に同じことをしてしまう、不思議な単純さを持っている。そのうえ、背がひょろりと高く、目と眉の間隔が広いので、中三というよりは何か、絵本の中の登場人物のような趣《おもむき》がある。

「おまえは何か買うん?」

フジワラの言葉に、ヒロシは、絵はがき、と簡潔に答えて、小さく仕切られた升《ます》に積み上げられたポストカードを物色する。中に収まっている絵や写真が好みではなくても、めいめいの売れ行きではがきが異なる高さに重なっているその様子自体を、ヒロシは好んでいる。フジワラはその後ろについて、まあ、なんやな、戦争はほんまにあかんな、と呟く。

「あとなんやろ、『マグナム』っていう会社の名前がかっこいい」

「そやな、かっこええな」

ヒロシは、少し迷って、写真展が提供しているものではない、アメリカ製の十枚組のポストカードセットを販売員に渡す。八〇〇円です、と言われる。

「山田も仕事するようになったら使えよ。『マグナムプロ』みたいな」

「プロってつけたらいきなりあかんようになるな」

「ほんまや」

会計を済ませて、ヒロシとフジワラは写真展のスペースから、隣接する貴金属の売り場へと出る。時計や宝石が売られている。飯どうする？　と横にいるフジワラを見上げると、来るまでにマクド見たような気がするけど、ねーちゃんが、本町側の方のがらくやで、ってゆってた、とフジワラは答える。らく？　と訊き返すと、なんかわからんけど、とフジワラは肩をすくめる。

小学生の頃のヒロシは、何をとち狂ったのか中学受験をさせるつもりだった母親に強要されて、梅田まで塾通いをしていた。フジワラは、その時に一緒のクラスだった男である。同じぐらい成績が悪かったし、二人とも結局、受験には落ちて地元の公立に通っている。すごく仲良しで、頻繁にやりとりをしているというわけではないのだが、新聞屋から美術展の券をもらうたびに、フジワラはなぜか必ずヒロシを誘う。絵を好きなやつは山田しか知らんしなあ、とフジワラは言う。そのフジワラ自身が絵を好きなのかどうかは謎なのだが、たまにヒロシと出歩くのは悪くないようだった。

特に相談をするわけでもなく、フジワラのねーちゃんの勧めに従って、二人は戎橋《えびすばし》筋商店街を北上して、本町側のアーケードに向かう。写真展はゆったりとした人出だったのに、ゴールデンウイークの商店街は人だらけで、家におってやることないんかよおまえら、とヒロシは勝手なことを思う。ヒロシにはたくさんあるので、ただ外をぶらぶらするという行為が理解できないのだった。

高いアーケードの天井から吊るされたユニクロの広告を指差して、フジワラは、おれブッフォン好きやねんけど、もう年やから、引退までに一回でええからあれに出てほしいねん、と言う。ヒロシは首を捻《ひね》って、ほんならおれはクロップが出たらいいと思う、とわりと真面目に考えて答える。そうやって上を見るだけで、人の流れに背中を飲み込まれそうになる。

「連休やのにすいとったなあ、写真展」

「おもろかったのにもったいないな」

「ずっと前さあ、小学生の頃に天保山《てんぽうざん》でやってた、女の人のまんがみたいな絵ばっかりのやつはめっちゃ混んでたのに。なんか、クマみたいな名前の画家の」

「ミユシャか」

「そうそれ」

あれ意外と楽しかった、山田もあんなん描いてみ、とフジワラは言う。フジワラは、一緒に絵を観に行くと必ず、あんなん描いてみ、とヒロシに言う。常に深い意味はない。

広い横断歩道を渡りながら、そうや、ハンズ行きたい、とヒロシは東急ハンズの建物を指差す。フジワラは、いいけど、飯食ってからな、と答える。

　フジワラのねーちゃんが言うように、戎橋筋商店街の北側は、少し華やかさには欠けるが、殺気立った感じがせず、ややのんびりしていて確かににらくだった。食べるところもいろいろあるようだったが、ピザ食べ放題九八〇円、というのぼりにフジワラが無言で駆け寄って行ったので、そこになった。二階の店で、だだっ広い店内のでかいカウンターにどさっと置かれてあるピザやスパゲティや平たいフライドポテトを勝手に取って食う、というやり方は、米軍のキャンプみたいだ、という感想をヒロシに抱かせた。映画でそういうシーンを見たことがあるような気がする。フジワラにそのことを言おうとしたが、あまりにも幸せそうな顔で、自分のトレーにフライドポテトを積み上げていたのでよしておいた。

　食べ物を取って席についてしばらくは、あー腹減った、うまい、これうまい、食うてみ、こんなけじゃがいも食ったんおれ初めてや、スパゲティ冷めてないか？　具も全然ないし、店員さんが入れ替える時が狙い目やで、わかった、おれの側からは見えるから、入れ替えたら言うわ、などと、食べているものについての会話しかしなかったのだが、腹に溜まってくると次第に、二人は口数が少なくなった。

「山田、このピザ食うてええで」

「今はいらん」

「正直、食いすぎた」

「うん」

「よう考えたら、そんな走ってってかき集めるようなええもんばっかりでもないよな」

フジワラは、皿に付着したたらこスパゲティののりをフォークの先ではがしながら、ぶつぶつと後悔混じりに言う。「でも、好きなもんばっかりなんよな……」

「元は取ったよ、たぶん」

ヒロシは、冷めてしまった平たいフライドポテトを四等分して、無理やり一切れを口に運ぶ。もうほとんど味がしない。どうして満腹になると味覚まで無くなってしまうのか不思議に思う。

「しばらくゆっくりして、腹にスペースが空くのを待つとか。ここ時間制限ないし」

「そやな」

フジワラは、皿を脇にどけて、ふぇー、とテーブルに両腕をついて声を上げる。ヒロシは、そこまで辛いわけでもなかったので、もくもくと皿の上のものを片付ける。

「学校どう?」

へたばったままのフジワラに訊かれて、そういえば進級してから初めてこいつと会うんだな、ということにヒロシは気が付く。たぶん、別に興味もないんだが、腹をもてあましてなんとなく訊いているのだろう。

「どやろ、べつにおもんないで。クラスも、連れと全員離れたし」ヒロシは、下を向いたまま顔を上げないフジワラの頭に、淡々と話しかける。「前に座ってるやつが背え高くてさ、まあそのうち席替えすると思うねんけど、なんやろ、そいつがじゃまんなって、あんまりクラスの様子がわからんねん」

なんだか変なことを言っているな、とヒロシは思うのだが、背が小さい人間がいるよりは感覚が制限される感じは事実なので、訂正せずに続ける。

「飯もそいつと食ってる。なんていうか、あんまり量しゃべらん奴やから、らくではあるねんけどな。片方の耳が悪いらしい」

ヒロシは、学校で前の席のヤザワのことを思い浮かべながら言う。ヤザワは、話す速度がゆっくりで、言葉をしっかり選んで話すので、自宅で母親の口数の多さに悩まされているヒロシとしては、学校でのほうが理解しなければいけないことが少ないように感じる。勉強もあるので、厳密にはそうとも言えないのだけれど。

フジワラは、うつむいたまま無反応でいるのだが、ヒロシが言葉を切って数秒するとはっと顔を上げて、いや、聞いてるで、と言い訳をする。たぶんうとうとしていたのではないかと思う。ヒロシは、別に気を悪くするわけでもなく、四等分にしたポテトの最後の一切れを咀嚼《そしやく》して飲み込む。

「そいつ、なんか部活はやってんのん？」

「いや。個人的になんか運動やってるらしいけど、帰宅部やな。いろいろなことに興味自体はあるねんけどな。写真撮ったりとか、バンドやりたいゆうてみたりとか」

ヒロシは、皿の上に最後に残ったピザの一切れを睨《にら》みながら、ヤザワのやりたいことが日替わりで変わることを思い出す。写真とバンドのほかに、園芸をしたいとも言うし、ファッションにも興味があるらしい。フランス語は実際に習いにいっているそうだ。やっていないことの中では、バンドをやりたいというのは願望としてまあまあ大きいらしく、だいたい週一で結成を持ちかけられる。まだ四月が終わったばかりなので、約四回言われている。きっかけは、ヒロシが知っている洋楽のいいと思う曲の動画サイトのリンクを、ヤザワにいくつか送ったことだった。小六の時に、一か月ほど入院生活を送っていたヒロシは、その時にラジオを聴くことを覚え、クラスの連中よりは音楽に詳しい自負があったので、自分も音楽が好きだというヤザワに知っている曲を教えると、思ったより反応が良かったのだった。

フジワラにヤザワのことを詳しく話すのも、バンドの計画を話すためだった。ヒロシもフジワラも、どう考えてもバンドをやるという風体ではないし、楽器も弾けないのだが、一応声はかけたということをヤザワに言いたかった。

「バンド？」

「おまえやらへん？」

「いや、やらへん。できひん」

「そやんな」

「できんよ、そんながらちゃうもん」

フジワラは肩をすくめて、ははあと笑う。突飛な話を聞いて少し元気が出たようだ。フジワラは、小学生の時はサッカーのゴールキーパーをしていたが、今は山岳部に入って、なぜか部長もしているらしい。

「ほな、そいつには高校入ってからやれってゆうとくわ」

「そやで、なんでも高校入ってからやで」フジワラは伸びをして、座席の後ろで手を組んでフーフー言う。まだ苦しいのは苦しいらしい。「中三は受験あるやんけ。そいつにゆうとけ。ちゃらちゃらすんのは今やないぞって」

「まあな、まあ」

ヒロシも、ヤザワに負けず劣らず受験のことを考えていないのを自覚していたが、そのことは黙っていることにする。

「山田はどこ受験すんの？　もう決めた？」

「いや、全然」

「おれも決めてない」フジワラは、ヒロシの答えを聞いて安心したのか、妙に堂々と宣言する。「ただ、インターハイに出る気のある高校に行こうとは思ってる」

「山登りにそんなんあんの？」

ヒロシの問いに、フジワラは、あるねん、とうなずく。フジワラがそんなに真剣に登山に打ち込もうとしているとは知らなかったので、ヒロシは軽く置いてけぼりにされたような気分になる。

「おまえはあれやな、美術科のある高校に行けよ」

フジワラは、自分の将来のことを考えて少し元気が出たのか、皿の上のスパゲティの残りを片付け始める。

「考えたこともなかった」

「ほんまかいな」

「いや、ほんまに」

ヒロシは、片手で頬杖をついて、米軍キャンプと評した料理が出されるカウンターを眺める。丸い木の皿の上に、新しいピザが置かれると、行ったほうがいいのか、という気分にまたなってくる。フジワラは、目ざとく肩越しにカウンターを振り向いて、ちょっとおれ行ってくる、と性懲《しょうこ》りもなく立ち上がる。

ヒロシは、フジワラの背中を見送りながら、『美術科のある高校』について考える。それがどこかもよく知らないし、塾の進路相談ではそもそもそんな学校はないことにされている。

それもええのはええんやけど。

満面の笑みを浮かべて、フジワラが帰ってくる。甘いのが出てた！　ピザにカスタードとパイナップルがのってる！　などと喜んでいる。ヒロシも、それはいいと思ったので思わず笑う。

ほんまに絵描きたいんかどうかもわからん。

フジワラが分けてくれようとするカスタードのピザに皿を差し出しながら、頭の中では、学校の玄関ホールに掛けられている増田の絵のことばかり考えている。たかが中学校の中での競争に敗れた自分が、それにしがみついてどうなるのか。

フジワラは唐突に、小学校の塾の同窓会がしたいな！　と言い出す。なんで？　と訊くと、古野弥生《ふるのやよい》という塾で同じだった女と、自分の地元でばったり会ったからだという。ヒロシやフジワラと違って、フルノは、無事志望していた私立の女子校に受かっていた。

でも、フルノとおまえの地元なんかけっこう離れてるやろ？　というヒロシの言葉に、フジワラは、あいつ、自転車でショッピングモールめぐりをしてるらしいよ、といまいちよくわからない答えを返す。

「なんで自転車でなんやろ、小学生みたいな女やな」

「しらんけど、ホムセンのママチャリを速くする方法を見つけた、とかゆうてたで。日が暮れるゆうて急いでたから、どうすんのかは訊かんかったけど」

みんないろいろやなあ、とヒロシは、自分で言いながら、おかんみたいなまとめ方やな、と思う。自分もフジワラもフルノも、全員そのいろいろがぱっとしない感じであることに、ややがっかりもするのだが、変に安心もする。

うまー、というフジワラの声が聞こえる。ヒロシも、甘いピザを一口齧《かじ》ると再び食欲が湧いてきて、またフジワラとヒロシは食べ物の話しかしなくなった。

＊

おれも写真を観に行きたかった。

ヤザワは残念そうに言いながら、廊下の窓を開ける。五月の風の匂いは、夏に向けてゆっくりと、緑の感触を増してきている。鼻が利くヒロシは、夏場のむせ返るような街と樹木と草の匂いを思い出して、早くも憂鬱《ゆううつ》になる。

グラウンドでは、サッカー部とソフトボール部と陸上部が練習をしている。ヒロシは、窓から顔を出すヤザワの隣に立ち、反射的に野末の姿を探す。野末は、部員たちに、おえい、とか、うえい、とか、その調子、などと声を掛けながら、次々ボールを打っている。

女子の進路相談は明日からだった。男子は今日、ヒロシが終わったら全員済んだことになる。今は、ヤザワのひとり前の生徒を待って、教室の前で時間をつぶしている。

「でもおまえ、休みの間はおらんかったんやろ」

関東方面に行く、とヤザワは休みの前に言っていた。東京？　と訊き返すと、関東、とヤザワは訂正した。旅行？　とヒロシが訊くと、クラブ活動、とヤザワは答えた。その時は、バンドをしたそうな人に声を掛けてくれ、という話の途中だったので、ヒロシは流してしまったのだが、中学のでもないクラブ活動ってなんなんやろう、という疑問は小さく残っていた。

去年、ロバート・メイプルソープ展に行った。

「へー。良かった？」

良かったよ。

ヤザワは、多くは語らないが、少しだけ口角を上げて、満足そうにうなずく。ヒロシは、その人が絵の人か写真の人かもよくわからないのだが、ヤザワの表情で、家に帰って調べてみようと思う。

「それでさ、一緒に行ったやつに声かけてみてんけど、そんながらちゃうからでけへんてさ。山登りやってるやつやねんけどな」

それは残念やな。

バンドをやろうと言われた回数から考えて、ヤザワはさぞ落ち込むのではないかとヒロシはなかなか切り出せずにいたのだが、ヤザワはあっさりとうなずいて、それ以上は何も言わなくなる。

「ええやつやねんけどな。高校に無事に受かったら、考えてくれるかもしれん」

ヒロシの補足に、ヤザワは、そうか、とだけ言う。

自分たち二人が、所属している中学の中でメンバーを調達できないのもおかしな話だとヒロシは思う。けれど、ヒロシが一年二年とつるんできた連中というのは、何か込み入った相談を持ちかけるような相手ではなかったし、ヤザワは、中学に友達はいない、と言う。あまりにもあっさりと断言するので、ヒロシは、おれはそうなのだろうか、そうでもないのだろうか、と疑問に思ったものの、問いただすのも変だし、そのままにしている。

関東はどうやったん？　とヒロシが口を開こうとしたところで、名前の順がヤザワのひとつ前の生徒である間中《まなか》が教室から出てくる。名前を呼ばれたヤザワは、すたすたと教室に入ってゆく。間中は、廊下の白線を踏みながら、ヤザワの後ろ姿と、閉じられる戸をじっと見て、代わりにヒロシには目もくれず、階段のほうへと消えてゆく。間中は、ヒロシと同じ塾に通っていて、だいたい3番から5番ぐらいの席次を確保している。二年までサッカー部に入っていた。よくしゃべる男で、塾でもクラスでも目立つ存在だった。

　ヤザワがいなくなると、ヒロシはグラウンドを眺めることに戻る。ソフトボール部は、今度はキャッチボールをしている。サッカー部は、ひたすら反復横跳びに集中し、陸上部はランニングをしている。ほか、グラウンドを使っているクラブと言えば野球部なのだが、人数の多い野球部は、手狭な中学のグラウンドではなく、区民グラウンドを使って活動している。

　ぼんやり全体を見渡しながら、ヒロシは、バックネットのほうに増田がいるのを発見する。スケッチブックを持って、さらさらと何やら描き付けている。スケッチをしているようで、頻繁に移動して、目に付いたものを描いている。勤勉、という言葉が浮かんで、ヒロシはなんとなく顔を背《そむ》ける。野末と大土居の二人と増田は、ずっとつるんでいるわけでもないのだが、ときどき話す仲にはなったらしく、ふとした時に一緒に見かける。昼飯は、増田が常にどこかに行ってしまうので、野末と大土居は、また別の女子と食べていたけれども。

　ヒロシは、窓の枠に両腕を掛けて、ぼんやりと暮れてゆく空を眺める。明日進路相談がある、と言うと、母親はそれまで話していた、社内イベントのバーベキューで脈のありそうな男とさらに親しく話した、という話題をぴたりとやめて、内申書のこと、先生によろしくってちゃんとゆっときよ？　とくどくど言い出した。ヒロシの中学の三年は、五月にまず、生徒と教師だけで軽い進路相談をして、六月に保護者を交えた三者で面談する。塾ではもっと早く相談を行っているので、一応、表向きの志望校のようなものは決まっていたが、連休にフジワラと話した、美術科云々《うんぬん》の話が頭に引っかかっている。しかし、さっき増田が絵を描いているのを見かけて、すっかりその気持ちも萎《しな》びてしまった。

母親は、教育熱心というわけではないけれども、やはり一つでも偏差値が上の高校に行かせたいようだ。この学区出身の父親よりは、いいところを目指して欲しいらしい。このままあまり努力をせずに公立高校に行くとしたら、ヒロシは父親と同じ高校になってしまう。ヒロシは別にそれでいいのだが、母親には何か忸怩《じくじ》たる気持ちがあるようだった。

ヒロシの母親は、二十三歳でヒロシを産み、父親はそれより七つ年上なので、それぞれ現在三十七歳と四十四歳である。付き合い始めた当初は、雑貨屋の店長とアルバイト店員という関係だった。ヒロシの両親は、ヒロシが小学三年のときに離婚した。父親の度重なる浮気が原因だった。二人とも、それについてヒロシの前で口にすることはなかったが、小三にもなっていたら、両親の間で起こっていることのたいていはわかるようになる。父親とヒロシの間に、特に悪い思い出はない。というかそもそも、そんなに自分は興味を持たれてはいなかったのかもしれない、とヒロシは考えている。父親はヒロシに対して、親戚か近所の子供のようなかわいがりかたをしていた。機嫌のいい時は傍に呼んでいろいろな話をしたり小遣いをくれたりしたが、そうでない時はヒロシを視界に入れていないようだった。それでも、ヒロシが話しかけると一応答えてはくれたし、ものすごく悪い父親、というわけではなかったと思う。

ただ、とにかくもう自分には関係ない人だ、とヒロシは考えている。だから母親が、一つでも父親よりいい高校を、とこだわることは理解できない。ヒロシからすると、最近は顔もよく思い出せない人を超えろと言われても、ただ困るだけだった。かといって、現在進行形の、会社の好きな男の話をされても、やはり、どうでもいい、という感想しかなかったが、母親はどこか本気で再婚を目指しているようなところがあって、それならば、今の自分にはまったく干渉してこない、実の父親のほうがその男よりましなように思える。

母親の恋愛については、正直よくわからない。母親に、女としての魅力が備わっているかどうかなんて考えたこともない。ヒロシにでもぼんやりとわかるのは、とにかくよくしゃべる、ちょっと風変わりな女だということぐらいで、そのことが恋愛をうまく運ばせるかというと、それはない、とヒロシは思う。恋愛をしたことのないヒロシにすら、それは断言できる。

そういえば、ヤザワの家も母子家庭らしい。ヤザワは端整な顔立ちをしているので、母親は美人だろうと思う。

教室の戸ががらがらと開いて、ヤザワが出てくる。ヤザワの肩越しに、渋い横顔をして、片手で頭を抱えている森野が見える。ヤザワはいったい何を言ったのだろう、と思いながら、ヒロシは、ヤザワと入れ違いに教室の中に入る。森野は、すぐに背筋を伸ばして立ち上がり、座ってください、と、机の前と前をくっつけた、教室の真ん中のあたりの席を指差した。

森野は、中学二年の時にヒロシが志望していると言ってた高校——つまり、ヒロシの母親が行かせたい、父親が卒業した高校よりも一ランク高い高校——について、そこへ行くには、あとちょっとだけ、得意な教科を更に得意にせなあかんかな、と建設的なことを言った。ヒロシが数学を苦手にしていることは、ヒロシと関わった教師なら誰もが知っていることだが、中学三年のここへ来て、その苦手さはすでに壊滅的なものと化しているので、もはやそれは諦めて、できることの伸びしろに託そうというのだった。どの教科がいいっすかね？　と訊くと、手前味噌やけど社会おすすめ、と森野は低い声で言った。暗記するだけだし、文脈があって覚えやすいからだという。でも歴史の年号が覚えられんのですよね、とヒロシが言うと、ほな年号の問題は捨てて、それ以外の正解を増やしていったらええねん、と森野は身もふたもないことを言った。

美術科云々、という話は、迷った末に口にしなかった。増田はちゃんとそう告げるのだろうか、とふと考え、言い様のない敗北感に襲われる。父親より上の高校に行けるかどうかは本当にどうでもいい、それより、このがくっとくる感じをなんとかしてくれ、とヒロシは訴えたくなるのだが、森野の言うとおり、点が伸びそうな科目を勉強することのほうが具体的で現実的ではある。

六月には保護者を交えた相談をします、と森野が説明して、面談は終わった。悪い話し合いではなかったようにヒロシは思う。無言で頭を下げて廊下に出ると、ヤザワがまだ残っていた。

「帰ってくれてもよかったんやけど。なんかすまんな」

階段に向かいながらヒロシが言うと、部活を見るのがおもしろかったからいい、とヤザワは答えた。どこがおもしろかった？　と訊くと、ソフトボール部、とヤザワは答える。ヒロシは、何か気持ちを見透かされたような気分になって、そうか、とつとめて気のない返事をしながら階段を降りる。

大土居がすごいの打ってた。

え？　とヒロシは訊き返す。ヒロシからしたら、ソフトボール部というと野末なのだが、違う名前が出て、少し不思議な気持ちがした。

反対側の運動場のネットに届いてた。

へえ、とヒロシは、大土居の顔を思い出そうとして、少し苦労する。いつも野末と一緒にいる女。野末の影のような女。ヒロシにとっては。

彼女は、しょっちゅう、練習試合とかでホームランを打ってるよ。

ヒロシは、ヤザワが寄越した情報の意外さと、中学生のくせに『彼女は』などという言葉遣いの両方に引っかかりながら、どちらにもどう反応したらよいかわからず、どこでそれ見てん、という外周について言及する。

校内新聞。

「月いちでホールの掲示板に貼ってあるやつか。おまえそんなん熟読してんねや」

してる。

それ以上はしばらく話さず、ヒロシとヤザワは、グラウンドに面した一階の廊下を進み、校門へと向かう。ヒロシは、ソフトボール部の様子が見たかったが、話したばかりなので何かばつが悪くて目を向けられなかった。

ヒロシとヤザワは、校門の前で別れた。家はそれぞれに反対側にある。今日はフランス語の習い事があるのだという。おフランスかあ、とヒロシが言うと、意外とおフランスでもない、とヤザワはよくわからない答えを返し、手を振って帰っていった。

ヒロシには塾がある。今日は理科と数学の日で、宿題をしていない、と思う。進路相談があったせいで、と言い訳をしたかったが、だいたいいつもそうだった。

どこでもいいから早く高校に行きたいのだとしたら、理由のほとんどは、とにかくこの、学校と塾という二重の長い拘束時間から解放されたいからだった。そしたらもっと絵が描けるのに、と思う。

増田は塾に行っているのだろうか、とヒロシは考える。そういう話は聞いたことがない。案外、ヒロシの母親が思う以上に、増田の親のほうが、子供を好きにさせているのかもしれない。

信号を待ちながら、自分は父親についていったほうが良かったんだろうか、などとつまらないことを考える。母親には父親への怨念があって、そのせいで進路に関してヒロシをコントロールしようとする。しかし、父親は好き勝手やっていただけであり、母親に対する恨みは特になさそうだから、放っておいてくれるかもしれない。

でも浮気はなあ、いかんよ、人として、と思いながら、ヒロシは青になった信号を渡った。

＊

塾から帰って、玄関の電気をつけると、インクジェットプリンタで印刷されたと思われる写真が、廊下の隅に並べて乾かしてあった。放課後に進路相談があったせいで、あまり家で休めず、いつもより疲れていたヒロシは、無視して自分の部屋に直行しようと思ったのだが、焼いた肉と野菜のアップが目に留まってしまい、結局しゃがみこんで写真を一枚一枚見ることになった。

母親が連休に行ってきたという、社内イベントのバーベキューでの写真だった。どこの川だかは知らないが、とりあえず、ヒロシの住んでいる区の周辺を流れている、沿岸に工場しかないような川ではなくて、ちゃんとした河原のある川沿いで、母親の会社の人々が、笑ったり厳粛な表情をしたりしながら、肉と野菜を焼いていた。

そのつもりはなかったのだが、母親の好きな男はすぐにわかった。トングを持って肉と野菜をひっくり返している様子の男の隣に、やたら母親の姿が認められるので、その男だろうとヒロシは思った。写真に写っている他の男は、その男以外おそらく全員、薬指に指輪をしていた。何枚もの写真の中で、母親と親しげに話しているトングの男は、メガネを掛けているぐらいしか特徴のない、中肉中背の普通の男だった。そんなにもっさりはしていない。男は年下らしいが、こうやってよそに行っているところを見ると、母親は男と同い年ぐらいに見える。だから、母親は若く見えるということなのだろう。

腹が鳴って、ヒロシは我に返る。しばらく肉と野菜を見ているうちに、体がそういうモードになってしまっていた。肉と野菜、とヒロシは頭を抱える。家にあるのはたぶん、ごはんとたまごとかだ。あってもハムだ。いつもならそれで悪くないのだが、十数枚もの肉と野菜の写真を見ると、冷静に物事が考えられなくなっていた。

バーベキューと自宅の落差に暗澹としながら、洗面所で手と顔を洗ってうがいをし、母親が根城《ねじろ》にしている台所を通る。以前はそれほどではなかったのだが、最近は緊張するようになった。詳しい理由については考えたことはないが、とにかく、母親につかまりたくない、と思う。文句を言われたくない、というのではなく、文字通り、つかまりたくない。小言を言うにしろ、何か食っていかないか、と打診してくるにしろ、ヒロシは、台所を通らずに二階に上がれるのであれば、絶対そうしているのだが、家の構造上、それはできないことになっている。

空腹と、つかまりたくないという願望が格闘したあげく、母親と関わりたくない気持ちが勝ったので、ヒロシは、ただいま、とだけ言って、すたすたと階段を目指す。

「お帰り。写真乾いてた？」

知らん、とヒロシは答える。なぜ母親は、一つの内容で一回の発言を済ませることができないのか。

たぶん、森野が言っていた『得意科目の点数を上げたら志望校に行ける』という話をしなければならないのだが、まったくそんな気持ちにはなれない。

「ああそう。ほな何か食べる？　焼きそばの残りに目玉焼きのっけたやつとか、あと、ハムエッグとかできるよ」

「いらん」

「ふーん。ほな焼き豚は？」

近い！　とヒロシの胃が起き上がって反応する感触はしたのだが、疲れた、寝る、寝たい、と体の別の部分が主張したので、いらん、とヒロシは答えた。

「あんた今日はおなかすいてないんやなー」母親はまったくヒロシのことをわかっていない。「あのさ、ライブに行くことになったよ」

そして唐突に付け加える。

「知らんがな」

「男の人と。廊下の写真の」

「好きにせえ」

嫉妬とかと勘違いされたら本当に不本意だ、と思いながら、ヒロシは階段を上がる。その途中で、腹がものすごい音を立てる。ヒロシは、部屋に備蓄していたおやつが底をついていたことを思い出して失望し、リュックを床に放り投げると、そろそろとすり足で祖母の部屋に向かう。

襖を開けると、祖母は床に寝転がってテレビをつけたまま眠っている。ヒロシはそのまま、祖母を起こさないように仏壇の前に移動し、供えてあったウエハースの袋に手を突っ込んで、握れるだけ掴み、さっさと自分の部屋に戻る。

ベッドに座って、ウエハースの袋を次々剝《む》いて食べ、それでも人心地つかないことに、廊下のバーベキューの写真を心底憎む。喉が渇いた、と思う。下に降りたくないのだが、このまま眠ってしまうのは気持ち悪いので、気力を振り絞って階段を降り、まだ母親がテレビを見ている台所で水を飲む。

「移転後のＺｅｐｐ大阪には初めて行くわー」

テレビを見たまま、母親が話しかけてくる。ヒロシは、母親の姿自体を見なかったことにして、小走りで階段を上り、乱暴に襖を閉めてベッドに寝転がった。

＊

日曜日の午後、自転車に乗って、祖父のお使いで回転寿司屋に巻き寿司を買いに行った帰りに、信号待ちをしていると、隣に並んだ男みたいに髪の短い女が、神経質そうに自分の自転車のハンドルの真ん中に取り付けた小さな機械を操作し始めたので、なんだろうと軽く覗き込んだら、顔をしかめて見返された。しかし、ヒロシの顔を見るなり、女の表情が『うさんくさい』から『びっくりした』に変わり、ヒロシも口を開けて、女を指差した。

「おまえフルノ」

「山田やないの」

「なんでこんなとこにおんねん」

「イケアに来たのよ」

フジワラの言っていたことは本当だった。小学生の時に塾で一緒だった古野弥生は、なぜか自転車でショッピングモールめぐりをしていた。イケアは、厳密に言うとショッピングモールではないが、近いものではあった。

信号が青になり、フルノは走り始める。ヒロシの家も、同じ方向にあったので、とりあえず追従する。

「こっちでいいん？　あってる？」

フルノは、ヒロシを小さく振り返りながら、進行方向を指差す。

「あってるよ」

「前に来たとき、めがね橋のあっち側から渡ろうとして、その手前んとこで、どこで曲がったら橋あんのかわからんようになって」フルノは、増田が絵に描いたループ橋の通称を口にする。「でもまあ川沿い走ってたらいつか着くわと思ってたんやけど、気いついたら住之江公園まで走ってて、もうわからんてなって帰ったんやわ」

ヒロシの記憶の中にある小学生のフルノは、こんなに地理の話ばかりする女ではなかったし、もう少し無口だったように思う。

「ぽんぽん船は使わんかったん？」

川を往来する渡し舟の話をすると、フルノは振り向かないまま首を振った。

「止まるのがいやなんよね。負け感がある」

言っていることのニュアンスはわかるのだが、聞く人が聞いたら、わけのわからない発言として処理されそうだ、とヒロシは思う。

ヒロシが曲がらなければいけない交差点はすぐに来たのだが、さよならを言わせる隙《すき》もなく、フルノはどんどん進んでいくので、ヒロシはなんとなくついていってしまう。持っているのがアイスクリームなら、問答無用で消えたかもしれないけれども、巻き寿司は常温でもある程度の間持ち歩けるものなので、時間にはまだ余裕がある。

右折すべき所を、そのまま突っ切って走っていこうとするフルノに、ちゃうで、右やで、と声をかけると、あ、そうなんや、ごめんごめん、とすぐに自転車を降りて、すばやく進行方向を変え、またさっさと走っていってしまい、やはりヒロシに別れを告げる間を与えない。

そやなあ、もうこのままおれも行ったろかなあイケア、と思いながら、ヒロシは、フルノの背中を追って海の方向を目指す。

自分の住んでいる区が面している海は、一応は海でも一般的な好もしいイメージの中の海ではない、とヒロシは考えている。砂浜などはなく、泳げない海だった。区の境界に面している川も、遊べない川だ。ヒロシの住んでいる場所は、工業用の水路としての海と川に囲まれている。東北の地震の後、学校では、教師たちに海抜の低さについて注意されることが増えたし、母親もそれを口にする。何メートルだかは忘れたのだが、高い津波が来たら、区役所のあたり以外は危ないらしい。フジワラは、なんていうか、オランダみたい？　とヒロシの住んでいる区について評する。

再び、渡ろうとした信号が赤になり、フルノとヒロシは自転車を停車する。あの、どっか行く途中やなかったん？　と今更フルノが言うので、帰る途中やったけど、おまえがどんどん走っていくから、とヒロシが返すと、ああ、道訊いといてごめん、とフルノは申し訳なさそうに首を振った。

信号はまだ赤だったので、なんとなく気まずくなって、めっさ髪短なったな、と言うと、まあな、とフルノはまったくどうでもよさそうに肩をすくめる。その後、何か気のきいたことを言おうとしたのだが、フルノがまた走り始めてしまったので、ヒロシは口をつぐむ。

めがね橋ほどではない、小さい橋の架かった運河のような川の上を通過する。橋の傾斜がきつかったので、フルノは立ちこぎで上ってゆく。ヒロシの速度は少し落ちたので、遅れそうになりながら、「止まったら負け感がある」というフルノの言葉を思い出す。フルノがあまりに女らしくなく速いので、前方で女が自転車を立ってこいでいるというお得感はまったくない。

　橋を下ってまたしばらく走り、団地の向こうに四角いイケアの建物が見えてくると、お城みたい！　とフルノはだしぬけに叫ぶ。そうか？　お城か？　青すぎるし四角すぎん？　と思いながらも、ヒロシは反論せずに、こっちの信号に渡って、建物側の自転車道に乗っといたほうがいいで、このまま進んだら長いこと渡れんくなるから、とアドバイスする。フルノは、わかった、とまた先を行く。

　建物が近付いてくるにつれ、よく考えたらおれはフルノとイケアに行ってどうするのだ、という気分になってくるのだが、あんまり気まずかったらすぐに別れればいいや、と気を取り直して、駐輪場に自転車を停める。フルノは、フジワラの言っていた通りのホームセンターのシティサイクルにチェーンを巻いて、ハンドルにつけていた万歩計のような機械をピッピと操作しながら、今日は30キロ走った！　とうれしそうにしている。

「走った距離わかるん？　それ」

「速度もわかるよ」

　なんでホムセンの自転車にそんなもんつけているのか、ということは訊かないことにした。一応楽しそうだし、距離や速度を知りたい気持ちは理解できる。

　フルノは、疲れた疲れた、なんか飲みたい、と言いながら、建物の中に入っていく。

「わたし上のレストラン行くんやけど、山田はどうすんの？」

　改めて行動について訊かれると困ってしまうのだが、おれもまあそうしよ、とヒロシは答える。フルノは、ヒロシがいようがいまいがどっちでもいいという様子だった。

エスカレーターを上りながら、ていうかおまえ、何しにきたん？　家具見にきたん？　とヒロシが訊くと、フルノは、いや、自転車でショッピングモール回ってるだけやねん、と答えて、進行方向に逆行し、観葉植物でショールームとゆるく区切られたエリアの中に入っていく。

「イケアは神戸のんを親と行ったことあるし。まったく建物が同じじゃやわ」

それでそんなに迷いなくレストラン側に逆行できるのか、とヒロシは少し感心する。

「なんでショッピングモール回ってんの？」

「まあ、ショッピングモールが好きやねんけど、どっちかっていうと的《まと》に近い」

「まと？」

「標的っていうか？　とにかく的やね」

ヒロシとフルノは、広いレストランエリアを横切って、窓際の席を確保し、ケーキやサラダや飲み物が並べられた陳列棚に向かう。安いんか高いんかわからへん、というフルノの言葉に同意しながら、ヒロシはパンを二つとドリンクバーを注文する。昼食はすでに食べていたのだが、食べるものを目の前にすると逆らえないものを感じる。そのわりに、ヒロシは太らないし、背も伸びないことを、母親はときどき揶揄《やゆ》する。どんだけ燃費悪いか、トイレで出してんのよ、と。フルノは、迷ったあげく、あんまりうまそうではないケーキをレジに出して、ヒロシと同じようにドリンクバーを頼んだ。

「フジワラと会ったんやって？」

塾で一緒やった、と補足すると、フルノは、ああ、会った会った、ダイヤモンドシティに行ったときかな、あん時も迷ったわ、と頭を掻く。

「なんていうか、最近はほんとに自転車乗ることばっかりで。勉強うざいし学校もおもんないし、気いついたら、どっか行きたいわーって考えてる」

「学校おもんないんや？」

「そやなあ、なんかおもんない。女子校向いてなかったわ」

「共学もめんどいかもやで」

フルノはむしろ女子校に向いているような気がするが、そのことは黙っておく。

「うち、金持ちの子が多いんよな」フルノは、顔をしかめて、ジンジャーエールを紙コップから直接飲む。「持ち物めっさ見られるんやんか。どこの何使ってるとか普段何着てるとかさ。あと、電車でどこの学校のかっこいい男おるとかさ。そんな話ばっかでさ。わたしは、まんがとかお笑いとかドルトムントとかなでしこがどうなんねんとかそういう話がしたいんやけど」

「うちのおかんと話せよ。気い合いそうや」

「なんで山田のおかんと話すねん」フルノは眉を下げて笑う。「山田はどうなん？　高校とか決めた？　まだ絵好き？」

フルノは、ヒロシの創作意欲がピークを迎えていた小学校高学年を一緒に過ごした人間なので、ヒロシが塾の授業中だろうと、塾のあった古い建物で細菌に感染した疑惑をかけられて入院していた間だろうと、ひたすら自分の世界に閉じこもって絵を描いていたことを知っているのだった。ヒロシは常々、絵を描くことに関してはトップフォームだったあの頃を取り戻したいような、それはそれで痛いような、と過去の自分との距離感を測りかねているので、小学生の頃の自分を知っている人間から絵のことを話されると面食らう。

「絵はあんまり描いてない。塾で忙しいから」自然を装って、ヒロシは肩をすくめ、答えにくい質問から答える。「高校はまあ、決まってるよ。受かるか受からんか微妙なラインやから、社会に力入れて成績伸ばせって担任に言われたけど」

なにそれ、なんで社会限定、とフルノはぶっと笑う。ヒロシは、わりと暗かった印象のある小学生の時よりも感情の表出が多いフルノを眺めながら、普段はほとんど会わないけれども、知っている相手と対面した時の、しがらみの少ない気安さを感じる。フジワラと話す時と似たような気安さだった。

おまえは受験なくてええよな、エスカレーター式で、とヒロシが言うと、うーん、とフルノは腕を組んで、建物の外に広がる、泳ぐ用でない海を眺める。顔の右半分の、目の下に二つ、頰の真ん中に一つ、えらの部分に一つ、と目立った黒子《ほくろ》がある。フルノは小学生の時、顔の黒子が多いという理由で、塾のクラスのいきった男子から悪態をつかれていた。今考えると、本当に子供であほらしい、とヒロシは思う。

「ほんまに中学の子らと合わんからなあ。受験するかもしれん」

「なにそれ。せっかく中学受験したのに。親泣くで」

「泣きはせんやろ。知らんけど」

フルノは、うまそうでもまずそうでもない無表情で、ケーキをさっさと食べ終わり、おかわりにいった紙コップの烏龍茶《ウーロン》を飲み干す。ヒロシも、白くてうねったパンを一つ食べ終わる。食えるけど二つはいらんかったかも、と少し後悔するものの、もう一つのピザパンのようなものも口にする。

「まあ、わざわざ受験して落ちたりでもしようもんなら、何言われるかわからんやろなあ」フルノは憂鬱そうに、こめかみを軽く指の関節で叩いて、椅子に座りなおす。「でも出たい。おもんない」

「何持ってんのかいちいち見られんのはな。めんどくさそう」

「まあな、まあ。ええねんわたしの話は」

フルノは、もうこれ以上自分の事情について考えたくない、という様子で手を振る。かといって、べつにヒロシの進路にすごく興味があるというわけでもなさそうだったのだが。

頼んだものをすべて食べ終わってしまうと、そんなに長く雑談することはなく、二人はすぐに立ち上がって、店内を見に行くことにした。ショールームは目がチカチカするから流して、下の雑貨のところを見て回ろう、とフルノは提案する。ヒロシは、反対する理由もなかったのでうなずく。ヒロシは以前、何回かイケアには来たことがあるのだが、整頓して家具を並べられたショールームを通りかかるたびに、物がなくて家具しか置いてないからこんなにきれいにできんねやろ、参考にならん、と興醒《きようざ》めするので、フルノの提案はむしろありがたかった。

フルノは歩くのが速く、ゆったりと周囲を見渡している家族連れやカップルの二倍ぐらいの速さで移動した。ヒロシは、なぜか横に並んで歩くことができず、自転車に乗っている時と同じく、後ろをついていく。さすがに、本棚がたくさん置いてあるエリアに差しかかると、ちょっと見たい、という気持ちになったのだが、フルノは足を止めなかった。ヒロシは、こいつは女にも男にもなじみにくい人間なんじゃないか、とぼんやり考える。

ベッドが置かれている一帯は、商品の背丈が低いので突然見晴らしが良くなる。少し疲れてきたヒロシは、ため息をついて、空間全体を見渡す。少しだけ、ここでフルノと別れて寝転がってみたい、という気分になる。親子や男女が、めいめいに、でかいベッドに座ったり、軽く横たわったりして使用感を確かめている。

ヒロシの歩みがゆっくりになったことに、フルノはいつの間にか気が付いた様子で、かなり先のほうで立ち止まって、ベッドカバーを撫でたりマットレスを叩いたりし始める。

ベッド売り場の中ほどに、何かぼんやりした既視感を覚えて、ヒロシは目を凝らす。ベッド自体ではなく、そのベッドに座ったり、寝たりしてしゃべっている男と女にである。肩ぐらいまでの茶色い髪の、男よりは少し若い女をじっと眺めて、いやこっちじゃない、とヒロシは思う。目を引いたのは、男のほうだった。ヒロシの母親と同い年ぐらいに見える男は、マットレスの上で尻ではねたり、女の手を膝に置いていじくったり、女の肩を深く抱いて、何やら話して突然笑い声を上げたりしている。

見覚えがある、と思う。ヒロシは、記憶を辿り、かなりの速さでその根拠に行き着いて、あ、と小さい声をあげる。

男は、トングを持った男だった。ヒロシの家の廊下で乾かされていた、社内バーベキューの写真に写っていた男だった。メガネの男。普通の男。母親が好きならしい男。

ヒロシは、口を開けたまま男に見入る。男と目が合う。戸惑っているのでも、冷たいのでもなく、もちろん親しみもない、ただの興味がない物を見る時の一瞥が返される。

何を言えばいいのか。いや、そもそも何も言えることはないのか。

時間も場所も忘れて、ヒロシが男に見入っていると、男と女は何か顔を寄せて話し合い、ヒロシの視界から消えるように、他の客の動線に逆行して、ショールームへと消えていった。

「知ってる人なん?」

「え、ああ、ああ、どやろ」

知ってるような、知らんような、とあいまいな物言いで、ヒロシはフルノの脇をすり抜け、先に立って歩き始める。フルノはすぐに追いついてきて、横に並ぶ。

「新婚さんかな?」

「知らんけど」

「めっさいちゃいちゃしてた。そんなに若くもないのに」

ヒロシは、フルノの話を制止するように、軽く首を振る。ライブに行くのよ、とうれしそうにしていた母親の顔が、頭に浮かぶ。

ヒロシの様子から、続けたくない話であることを察したのか、フルノは、ろうそくが買いたい、と話題を変える。

「ロールプレイングゲームに出てきそうな、ランタンみたいなん売ってるやん。あれ点《つ》けて勉強したらなんとかはかどりそう。昔の人みたいな気分になって」

「冬やったら楽しいかもしれんな、それ」

もうすぐに夏やろうけれども、と二階のショールームの端まで来たヒロシは、階段を降りる。一階の真下の売り場に、座布団と食料の保存容器と色とりどりのコップが、山をなして積み上げられている様を、かすかにうっとりと眺める。

「その前に梅雨あるわ。レインコート買わな」

「雨の日でもショッピングモールめぐりすんの？」

「したくなったらすると思う」

フルノは、ヒロシを追い越して、階段を降りてゆく。後ろの首筋や耳の付け根にも、大きな黒子が四つほどあった。こんだけあるとおもしろいよな、とヒロシは単純に思った。

＊

イケアで男が女と一緒にいるところを見たよ、と母親には言えないまま、暦《こよみ》は六月に変わった。梅雨入りの宣言もされたようで、雨が嫌いではないヒロシとしては、そんなにいやな季節ではなかったのだが、学校はあるし塾はあるしで、自由な時間をあまり持てないことがますます不満だった。雨の日は、好きな音楽をかけて、部屋で絵を描いたり図鑑を眺めたりしていることが至福なのだが、自分はいつも同級生と一緒に同じところに閉じ込められている、と毎年この季節になると苛立《いらだ》ちが増す。

雨はいい。

その話には、ヤザワも同意した。

ただ、クラブ活動のときの雨はいらん。

ヤザワがたまに口にする「クラブ活動」とは何か、とヒロシはときどき考えてみるのだが、本人にちゃんと言う気はない以上、踏み込むのもなあ、と思う。それには、ヤザワの口数があまり多くないという理由もあった。何か、説明するのも面倒なほど込み入った事情なら、いつか本人が言い出すか、自然に発覚するのを待とう、とヒロシは思っていた。ヤザワはヤザワで、情報を小出しにして興味を煽《あお》っているという様子ではなく、ただ思いついたことをそのまま口にしているようだった。顔立ちに陰影があるし、フランス語を習いにいっていたりするので、常に何か考えていそうに見えるのだが、こいつは意外と何も考えていない、ということに、ヒロシは気が付くようになっていた。

母親もこのぐらいだとらくだなあ、と思う。いつも頭の中が忙しい母親。大人がよく言う「忙しい」ではない。とっ散らかっているのだ。その自覚もないから、片付けようともしない。今は、職場の男と行くライブのことばかり考えているらしい。誰のかは知らない。訊くと、どのぐらいの勢いで返答されるかわからないからたずねもしない。

もし、母親に、イケアであの男が女といるところを見た、と言うとする。そしたらヒロシはもう、どこへも行けなくなるのではないかと思う。家の台所に閉じ込められて、立ったまま洪水のような質問攻めに遭う。たとえ解放されても、その日はもう何もやる気にならないだろう。眠るだけだ。それも夢見が悪くて、次の日に起きる時は疲れ切っている。

ヒロシは改めて、母親の職場の男を疎《うと》ましく思う。どんな人間かは知らないけれども、やがてやってくると予想されているインフルエンザの猛威のような、台風のような、時限爆弾のような存在に思える。

日に日に、男はヒロシの中で、不安を伴って大きくなる。嫌悪感もある。よく知らない人を嫌うのは、よく知っている人間を嫌うのとは別種の苦しさがある。フジワラに何度か携帯のメッセージで言おうとしたが、そういう話に適切な相手でもないような気がした。そもそも、フジワラは手がものすごくでかいので、携帯で文字を打つことをめんどくさがる。今までやったやりとりも、「天王寺でボストンびじつかん展。いくか？」みたいな短い文のものでしかないので、ヒロシの発信する複雑な話に対して、フジワラにそれなりの反応を強《し》いるのは酷な感じがした。そこそこ共感はしてくれるとは思うのだけれど。

なのでヒロシは、ヤザワにその話をすることにした。ヤザワなら、と何か思うところがあったわけではないけれども、一人で抱え込むこともできなかったので、塾のない日の放課後に、図書室で美術書を物色するふりをして、そういやおまえんちのおかんは再婚の予定ある？　というところから切り出したのだった。梅雨入りしたが、雨は降っていない、ひどく曇った夕方だった。

ない。

ヤザワは、モディリアニ、セザンヌ、モネ、ルノワール、と画集の背表紙を指先で行き来して、モネのところで止める。

「おれんとこのおかんは、したいんやってさ」ヒロシは、だいたいどの画集も何度か見てしまったので、あまり興味は感じずに、床に座り込んでるヤザワの背中を眺める。ただ、ゴッホだけはもう一回見たいと思う。好きだとかこうなりたいとかではなく、ただ自分の精神に触れさせたいと思う。「好きな男ができて、そいつがようしてくれるからって」

ええやん。

ヤザワは、肩越しに、ちらりとヒロシを見上げて、モネの画集を引っ張り出す。

「職場の男で、年下らしい」

ええんちゃう。

「話めっさ合うねんて」

話は大事や。

「向こうが、話してたら時間を忘れるって」

そうか。

「でもそいつ、たぶん、おれのおかん以外に付き合ってる女おんねん。先週の日曜に、イケアで女とおるとこ見た」

二拍ほど置いて、ヤザワは、そうか、と言う。

こいつは話をちゃんと聞いているな、とヒロシは思う。ただのこちらの願望だったのかもしれないけれども。

ヤザワは、のろのろと立ち上がって、書架の一番近くのテーブルに、モネの画集を置く。そして自分も椅子に座る。ヒロシも、その隣の椅子を引いて座る。図書室は何時に閉まるんやっけ、と思う。四時半か、五時か。

二人はしばらく何も言わずに座っていた。ヤザワは、モネの画集の表紙をぼんやり眺めたまま、開こうとしてやめる。

「おかんはさ、だまされてんのかな？」

ヤザワは、首を軽く捻って肩をすくめる。その動作は、少なくともヒロシよりは十歳は年上に見える。二十四歳がどういう生き物かなんて、ヒロシにははっきりとはわかっていなかったにもかかわらず。

そいつは、何も考えてないいんちゃうかな。

「でも、なんでよりによってうちのおかんと話したいんやろ？」

相次ぐヒロシの疑問に、ヤザワは腕を組んで、うーーーーん、と言う。かなりの長い間を費やした、そのまんがのような、機嫌の悪い動物のような様子は、こんな深刻な話をしていなければ、こっけいといってもいいぐらいのもので、ヒロシは笑ってしまいそうになる。

大人は、さびしい。

「さびしい？」

さびしい。

「なんで？」

ヤザワは、顔をしかめて首を振る。そこまでは答えられない、と眉間《みけん》と鼻のしわが言っている。

「さびしいとかさ、正直おまえある？　おれはない。どういう時に思うん？　一人の時に思うこと？　一人やったら好きなことしてるし、むしろ、いろんなどうでもいい人間の中におって、周りが表面的にでも仲良くしてて、自分はそれに入れんくて、っていう時に感じるもんやないの？」

おれもない。

「わからんよな」

それで、おまえがゆったのは疎外感について。

「ああ」

さびしいは、もっとあいまいな領域のことを扱っている。

話がわからなくなって、ヒロシは黙る。ヤザワは、モネの画集を脇にどける。その画集を開いて眺めるふりをして、ヤザワはいくらでもヒロシを失望させることはできるはずだったが、そうはしなかった。テーブルに長い腕を置いて、ヤザワはじっとヒロシの言葉を待つ。こちらを見てくることはないが、前を向いたまま、じっと待っている。

ヒロシは、自分が何の話をしたかったのかがわからなくなってくる。ただ、母親の密かな挫折について、誰かに聞いて欲しかったのかもしれない。男に憤《いきどお》っているのかもしれない。おそらくこれからは大して物事が進まないであろうことに、ほっとしているのかもしれない。

「その男がさびしい？」

たぶん。

「なんで？」

ヒロシの問いに、ヤザワは首を捻《ひね》って、考える素振りを見せる。

人懐こすぎる。

ヤザワがこちらを向く。ヤザワの答えを、二人ともが言葉足らずだな、と感じたであろうばつの悪い気配がして、ヒロシはにやっと笑う。ヤザワも同じように、にやりとする。

誰かといてもさびしい、と言う大人はいる。

ヤザワの言葉に、ヒロシは、反射的に「誰?」と聞き返しそうになったのだが、それはよしておく。ずけずけしていて子供っぽいと思ったのだった。

大人は一人ではいられないのだ。

ヤザワの変てこな言い切りに、ヒロシはやっぱり笑ってしまう。ヤザワは心外だったようで、目を見開いて体を引き気味にして、ヒロシをちょっと見下げるようにする。

ヒロシの頭の中には、いつしか、母親のことではなく、父親のことが浮かんでいた。浮気をよくしていた父親もそうだったのだろうか。母親は父親をさびしくさせていたのか。それとも父親が勝手にさびしがっていたのか。

考えながら、知りたくもない、とも同時に思う。情けない両親の気持ちなど、知る日が来る予感さえない。少なくとも今は。

口のうまい男もいる。

「おる、おる、おるな。おれらの年でもおるやん」

ヒロシは、今までクラスの中で勝手に忌《い》み嫌ってきた、声が大きいから他の連中を説き伏せることができて、だからこそ何も考えずにすんでいるからつまらない、というたぐいの男たちの顔を思い浮かべながら、深くうなずく。

ヤザワは、自分のこめかみを指差し、そしてヒロシの額《ひたい》を指差して、考えていることが違う、と指摘する。

本当に口のうまい男は、自分でわかってない。

「へー」

ヒロシには実感できないことだが、妙に含蓄《がんちく》のある言葉に聞こえる。覚えておこうと思う。

おれは、一生、そうは、なれん、けど。

ヤザワは、ことさらにゆっくりと、真面目くさった顔で言った。ヒロシは数秒、ヤザワの顔を見て、話を咀嚼《そしやく》したのち、そんな顔をしていいのかはよくわからなかったけれども、心がそちらに傾いたので、口の端を上げた。ヤザワは、何かうまいことを言った時のような、してやったりという顔をして、小さくうなずいた。

＊

その日は金曜日で、雨が降っていた。強い雨だったが、月に一度ぐらいは見かける雨で、特に梅雨入りについて思うところはなかった。

母親の言っていたライブのある日だった。どれだけうんざりした気持ちでその日を迎えるのだろう、と嫌忌していた日でもあったのだが、所詮《しょせん》は他人事《ひとごと》であって、いざ当日になったら、そんなに気にもなっていなかった。いつもどおり、お茶漬けを食べて登校した。塾の宿題をまったくやっていなかった。国語と英語と社会の日だったので、昼休みにやればいいだろうと思っていた。文科系の科目では、ヤザワも戦力になってくれる。しかしヤザワは、ヒロシよりも数学と理科が苦手だった。おまえ理数科目がんばれよ、おれよりでけへんとかありえへんぞ、と注意しても、ヤザワは小さく向こうを向いただけだった。

昼飯を食べた後、宿題を半分ほどすまして、昼休みは終わった。ヒロシが宿題をしている横で、ヤザワは、熟読しているという校内新聞の話をしていた。図書室には先週本が十五冊入った、中でもハーラン・エリスンという人の本が読みたいのだということ、体育の教師がハーフマラソンに出るということ、裏庭の隅でハダカデバネズミが発見されたということ、ハダカデバネズミは、発見した一年の女子がもらって帰ったということ、大土居紗和がまた練習試合でホームランを打ったのだということ。

主将の野末は何かせんのか、と、年表の問題を埋めながら思わず呟くと、野末は優れたピッチャーだが、「ホームラン」は派手やからな、とヤザワはゆっくりと答えた。その野末は、父親が、自分に九州新幹線の名前が何だったか昨日訊いてきたのだが、「知るか！」と知っているけど答えた、という話を、何がおもしろいのかげらげら笑いながら大土居と他の女子にしていた。「はるか」と違うん？　いや「さくら」ちゃうん？　どっちやっけ？　とにかく三文字やねん。女の子の名前！

知ってる？　とヒロシが顔を上げてヤザワに訊くと、ヤザワもやはり軽く首をひねっただけだった。

五時間目の社会の時間は、壇ノ浦の戦いのことをやった。担任で担当教諭でもある森野は、平家が敗戦を悟り、女も子供も船から飛び降りた、という部分を、心底悲しげに説明した。泣いているのかと思った。おまえ、ええ年やねんし落ち着けよ、とヒロシは思った。

六時間目は数学だった。もちろん何もわからなかった。わからないと教師に言おうにも、一年の何月からわからないかもわからないので、もう、わからないと表明することにさえ恐れを感じる、という惨状を、ヒロシは淡々と受け止めながらあくびをしていた。雨の日はとても眠い。

数学の時間が十五分ほど経過したところで、森野が突然教室の引き戸を開けた。なんやねん、教室まちがってんでー、という誰かの声に手を振って答えた森野は、数学の教師に、ごめんなさい、続けてください、と会釈《えしゃく》して、山田、ちょっと、とヒロシを呼んだ。ヒロシは、のそのそと立ち上がり、注目を集めていることに微かに怯《おび》えながら、森野が待つ教室の入り口へと素早く移動する。クラスの連中の視線が、やはりいっせいに教室の前方の入り口に立つ二人に向けられる。背中を向けているヒロシには見えなかったが、気配でわかった。

「さっき、お母さんから学校に連絡が入って」

「はい」

「お父さんが亡くなられたって」

二拍ほどおいて、あー、とヒロシは口を開ける。教室が、雨の日の林のようにざわざわと音を立てる。定年前の数学の教師は、森野とヒロシの話が終わるのを、根気強く待っている。

最初に頭によぎったことは、おかんはあいつとライブに行くのか、ということだった。ヒロシにはわかりかねた。今の母親が、以前の夫より今の好きな男を選ぶことは当然とも思えたし、でもそうなら、父親が死んでもふうんと流して、こんなふうにわざわざ学校に連絡を入れたりなんかしないか、と思い直す。

森野が何か話している。手が伸びてきて、ヒロシの左の上腕を軽く叩く。温かいような、鳥肌の立つような感触に、ヒロシは我に返る。

「すぐに用意してうちに帰り」

「ええんですか」

「ええわよそんなん」

うち離婚してるんですよ、せやから関係ないっちゃない、という言葉を言うか言わないか迷っていると、森野はまた、ヒロシの腕を叩いて、一つだけ一時的に空いているヒロシの席を指差して顎《あご》をしゃくる。そして、数学の教師に、すみませんでした、お騒がせしました、とまた会釈する。

席に戻ったヒロシは、横に吊るしてある学校指定のリュックを椅子の上に置き、机の中の教科書を掻き出してリュックに突っ込む。どれだけ机の中を空にして帰れ、と教師に言われても、教科書を持って帰らない日はけっこうある。しかしその日は、すべての教科書と副読本とノートを持って帰らなければいけないような気がした。数学の授業は再開していたが、依然ヒロシは注目を集めていた。

重いリュックを背負って、逃げるように後方の引き戸を開けて廊下に出る。雨の日の廊下は、震え上がるように寒く、湿気に満ちている。傘立てから、コンビニで買った透明なビニールの傘を抜く。ちゃんとした撥水《はっすい》加工の色のついた布のものでもいいのだが、視界が遮《さえぎ》られるのがいやなので、ヒロシは透明なものにこだわっている。柄《え》には、母親が勝手に水色のマスキングテープを巻いた。他の子のと区別がつくようにと。

校舎の外に出ると、雨は小降りになっているように思えた。ヒロシは強烈に、このまま全然違うところに行きたい、歩いてでいいから、入ったことのない道に入って、そのままえんえんとでたらめに進みたい、という気分に駆られたけれども、それをしたら、両親というよりは、担任の森野に対して人でなしになるという気がしたので、まっすぐに家に帰る。

いつものように開店している祖父の工具店の店先が視界に入ると、ヒロシはなぜ自分が家に帰ってきたのか、少しの間わからなくなった。店の奥に座っていた祖父は、暇つぶしによく折っている、チラシで作った四角やら六角やらの立体を手の上でもてあそびながら、雨大丈夫やったか？　とヒロシに訊く。ヒロシはうなずく。祖父は、父親の話はしてこない。

母親は、勤め先から帰ってきたのか、黒いワンピースを着て、台所に立って水を飲んでいた。無視して通り過ぎようにも、状況が状況なので、ヒロシと母親はいくらかは話をしなければならないのだが、ヒロシがリュックを下ろして突っ立っていても、母親は一向に話しかけてこなかった。いつもとは様子がちがう。

「ただいま」

「おかえり」

一切反応しないのではないかと思いながら声をかけたら、一応決まり文句は返してきた。しかし、それ以上は何も話さず、母親はじっと流しに立っている。何かを待ちながら。泣いてはいなかった。

「お父さんのさ、まず今日お通夜あって、ほんで葬式やんな」仕方なく、ヒロシから話しかける。「どっちも、中学の制服でええんやんな?」

「ヒロシはどっちも出んでええよ。出たい?」

こちらに判断を委《ゆだ》ねてくるな、と思う。ヒロシだって、どうしたらいいのかわからないのだった。ヒロシが黙っていると、母親はもう一度、出たい? と訊いてくる。

「行かんとあかんねやったら……」

「ほな、来んでええから」

「なんか手伝う……」

「べつになんもないけど、あんたとおじいちゃんとおばあちゃんの分のお弁当買ってきて、夜食べて。ちゃんとごみは分別して、割り箸は、使うんやったらもらう、使わへんねやったらもらわんといて。そんで、お茶は2リットルのを買ってきて。今日は作れんかもしれん。わたしの分も、なんか、いや、わたしのは、もらえるんか……。そんで、お風呂の水抜いて洗って沸かしといて」

母親は、堰《せき》を切ったように話し始める。ヒロシは、じっと立って母親の言葉を聞く。やがて話が終わると、リュックを手に持って、金はテーブルの上に置いといて、と言い残して、二階へ上がる。お通夜には出なくていいようだが、塾は休むことにした。母親は怒るかもしれないが、そんな気分にはまったくなれない。

ベッドに横になっていると、階段を上がってくる足音が聞こえる。母親が、何の許可も乞わずに襖を開ける。そういうことはやめろと言っているのに、まったく改める様子がない。

「言い忘れてたけど、お父さん、心不全やって」

「心臓が止まんの?」

「そうやね」

「なんで?」

「そこまではわからん」

母親は、一方的に言い残して襖を閉め、また階段を降りていった。

ヒロシは携帯を手に取り、塾の電話番号を呼び出して、お父さんが死んだんで今日は休みます、と言った。そうかあ、大変やなあ、と今日の担当の講師は、励ますようにゆっくりと言う。いや、離婚した父親なんで、という話は、やはりしないでおく。しっかりして、お母さんを支えたれよ、と講師は強い声で続ける。わかりました、とヒロシは言う。ヒロシは改めて、森野も含めて、生徒の親が亡くなったときの教師の振る舞い、というものについて考えてみる。

携帯を手にしたついでに、フジワラに『親父が亡くなったみたい。突然すぎ』というメッセージを送る。ほかに何も文言を思いつかなかったので、内容はそれだけだった。

何か言ってほしいというのではないけれども、とりあえず誰かに言いたかった。

携帯を枕の横に置くと、ヒロシは目をつむって、屋根と窓を打ちつける雨の音を聴く。絵を描きたい、と強烈に思う。でも何を？　裏腹に、横になっていたいとも思う。体が二つに切り離されればいいのに、とヒロシは考える。絵を描きたいヒロシと、ベッドの上で動けないヒロシ。

雨の音と空気には催眠効果があるのか、ヒロシはそのまま眠り込んでしまい、起きたら夜の八時を過ぎていた。部屋は真っ暗で、ヒロシは身震いをしながら電気をつけ、いつもやったら塾におる時間やな、と、何のうれしさもなく思った。普通なら小躍《こおど》りでもしたいものなのだが。

弁当買いにいかんと、と階段を降りていると、下から芳《かんば》しい甘い匂いが漂ってくる。祖父と祖母が、蕎麦を食べていた。出前を取ったようだ。今来たとこ、と祖母が席を勧める。祖父は、ヒロシは他人丼でよかったよな、と顔を上げる。ヒロシはうなずいて、飯食ったらお茶買ってくる、と丼の蓋を開ける。出前されて蓋を開けたばかりの他人丼からは、ほとんど気絶しそうなぐらいのいい匂いがする。ヒロシはおそらく、十分もかからずに丼を完食して、お茶を買いに出かけた。

祖父と祖母は、何も言わなかった。雨いややなあ、という話だけだった。九時まで開いているスーパーで2リットルのお茶と、自分用にジンジャーエールを買った。

帰ると、祖母が風呂を沸かした、と声をかけてきた。自分がやったほうがいいことを、どんどん祖父母がやってしまうので、ヒロシは少しうろたえながら、ごめん、とだけあやまって、風呂に入った。

部屋に戻ると、何もせずに、またすぐに眠ってしまった。夢は見なかった。朝になって、目覚ましはいつもの登校のための起床時間に鳴ったが、ヒロシはそれを止めて二度寝した。体が動かなかった。

うとうとしていると、また母親が大きな音を立てて襖を開けるのが聞こえた。

「わたしこれから告別式に行くから」

ヒロシは、泥と化したような体を起こして、首を振りながら、おれも行く、と言う。

「いいよ、寝たかったら寝とき」

薄い掛け布団に伏せて、そういえばおかん、昨日ライブ行けんかったんか、と思う。職場の男と。払い戻しとかないいんやんな。かわいそうに。

「昼の二時に、お骨を焼きに行くんやけど、そこはこっから近いから、気が向いたらおいで」

「うん」

告別式ぐらいには行くべきなんじゃないか、と思いながらも、ヒロシは布団の上で伸びをして、やはり目を閉じてしまう。窓と屋根に当たる雨の音がすごい。水というより礫《つぶて》が降っているんじゃないかとすら思う。

「地図は台所のテーブルに置いとく。ご飯は適当に食べておいで。雨すごいし、しんどかったらこんでええから」

そう言い残して、母親は襖を閉める。ヒロシは、また布団に包《くる》まって目を閉じる。直接ではないが、聴覚が、心の表皮が、ひどい雨に降られて打ちのめされているような気がする。起きてもいいことはないし、寝ていてもよくない……、という思考を最後に、その日の午前中のヒロシの意識は途切れた。

携帯の音で目が覚めた。母親と、フジワラと、ヤザワから、合計三件メッセージが来ていて、ヒロシは着順に開く。「冷蔵庫の中に、冷たいご飯があります。制服着てきて」と母親は言っていた。フジワラは「そらたいへんや。おかんがお葬式行けっていう。場所教えて？」と送ってきたので、葬式はもう無理だが火葬場へ行く、と書いて、いったん一階に降り、母親が置いていった地図を持って上がる。そして、ヒロシの家から徒歩で行ける斎場の場所を書き加えて送る。ヤザワも、母親から告別式に行けと言われたというので、フジワラへのものと大差ない内容を書き送る。

正午は過ぎていたが、母親に来いと言われた時刻まではまだかなり時間があった。ヒロシは、冷たいご飯をレンジで温めて、お茶漬けを食べる。外で、どかんという音がする。雷がどこかに落ちたのかもしれない。何か変だ、と思いながら、テレビをつけ忘れていたことに気が付いたが、そのままにしておいた。

お茶漬けを二杯食べて、部屋に戻り、靴下以外は、昨日学校から帰ってきて脱いだ制服をそのまま着ていく。また外で、どかんという音がする。ヒロシはただ、小さく首を振って、学校用のリュックに財布を入れて背負い、部屋の電気を消した。

いつも使っている透明な傘は、なぜか母親が持ち出している様子だったので、祖父に相談すると、真っ黒な古い傘を貸してくれた。気をつけて行っておいで、と祖父は言った。ヒロシが中学校に入ってから、どんなに天気が荒れている日でもそんなことは言わなくなっていたのだが。

斎場には歩いて向かった。大通りから少し奥まったところで、隣の校区の中学校が近くにあった。傘がかび臭いような気がする。祖父はずっと店番だし、自転車での配達にもレインコートを着ていくので、傘を使う機会があまりないのだろう。雨は一向に弱まる気配がなく、早くもヒロシのスニーカーの隙間に水が入り込んで、中をぐずぐずと濡らしてゆく。行きでこれなら帰りはどのぐらいひどいことになるんだろう、とヒロシは思う。めんどうだ、とか、不公平だ、という気持ちは特になかった。自分は義務を果たしているだけのように感じた。

斎場の門のところに、母親が立っていた。外で母親と会うこともないので、どう声をかけたらいいのかわからないまま近付いていくと、とりあえず待合室があるから、と敷地の二階建ての建物を示した。斎場なるものには初めて来たが、低い建物ばかりだ、という印象をヒロシに与える。

　母親が目指す建物の廊下には、十人いるかいないかぐらいの、喪服を着た男女が溜まっていて、それぞれに泣いていたり首を振っていたりしていた。若い者も中年の者も年寄りの者もいる。父親の親戚かもしれないが、ヒロシには、父親の親をはじめ、親族を見たという記憶が墓参りでぐらいしかない。昔、母親が何か落ち込んだか怒っていたかの拍子に話していたところによると、父親は、親からは絶縁されていたそうだ。女性問題だった。

　なんでそんな人と結婚しようと思ったんだろうか、と、ヒロシは改めて母親がわからなくなりながら、長い机と丸椅子がゆるく並べられた、中学の教室二つ分ほどの休憩所のようなところに連れていかれる。母親は、ヒロシに適当な椅子を勧めた後、部屋の隅っこの給湯器からお茶を注いで、ヒロシの前に置く。そわそわしてるな、とヒロシは母親を見ながら思う。案の定、ちょっと歩いてくる、と母親は部屋を出て行った。

　入れ替わりに、男の子供が部屋に入ってくる。子供の年齢のことはよくわからないのだが、目を凝らして、幼稚園の年少ぐらいか、と当たりをつける。子供にお茶でも淹《い》れてやろうか、とも思ったけれども、自分でストロー式の水筒を持っているようで、丸椅子にのぼって、足をぶらぶらさせながら飲んでいる。

一息ついた様子の子供は、ヒロシのほうに向き直って、あんな、はしわたったで、ぐるぐるのはし、バスで、と唐突に声をかけてくる。ヒロシは体を硬くして、マイクロバスで？　とどうでもいいことを訊き返す。

「たぶんな」

「そうか」

何を言ったらいいかわからないが、子供が言っているのが、川を渡るループ橋であることは間違いない。

「ようまわったはった」

子供は、どこか感慨深げに言って、また水筒から何かを飲む。ヒロシは、リュックを開けて、ペンケースと数学のノートを出し、ノートのいちばん後ろに、めがね橋を描く。あんなしんどい橋はめったに使わないので、うまく思い出せない。川の向こうに自転車で行く場合は、ＪＲの駅の近くまで出て、その近くのループしていない橋を使うか、渡し舟を使う。なので、岸と岸で、何重にループしているかもよくわからない。二重だったか、五重だったたか。

増田ならわかるだろうか。きっともっとうまく描くだろうか。ヒロシにはそのことが、父親が死んだことよりもつらいことのように思える。

「みして」

子供はそう言いながら、ヒロシの傍らにやってくる。ヒロシは、気が進まないながら、子供にノートを見せる。子供は、これ、これ、とうれしそうにしている。

部屋の出入り口に、知らない女の人が現れ、よしくん、こっちおいで、と子供に声をかける。年は、ヒロシの母親よりは若く見えるが、二十代後半か三十代前半かまではわからない。

女の人は、ヒロシに向かっておずおずといった態で頭を下げ、子供を伴って、部屋を出ていく。女の人と入れ替わりに、今度は母親がやってきて、そういやあんた、お昼食べた？　と言いながら、手振りで外に出るように促してくる。食ったよ、お茶漬け、と答えると、あんた好きやなあ、と肩を回す。母親は、悲しくないようにも、悲しいことに気付かないふりをしているようにも見える。

特徴をわざと排除したような、無機質なドアが立ち並ぶ、火葬炉のある建物の中には、作業着を着た職員らしき男と、先ほどの女の人と子供と、廊下にたむろしていた男女がいる。この場へ来て、彼らはどういう人らか？　ということを母親に訊くわけにもいかず、ヒロシは黙って、作業着の男が、一つだけ開いたドアから突き出た台車のようなものから、箸を使って骨を拾い上げる様子を観察する。母親以外のほかの人々も、箸を手に持っている。ヒロシと母親は、ただ少し離れたところでじっとしている。ここはあたたかい、とヒロシは不意に思う。火の近くで、外がひどい雨だからだろう。

これが喉仏です。仏様の形をしておりますので、喉仏といいます。

作業員の興味深い説明が耳に入ってきて、それは見たい、と思ったのだが、体の大きな中年の男に遮られて、形がよく見えなかった。なので身を乗り出そうとすると、母親に腕を引っ張られてしまい、すぐにやめる。

作業員と女の人が、母親に箸を勧めてきたが、母親は、いいえ、けっこうです、と断っていた。母親の言葉が親子の総意と取られたのか、ヒロシには誰も箸を勧めてこなかった。

骨を壺に納めて、一連の工程は終わった。男の一人が、一緒に働けて楽しかったよ、と言っていた。それを耳にしてヒロシは、父親の会社の人らか、とやっと気が付く。母親とは雑貨屋で知り合った父親だが、結婚する頃にはやめて、会社勤めをしていた。

子連れの女の人が、一人ひとりに頭を下げながら、男女を送り出していた。母親が動き出さないので、ヒロシもそれに付き合ってじっとしていると、土曜日やから来てくれはってんな、と母親が呟く声が聞こえた。女の人は、父親の会社の人々に慰められながら、ときどき子供の手を強く握っている。子供は、何のことかわからない、という顔をしながらも、先ほどまでいた休憩所のようなところでの表情に比べて、明らかに不安そうな顔をしている。

母親は、やはり少し遠い場所から彼女に会釈をして、歩き始める。ヒロシも同じようにして、母親の後ろにつき、傘立てから祖父の傘を抜く。母親は、遠慮のない乾いた音を立てて、ヒロシの透明な傘を開く。

「奥さん、しっかりしてる」

前を歩く母親が、誰に話しかけるでもなく言う。ヒロシは、ああ、と何の意外性もなく、子連れの女の人が父親の再婚相手であることをはっきりと受け取る。

そうか、そやったらあの子はおれの弟になるんか。ちっさ。

しかも自分にぜんぜん似てないな、とヒロシは思う。ヒロシ自身は、どうも母親似らしい。

「会社の人らが来てくれたんはよかったやろうな」

「そやな」

雨は少しましになっていたが、ヒロシの靴の中はますます不快さを増していく。火葬炉から斎場の門に至るまでが、永遠のように思えた。火葬炉のある建物を振り返り、父親の再婚相手の女性とその子供が、やっとそこから出てきて、休憩所に入っていくのが見える。母親は、疲れたようにのろのろと前を歩いている。父親には二人の妻がいた。彼女たちにはそれぞれ息子がいて、それが自分とあの子にあたる。ヒロシは、その近さと遠さに小さくおののく。

雨音に混じって、女の人の泣き声が聞こえたような気がしたが、それはすぐにやんだ。

ヒロシは、母親の背中に視線を戻す。痩せていることが自慢だったが、最近ちょっと太ってきていることに悩んでいる、少し変わっていて、馬鹿ほどしゃべる女の人。昨日は好きな男とライブに行けなかった。この人が自分の母親で、昔、大きな赤ん坊だったわりに背が伸びない、と自分をからかった人であることを、ヒロシは改めて不思議に思う。

変な人でも女の人ならもともと母親の素質があるんだろうか、それとも、後付けで母親になるんだろうか。それこそ、子供を産む時に母親も産まれるんだろうか？　なら父親にはいつなるのか？　赤ん坊を抱いた時の匂いだとか感触がそうさせるのだろうか？　それでも、父親は、ヒロシの親という段階では落ち着くことができなかった。責任が持てなかった。自分は父のようになるのか？　父親はそれでいい人生だった？　そんなこと、もう訊けないしわかるわけがない。でも……。

母親の踵《かかと》がやっと、斎場の門のレールを踏む。ヒロシは詰めていた息を吐き出す。雨がましになったと思ったのは、気のせいだったかもしれない。

覚えておかなくてはいけない。意思を持たなくてはいけないことを。それは持たされるものではなく、心からしかやってこないことを。

斎場の塀の端の歩道には、傘を持った詰襟の制服の男が二人立っていた。フジワラとヤザワだった。フジワラが、やたらに身振りをしながら、一方的に何か話している。ヤザワが、持っていた紺色の傘を少し上げて、フジワラの肩を叩いてヒロシを指差す。

ヒロシは手を上げた。母親は、先に帰ってる、と言い残して、横断歩道を渡っていった。

＊

月曜日の朝は何の変哲もなかった。短い特別な時間は終わり、ヒロシは頭痛とだるさと共に起き出して、学校に出かける。

リュックと制服の上着を食卓のある部屋に置き、新しい味のお茶漬け海苔がある、という母親の話を無視して、洗面所に向かう。傍らの窓の向こうは薄暗い。梅雨明けはまだのようだ。

口をゆすぎ、適当に歯を磨いて、顔を洗う。朝の水は冷たく、粘《ねば》りつく直前のやわらかさで、ヒロシの鼻や瞼《まぶた》や額や頬を包み込む。ずっと顔を洗っていたいと思う。そしてさわやかになったところで、おもむろに布団に戻って寝たい。

タオルを手に取って、顔の上半分を拭いながら、鏡に向かって顔を上げたところで、ヒロシは呆然とする。洗面台の中に、タオルを取り落とす。

硬い口元が似ていた。ほとんどないような薄い唇と、前歯の生え方が、自分とあの子供はそっくりだと思った。

タオルを拾い上げて、顔を拭きながら、ヒロシは三秒だけ泣いた。再び顔を上げる頃には、元のうんざりした月曜の朝の表情に戻っていた。

傘さあ、当分あんたの透明なやつ貸してよ、という母親の声が聞こえた。たぶん、自分の傘はどこかに置き忘れてしまったのだろう。そのぐらい買えよ！　ヒロシはそう言いながら、小走りで廊下を戻った。

2

　六月の半ばの席替えで、今度はいちばん前に座ることになった。左端の窓際の列なのは変わらなかったが、そのアドバンテージが生かされない席だな、とヒロシは落胆した。授業中に窓の外を見て考えに耽《ふけ》ろうにも、教師にはすぐに見つかってしまうだろう。

　ただ、右隣に野末が座っていることが、運がいいと言えばそうだった。なんであたしは前とまったく同じ席を！　と、席替えのくじをひいて、黒板に書かれた座席表と照らし合わせた瞬間、野末は教室の誰よりも声を張り上げて驚愕していた。なんでも何も、こいつはそういう突拍子《とっぴょうし》もない女なのではないか、とヒロシは気が付きかけていた。

　同じクラスになってみるとよくわかった。野末は、女としてはありえないことに、授業中でも平気で手を上げてトイレに行くし、薄い黄色のカーディガンを着ていたおっさんの国語の教師に「先生今日はひよこに似てますね」などとほざくし、理科の時間に堂々と最前列で爆睡して、出席簿で頭をどつかれていた。そして弁当箱がでかくて、作文が死ぬほど下手だ。読書感想文を書かされた時に、四百字詰めの原稿用紙の右半分しか埋められず、提出しながら教卓で平謝りしていた。しかもこれあらすじの説明だけやないか、と指摘されて、いやいやいろいろ考えたんですけど言葉にできなかったんです、筆舌に尽くしがたいってやつですかね、つうか、筆舌ってそういうTPO以外で使います？　などとどうでもいい質問で謝罪をかき回していた。野末の後ろで作文用紙の提出を待っていたヒロシは、そういえばそうやな、と少し考えたが、話していることのくだらなさとはべつに、衣替えの後の野末の背中を眺めていると、教室で取り交わされるいろいろな言葉が聞こえなくなった。目を凝らして、野末がブラウスの下に着ているTシャツのバックプリントを確認しようとしたが、光の加減でかなわなかった。その日の野末は、「キラークイーン」が描かれた『ジョジョの奇妙な冒険』のユニクロTシャツを着ていた。ヒロシが小学生の頃に発売された商品で、すごく欲しかったのだが、あんたにはSサイズでも大きすぎる、と買ってもらえなかったものだった。

ヤザワによると、この学校の女子の制服のブラウスには、透けるのを防止する効果のある生地を使っているそうなのだが、それでも不安がある、とのことで、だいたいの女は、夏服への移行後は、ベストを着用するか、中に控えめな色のタンクトップなどを着てくる。キャミソールは「良くない」という暗黙の了解もあるようだ。それはそれで別にいい。ヒロシもそんな、学校でのべつまくなしに女子の下着が見られると期待しているわけではない。ただ、野末の場合はそれが何か度を越していて、おそらく中に着るとか外に着るとかいうことをまったく意識せずにTシャツを着ているため、メタルギアソリッドのイメージ画だとかアイアンマンだとかスポンジボブだとかが、だいたい正面か背中側に剝き出しになっている。ヒロシは、その様子を目撃するたびに、なんだこの得でも損でもなさは、という思いに駆られる。ちなみに、どうして男のヤザワがそんなことを知っているのか、と軽く問い詰めると、校内新聞に書いてた、という、意外なのか意外じゃないのかよくわからない答えが返ってきた。

おれもそれ欲しかった、と話しかけたらどうなるだろう、とかなり考えた。そしてやがて、それもくそも、中に下着という態で着ているものと同じものがどうの、などと話しかけたら変態扱いされて終わりだ、ということに気が付き、キラークイーンのTシャツについては黙っていることにした。ヤザワには言おうかと思ったが、そちらにも黙っていた。野末が気になっていることは、ヤザワにはまだ言っていなかった。

一学期の間に野末に話しかけてみよう、と決意したのは、たぶん、父親が死んだからだった。おかしな話だが、自分も死ぬんだな、ということを、ヒロシは以前より少し強く自覚するようになった。ヒロシはもともと、主に寝る時に、死ぬことについて比較的よく考えては怯えている子供だったが、離れていた父親の死は、そのこととはまた別の感触を持っていた。父親の死について、祖父母は口々に、若いのに、とやや同情的に述べる。確かに、祖父母と比べたら父親は、自分たちの娘と結婚するぐらいだからだいぶ若い。それでも死ぬことはある、と考えると、ヒロシ自身にも、いつ降りかかるかわからない物事であるように思えてくる。

だからかはよくわからないが、ヒロシは、ならば野末に話しかけてみようと思った。絵も、できれば真面目に、もう少し定期的に、それがだめでも無理のない範囲で、描くようにしようと決めた。絵に関しては、どんどん留保する方向へ流れていくのだが、せめて野末に一回話しかけるミッションぐらいは達成したかった。その兆しを待っているうちに、すぐに席替えがあり、隣同士になって、もしかしたら楽勝かも、と考え始めたものの、やはり簡単にはいかない様子だった。

大土居が問題なのだった。野末と大土居は、本当にいつも一緒にいる。観察しているとわかる。休み時間に、野末が一人でいたためしがない。絶対と言っていいぐらいの確率で、廊下側の中ほどの席に座っている大土居のところに野末が行くか、大土居を連れてくる。そのことは、なんで女ってそんなに一人でいられないのか、とヒロシを呆れさせるのだが、まあ一人でいられない男だっていくらでもいるので、野末だけを責められたものでもない。最近はその二人に、増田が加わっている様子がよく見られるようになった。またヤザワからの情報だが、増田は、ソフトボール部のマネージャーの手伝いのようなことをしているらしい。放課後にグラウンドをうろついてスケッチをするうちに、球を拾ったり、記録をつけたり、部員に水を配ってやったりするようになり、今ではたまに、普通に顧問の家庭科教諭の隣でパイプ椅子に座っているそうだ。あいつは地味なくせにおれのやりたいことを全部……、とヒロシの増田への葛藤は増すばかりだった。増田は、基本的に親切なんやと思う、とヤザワは言う。ヒロシは、どうしておまえがそんなことを知っているのか、そして、自分が増田に何かコンプレックスのようなものを持っていることを見透かしながら、なぜそんなことを言うのか、などとヤザワに訊きたいことはたくさんあったが、親切、か、と鸚鵡《おうむ》返しにしてすかしてみた。そう、しんせつ、とヤザワは、ヒロシの態度にはびくともせずに繰り返した。だから故のないことで増田を憎むな、と言いたいのかどうかはわからないが、ヤザワが簡単には他人に同調しない人間であることが改めてわかった。

　三年になってからつるむようになった増田はともかくとして、大土居は野末にとって何がおもしろいのだろう、とヒロシは疑問に思う。おもしろいもくそも、ソフトボール部の主将と副主将の関係だから、一緒にいるのは当たり前のことかもしれないが、それにしたって、普段クラブで一緒なのに、なんで教室でまで一緒にいようと思うのだろう。気取りや秘密のようなものがおよそ見当たらない野末は、ひたすら明るい性格の女に思えて、そりゃついていきたくない奴はそんなにいないはずなのだが、大土居が何か興味を引くことを話しているところを見たことがないし、どんな声かすらも思い出せない。ただヒロシが知っているのは、ヤザワを通じて知った、『強打者』だという情報だけである。ヤザワによると、ソフトボール部が練習試合をすると、大土居は一試合につき一回はホームランを打つらしい。あんまりそんなことを聞くと、腕が太く見えてくるので本当にいただけないと思う。実際は多分そうではないのだけれど。

ちなみに大土居は、ブラウス対策として学校指定のジャージを袖をまくって着ている。暑そうだし、無用なほどにガードが固そうに見えるのが、ヒロシは苦手だと思う。増田は、ルコックスポルティフの紺色のパーカの袖を取り除いて、ベストのようにして着ている。比較的暑そうではないが、そういうのってありなのかよと言いたくなる。変なこだわりがありそうなところがしんどい。

そんな二人に対して、中に着ているシャツの柄は出しっぱなしだが、人間関係に関しては隙のない野末の様子に落胆して、このままでは一学期が終わって夏休みに入り、そして二学期になってもうだうだしていて、すぐに席替えの日が来るに違いない、と完全に後ろ向きになっていた時分に、一日だけ、大土居が午前中で早退した日があった。

四時間目の社会の時間の終わりに、リュックを背負った大土居が、担任の森野に頭を下げながら教室を出ていく様子を見かけたヒロシは、にわかに落ち着きがなくなるのを感じ、そのままヤザワと昼ごはんを食べた。弁当の内容も異様に覚えている。白いご飯にちりめん山椒《さんしょう》をのっけたものと、出し巻き玉子とウインナー、茹でて酢味噌であえたブロッコリーだった。ヤザワは、ヒロシの弁当を指差して、ブッコロリー、と大阪では

誰もが知っている『探偵！ナイトスクープ』のネタを言い、ヒロシは、まあな、といつもより言葉少なに反応した。

野末は、いつも一緒に飯を食っている女子たちと机をくっつけて、大土居抜きで昼食をとり、その後、本当なら本鈴ぎりぎりに外から帰ってくるはずだが、少し早めに戻ってきた増田と何やら話していた。増田は、野末を伴っていったん席に戻り、プラスチックのケースに入れたディスクを、剝き出しで野末に渡し、野末は甲高い声を上げながら、狂喜乱舞といった様子で増田の両肩を握って揺さぶっていた。増田の表情はよく見えなかったが、少し首を傾《かし》げていた。

大土居がいる場合は、ぎりぎりまで立ち話をしている野末だが、その日はいなかったので、五時間目が始まる五分前の予鈴の時点で着席して、ディスクを眺めながらどこかへらへらしていた。ヤザワは、ヒロシの席の前に椅子を置いて、ヒロシの机を使ってフランス語の宿題をやっていた。学校の宿題はたまにやってこないが、フランス語のことは毎回真面目にやっているようだった。

ヒロシは、緊張で体が強張《こわば》り、体温が上昇するのを感じながら、野末のほうを向いて横に座り、それ、中身何なん？　とやや裏返り気味の声で尋ねた。野末は、少し首を上げて反応し、我に返った様子でヒロシのほうを向いた。ヒロシにはなぜか、話を広げられる自信があった。増田から野末に手渡されるものが、たとえば九時のドラマだとか、歌番組であろうはずがなく、それなりの変なものだろうという予想はたっていた。

「これ？」

「それ」

初めて、ヒロシと視線を合わせて言葉を発した野末は、ヒロシを後悔させるほどきょとんとした顔をして、ＢＳの野球のトーク番組、金村と大塚光二がだいぶ昔やってたやつ、と早口で答えた。しまった、とヒロシは思う。野球のことは知らない。横浜がＤｅＮＡになったことしか知らない。それもものすごく前の話だ。

ヤザワが顔を上げる気配がするが、助けは求めないようにしよう！　と強く思う。ヤザワは黙っている。

「そうか野球か」

「そうそうそう。うち親がケチでＢＳ見れんからさ、でもまっすんとこはケーブル入ってて、まっすんのお父さんも野球好きやから、めっさ前に放送したやつをダビングしてもらっててん」野末は、白いディスクの表面に書かれた、内容のリストと思《おぼ》しき部分を眺めてにやーとする。「下柳《しもやなぎ》の回が入ってる！」

「下柳……」

名前は聞いたことがある、という言葉が喉まで上がってきたが、ヒロシはそれをこらえる。なんだそのまったく知らない感じ。明らかにその後盛り上がらない感じ。

ヤザワは再び頭を下げて、フランス語の宿題に戻る。助けは求めない、と決めたわりにヒロシは、ヤザワのその動作に、これ以上はムリ、と宣言されたような気分になって、髪の毛の下の頭皮に汗が滲《にじ》んでくるのを感じる。

「下柳やで！　しゃべんねんで！」

「ああ、ああ」野末の目は、新しいおもちゃを手にした三歳児のように、きらきらと輝いている。それは本当に混じりけも邪気《じゃき》もなく、ヒロシは言葉に詰まりながら笑ってしまう。「野球な、甲子園あるよな、もうすぐ」

最低限の知識を口にすると、そうそうそう！　と野末はヒロシを指差して何度もうなずく。

「ほんっま楽しみ。いや、自分らもそろそろ退部やしがんばらなあかんねんけどさあ」野末は、腕組みをしながら頭を振る。大土居は強打者であるものの、ソフトボール部の成績が良いという話は聞いたことがない。「もうさあ、七月入ったら胃痛なるわ毎年、今年どうなるんやろどうなるんやろってさあ、何つうかわけわからんこともいっぱい起こるしなあ、小学生の時に見た中京大中京と日本文理の決勝とか。観ながら食べてたスイカが味なかったもん。何あの追い上げ方。ああいう負け方したいわ。いや勝ってなんぼやけど」

「そうか……」

「もうねー、何も手につかんね、この時期になると」

野末が、いかにも悩ましいという様子で、肩を落としてため息をついたと同時に、本鈴が鳴り、ヒロシの机を占領していたヤザワは、フランス語の問題集を手に立ち上がって、自分の席へと戻ってゆき、五時間目の理科の授業の教師が教室に入ってくる。野末は、あーノートがあと一ページしかない！　と声を上げている。ヒロシは、墓穴を掘らないうちに話が終わったことに感謝しながら、そうか夏か、と窓の外に目をやった。

今年は暑気が遅いが、突然ものすごく暑くなるらしい、と母親が言っていた。暑いのが苦手なヒロシは、梅雨がずっと続いてもいい、と思いながら、窓の外の雨上がりの町を見下ろした。隣で野末が、しゃあないなあ、社会のんを使うか、とぶつぶつ言っていた。

＊

真っ先に教室を出て、急いで靴箱の最上段からスニーカーを引っ張り出しながら、いつまでこういう生活が続くのだろう、と思う。だろう、も何もなく、それは受験までのことなのだが、ヒロシはつくづく塾が苦痛で、高校に入ったらもう絶対予備校とかには行かない、と決めていた。根本的に、勉強が嫌いなのだった。小学生の時に真面目にやって、どこかの付属の中学にもぐりこめば、こんな生活をしなくて良かったのか、とも考えるのだけれども、あの時はあの時で今以上に無理だった、と思う。もっと絵が描きたかったたし、もっと物語について考えたかったたし、塾のある梅田は遠かった。

中学の塾での成績は、真ん中より少し上ぐらいの席次がずっと続いていた。それは中一の頃からほとんど変わっていない。ヒロシはとにかく勉強が嫌いなのだが、もともと記憶力は悪いほうではなく、社会だとか国語の漢字だとか、理科の生物分野はそんなに苦痛に感じずにこなせている。本を読むのも好きなので、国語の読解問題も難なく解けるが、いつまでたっても苦手な分野を克服することができない。計算がとても遅くて不正確なので、数学は証明だけが得意でそれ以外はだめ、理科も化学が苦手で物理はもっとだめで、塾での理数の時間は本当に席に座っているだけだった。塾は学校より教室が狭く、教師の目も厳しいので、落描きもできなければ、うっかり考え事もできない。それでも筆談をしている豪気な女同士がたまにいるのだが、ヒロシはあまりに授業がつまらなくて、仲間に入れて欲しいと打診しそうになったことがある。

苦手なものが少しもましにならない、ということは、ときどきヒロシの心をひどくつらくさせる。それは、自分の人生がこれ以上はうまくはいかないかも、という大きな暗示にもつながっていて、ならば手持ちのできることについての力を確かめたいとも思うのだけれど、学校と塾と受験に追われている今では、どうにもやりようがなかった。

塾からは、だいたい一人で帰る。七割がたの生徒が同じ中学の連中なのだが、みんなだらだらしゃべりながら帰って、そのうえ自動販売機の傍らで立ち話までしていたりするので、付き合っているとどんどん家での自分の時間が減っていく。誰かがひどく落ち込んでいたり、不安がっていたりする時は、塾の連中はなぜか吸い寄せられるように集まり、お互いを励ましあったりするから、それにはもちろん付き合うのだが、基本的には一人だった。さっさと帰る理由を訊かれると、必ず、眠いから、だとか、腹が減った、だとか、生理現象と絡めて答えるようにしていた。自分の時間が欲しい、は、男の中学生が提示する理由としてあまりにナイーブだとヒロシは思っていた。

その日は、家からは少し離れたコンビニに寄った。からあげを買って帰りたい、と思ったのだが、家から最も近いコンビニは、他のチェーンと比べて比較的惣菜の値段が高く、そのうえ量もないので、遠回りをして、ヒロシがそれなりに納得している量と価格のからあげを売ってくれるチェーンの店に入った。

塾からの帰宅時の寄り道は、解放感に満ちている。木曜日で、あと一日学校と塾に行けば休める、というのも大きかった。自分の時間が欲しい、と言うくせに、ヒロシはときどき塾帰りに、スポーツ雑誌や買わないであろうまんがの立ち読みをする。なんとなく、落ち込んだり疲れたりする日ほど、家に帰る前に何かを挟みたくなる。木曜日は、あと一日で休みという悲願の傍らで、もっとも疲れが溜まっている日でもある。

スポーツ雑誌を何冊か読んで、女性週刊誌の見出しを目で追い、ヒロシは何気なく、ホステスの女性が客に好かれる技術について書かれた本を取り上げる。ぱらぱらめくりながら、有能なママが別の客と一緒にいる時に電話を取ったさいに「うるさい客といてね」などと電話の相手に言って共犯意識を共有しているだとか、大物俳優ほど目に見えるところでのファンサービスが徹底していて、小物ほど人目のあるところでこれ見よがしにファンをうるさがったりするから鷹揚に振る舞うべき、といった記述を目にして、ふんふんとうなずく。ときどき、月に一度ぐらい、こういった普段読まない本や雑誌をひっそりと立ち読みする。だいたいは女性向けのもので、自分とまったく関係のない世界を垣間見るのは興味深い。

おい、という声が聞こえたのが、月に一度のその日だったというのは運が悪い、と思った。表紙のきれいな女性を眺めながら、その女性が著者だと思ったら、よくよく見ると実は違う男の人が著者だったということにあれっと拍子抜けしていると、背後から聞き慣れているが親しみのない声が聞こえた。やっていることがやっていることなので、あわてて本を閉じてラックに突っ込み、振り向くと、クラスでも塾でも一緒だが、普段ぜんぜん話すことのない間中誠太《せいた》が立っていた。ヒロシは、読んでいた本がばれているかばれていないか気になって、おー、などと上の空で言いながら、ラックと間中の顔を見比べたものの、間中はどうでも良さそうな様子で、ヒロシを見下ろしていた。

「今日は篠崎《しのざき》と一緒やないん？」

「いや、送ってきて、その帰り」

間中は、塾で最も成績のいい篠崎舞《まい》と付き合っている。篠崎は、典型的な、努力しているように見えなくても勉強ができるタイプの女子で、おっとりしていて性格が良いと言われている。ヒロシもそう思う。まあまあ美人でもある。そういう女はいる。男は一様に、手持ちのものにがつがつと積み上げていくしかないのだが、持っている女ははなから何でも持っている。高嶺《たかね》の花のように言われていた彼女を、間中はトークで落としたらしい。二年までサッカー部のＭＦだった間中は、頭の回転が速くて顔も悪くなく、常に周囲に最低四人は同級生を従えて、教室の後ろ側のスペースを占拠している。もしくは、廊下の窓側と教室側に分かれてでかい声で話し、その真ん中を通らざるをえない生徒をつらい気分にさせている。周りの連中はいつも笑っている。間中が笑わせている。ヒロシがその恩恵にあずかったことは一度もない。

「そうか、で、何？」

間中の視線に、値踏みするような含みを感じたヒロシは、あまり気分が良くなく、早くこの場を立ち去りたいと思う。まだ用さえ告げられていないのがもどかしい。間中はというと、ヒロシが『何？』と質問して話の流れを作ろうとすることさえ気に入らない、という様子で、顎を上げたままヒロシを見ている。

「何って、なんもないけど、たまたま寄ったらおまえがおったから声かけただけ」

「そうか、なんか邪魔したな」

そんでは、とヒロシがそそくさと脇をすり抜けようとすると、間中は、待てよ、と背後から言ってくる。ヒロシは、ここで反発して学校や塾で面倒なことになるのもいやなので、一応立ち止まる。

「おまえ矢澤とつるんでるよな」

「あーうん」

「あいつは小学校までは東京におって、そんで中学からこっちやから、誰もよう知らん」

「へー」

東京にいたことがあるらしい、とは聞いたことがあるけれども、はっきりと知ったのはその時が初めてだった。ヒロシの、明らかに鈍い受け答えに、間中は微かな苛立ちのようなものを表情筋に走らせる。めんどくさ、とヒロシは思う。

「それっておかしいやん」

「そうかな?」

「おかしいやろ、クラスの人間のことをよう知らんて」

「そう思うんやったらそうなんちゃう」

「冷たいなおまえ」

「そうかな？」

「冷たいよ。友達なんやろ」

ヒロシは一瞬、古いアニメやなんかで忍者が分身して敵の周りを取り囲む様子を想像する。間中の言葉が、少しずつ間合いを詰めながらヒロシを取り巻くのを感じる。たくさん、言いたいことはある。ならおれのことは知っているのか？　だとか、おまえは一年の時に、隣の校区の中学からやってきていた女子をいじめて塾から追い出したっていうのは本当か？　だとか。

無口な女子だった。一度だけヒロシと隣り合ったことがあるのだが、ものすごく計算が速くて、数学のテストでは、いつも塾で一番どころか、全国で上からの何人かに入っていた。少し吃音《きつおん》があり、そのことを間中が塾の仲間内で話題にしていたことを覚えている。彼女は、ヒロシの中学の人間はおろか、自分と同じ学校の女子とすら話そうとせず、彼女ら自身はそれを良しとしている様子ではあったが、間中は、よく思っていないようだった。理由はわからない。彼女が、数学の得意な間中よりも、よりできる子だったからかもしれない。でも、それを言うなら、篠崎は全教科の成績が良いので、おそらくそれだけが問題だったのでもないのだろう。彼女は、一年の十月に塾をやめたのだが、それに間中が関係しているという直接の証拠はない。けれども、間中を嫌っている女子連中の間では、実《まこと》しやかに囁かれていることだった。

「向こうはそう思ってないかも」

学校に友達はおらん、とヤザワが言っていたことを思い出しながら、ヒロシは答える。ヤザワは、いろいろなことを省略して話すので、そのことにヒロシも含めるのか含めないのかについてはよくわからなかった。でも、なあなあそれにおれ入ってる？　といちいち問い合わせるのは、なんだかすごく水臭いし、気持ち悪いことのように思えた。

「なんやねんおまえ」間中は、あきれたように大仰な溜息を語尾に被せる。ヒロシは眉を寄せて、しかし顔をしかめているとは受け取られないように、ぎゅっと目をつむって開く。疲れた、というのを装って。「どこまでも浮ついてんな。ほな、あいつが耳悪いことも知らんのか？」

「あー、そうやったな」

毎日普通に話しているので、いちいちそんなことは思い出さないのだった。

「大事なことやんけ」

「そうかな？」

「あほかおまえ」

「いつもほかの話してるから」ヒロシの反論に、間中はあからさまに目を眇《すが》めて、嫌そうな顔をした。明らかに、ヒロシの話のペースに苛立っていた。ヒロシは、しまった、と思いつつ、一方で、この会話めんどくさい！　と叫び出しそうになっていた。「まあとにかく、おれはなんも知らんねん。たまたま最初の席が前後になっただけ」

ふうん、と間中は顎を上げて、半目でヒロシを眺める。もはやヒロシを、目をちゃんと開けるのももったいない相手と見做《みな》したと宣言するように。

「右か左か、どっちの耳が悪いんやろ？」

「さあ。忘れた」

それは本当に忘れていた。ヒロシは元来、左右の概念に疎《うと》い。右利きは右利きなのだが、それだけだった。南北は理解していても東西のことはたまにわからない。

「付き合ってる女はおんの？」

「知らんなあ」

「おまえほんまに何も知らんねんな」

「そやな」

そう言われてみるとそのような気がする。けれど逆に、ものすごく細かいことを知っている。ヤザワは作曲をしてみたいと思っていたり、小説を書きたいと思うこともあるらしい。大抵のバンドは三枚目のアルバムから曲が良くなくなるのはなぜかということを不思議に思っている。ヒロシは、デビュー前からの曲のストックがなくなるからなんじゃないかと答えた。『ウォッチメン』の漫画を貸したら、代わりに中島敦の『李陵』

の文庫本を寄越してきた。

間中は、それじゃあ、とも、ばいばい、とも言わずにその場を立ち去った。ヒロシは、道を訊かれて答えて、礼も言われずに取り残された人のような気分で、コンビニの雑誌コーナーに少しの間立ちすくんでいた。間中は、ヒロシと話している間、何度か首をひねっていたが、むしろそうすべきなのは自分だった、とヒロシは思った。

間中は、一度もヒロシ自身についての質問は発さなかった。ヒロシは、そのことに軽く傷付けられながら、いやまあでも興味を持たれないほうがいいのか、と思い直しつつコンビニを出た。

＊

次の日から、母親の言っていた通り、突然ものすごく暑くなった。まだ梅雨明けしていないので、空が全体的に暗いのに、暑さだけはまとわりついてくる。町の匂いが増して、日々生きているだけでだるいような季節が覆《おお》い被さってくる。

夏休みが来るのが底抜けにうれしかったのも、思えば小五までだった、とヒロシは改めて思う。塾に通っている限り、夏休みには夏期講習というものがある。朝に塾に入り、夕方になる前に出てくる。それでも自分の時間は増えるわけだが、ヒロシは、小学生になった頃の、夏休みというものへの全幅の信頼が忘れられず、今だに、不当に時間を取り上げられているように感じる。

ただ、本格的に夏が近付くにつれ、なぜか音がよく聞こえるようになる感覚もあって、野末の声が教室の外からでも聞こえてくることは、少しうれしかった。その日の昼休みは、ていうかイザベラ女王ってなんかしゃくれてない⁉　と誰かに持ちかけていた。

「暑くなったな」

天井に備え付けた扇風機では足りず、下敷きで扇《あお》ぎながらヒロシが言うと、ヤザワはうなずく。見た目には、あまり暑くもなさそうだった。もともと細かったが、最近またやせたようだった。

「おまえはさ、塾行ってないけど、夏休みどうすんの？　まるまる休めんの？」

ヒロシの問いに、ヤザワは首を振る。

関東へ行く。

「またか」

何か言う代わりに、ヤザワは軽く首をすくめるにとどまる。

「おれは夏期講習や。なんかもう今から憂鬱やわ。小学校低学年に戻りたい」

それ以上小さくなりたいんや？

「うるさいわ」

笑い声を立てるヤザワを、下敷きで叩きながら、昨日コンビニで間中に声を掛けられたことを思い出した。ヤザワについて間中が知りたい項目に関して、十を最高としたら一ぐらいしか答えられなかったこと。それで、ヒロシがまったくヤザワについて知らないように思ったかというと、特にそうでもなかったということ。

「そういやおまえ、付き合ってる子がおったりする？」それでも、女については気に掛かるので、一応訊いてみることにする。「関東のほうとかに」

ヤザワは、なんでそんなことを訊いてくるのかわからない、という様子で首を傾げて、いや、とだけ答える。

「過去におった？」

おらんよ。

「そうなんか」

ヒロシは、なぜか妙に安心して、それを隠すように、険しい顔を作って何度もうなずく。ヤザワが童貞ではないらしいという話は中二の時に聞いたのだが、やはり単なる噂話だったのだろう。知り合う以前からいろいろ、あることないこと言い立てられている男だった。本人が、訊かないと自分のことを話さないので、当然のこととは思われたが。

「好きな人はおる？」

後で分けて尋ねるのも面倒に思われたので、ついでに訊いておこうと質問を付け加えると、ヤザワはうなずいた。ヒロシは、そうか、だれ？　と返しながら、野末でありませんように、と祈るように思う。

先生の娘さん。

「フランス語の？」

そう。

「フランス人？」

いや。

「なんでフランス人の子供がフランス人やないねん」

おれフランスフランス言うてんなあ、とヒロシは思いながら言い募《つの》る。ヤザワと話していなければこういうことはなかっただろう。なんとなく、こういうところに間中は引っかかるのだろうか。ヒロシは、昔はよく旅行のパンフレットを集めていて、フランスのものもたくさん持っていた。モン・サン・ミッシェルの消しゴム版画を作って人にあげたこともある。よくあんなことができたものだと思う。今あれができるかというと、おそらく忍耐も時間も足りない。

よくよく聞くと、ヤザワの好きな人は、ベルギー人と日本人の混血で、お菓子工場に勤める二十歳前後の女性らしい。五回ぐらい会ったことがあるが、忙しすぎる時はときどき眉毛がつながっているそうだ。

でも美人。

「そうか。眉毛つながってない美人やったら中学にもおらん？」

中学に美人はおらん。

「おまえなあ……。どうかと思うわそういう態度」

ヤザワが今まで誰ともつるんでいるところを見かけなかったのも、よくわかる気がした。そういう人間と、自分が今親しくしゃべっているというのも不思議だが。話の中でヒロシは、ベルギーでフランス語が話されていることを初めて知った。フラマン語という言葉を使う地域もあるそうで、小さな国なのに言語が二つあるのは大変だろうと思う。何年か前までは、無政府状態だったらしい。無政府状態、と聞くと、ヒロシの心はざわつくのだが、ベルギー人はそれなりにやっていたそうだ。世界は広い。

ヒロシはどこかで、じゃあおまえに好きな人はいるのか？　と訊かれることを待っていたのだが、ヤザワは、おまえは変なこと気にしてんと絵を描け、と言った。本鈴にかき消されそうだったが、その言葉ははっきりとヒロシの耳に入った。

「なんでおまえがそんなこと言うねん？」

ヤザワは何も答えず、軽く首を振って自分の席へと帰っていった。

小説を書きたいと思ったり、作曲をしたがったり、写真を撮っていたり、『装苑』を立ち読みしたり、いろいろなことをやりたいヤザワだが、絵だけはどうしてもだめなようだ。以前、自習の時間に、まったくやることがなくなって、日本史の資料集を見ながら、なんとなく絵を描くということをやっていたのだが、ヤザワが描いた今川義元はみかんにしか見えなかったし、馬の埴輪《はにわ》は脚の長いウサギみたいで、ウサギは脚が短いから、要するに何にも見えなかった。ヒロシは、狩野芳崖《かのうほうがい》の『谿間雄飛図』を鉛筆で模写しようと試みて、まったくどうにもならなかった。本当に自分は絵が下手になった、と思う。ただ、「古代の日本の生物」という項目のナウマンゾウとその化石はそこそこうまく描けた。ヤザワは、自習の時間の最後あたりは、ヒロシが描いたそれらをじっと眺めて過ごしていた。

　増田と初めて話したのは、その日の放課後だった。図書室に本を返しに行ったら、そこにいたのだった。借りたのは、ヤザワが読んでおもしろかったと話していた、ハーラン・エリスンという人の本だった。表題作のことはよくわからなかったが、『少年と犬』という小説については理解できたし、おもしろかったと思う。

　塾の宿題はまだかなり残っていたが、もうどうにでもなれという気分だった。国語と英語の日だったし、なんとかなるだろうと思っていた。図書室には、増田だけがいて、かなり大きな画集らしきものを熱心に眺めていた。

　ヒロシは、他の本を借りて帰ろうと思っていたにもかかわらず、増田の姿を見ると逃げ出したくなったのだが、ひとまずは踏みとどまることにした。どうしてそういう決断をしたのかはよくわからない。ヤザワの言葉が頭をよぎったような気もする。

図鑑が並んでいる書架の間に入っていきながら、そういえば、ヤザワに耳のことを訊くのを忘れた、と思う。大事なこととやんけ、という間中の発言を思い出し、それもそうなんやけど、それ以外に話すことのが多いからなあ、と心の中で言い訳をしながら、『世界装飾図』という本を手に取る。わりと生徒たちに興味を持たれている本なのか、そのへんによくある、なんで図書室にあるのかよくわからない本とは違って、背表紙だけが日焼けしているということもなく、まんべんなく傷《いた》んでいる。ヒロシは、本棚の棚板に本の背をもたせかけて、ケルトの編み紐模様に見入る。昔、ヒロシが小学校の低学年だった頃、母親の友達がアイルランドに行ったおみやげに、『ケルズの書』のぬり絵帳をくれた。もっとええもんあげたかってんけど、とその友達は言っていたが、ヒロシは、もう一冊欲しいというぐらいそのぬり絵帳を気に入ったので、母親にコピーしてもらって、色鉛筆でずっと塗っていた。今になって、その時ほどの魅力を感じるかというとそうでもないのだが、なんで紐とかを描こうと思ったのか、それを描くことを洗練させたらかなり素敵なことになったのか、ということについては、今も興味を持てる。ペルシア絨毯の模様のページも気に入ったので、どこかでまとめてペルシア絨毯を見られないだろうか、中学生がそこに入ると違和感があるだろうか、と夢想する。増田はまだそこに『世界装飾図』を手に持って、書架の列から閲覧スペースへと出る。

いて、左手で額を支えながら、やはりじっと本を眺めている。ヒロシは、また書架の中に戻る。

　増田については、ぜんぜん知らないようで少しは知っていて、しかし親しみが湧くほどには知らない。母親が、増田の母親がパートとして勤めている職場の正社員だから、ときどき増田自身の話も耳に入ってくるのだが、母親の話は常に断片的なので、ヒロシが知っている増田に関するすべては、箇条書きのつながりのない状態で放置されている。

　増田もあまり勉強ができないらしい。というか、しようとしない、ということを、増田の母親はけっこう悩んでいるようなのだが、そのわりに、娘を塾に行かせず、好き勝手にやらせていることについては、ヒロシはどうかと思う。それにはどこか、ヒロシには時間の制限があってやりたいことができないのに、増田はやりたいようにできていそうだ、という状況に対する妬《ねた》みも含まれていた。小学生の時にはいじめに遭っていたそうだ。中学になるとやんだので、増田の母親はほっとしているらしい。増田は、今にも中学生の集団からずり落ちそうな具合で、声も顔も、おそらく学年のほとんどの人間にとって曖昧な生徒なのだが、どこかそれを望んでいる様子でもあった。

　絵だけはうまいということがわかったのは、二年の時のポスター制作でのことだった。増田が選んだ主題は、児童虐待についてで、関節がおかしなことになっている裸の人形が、こちらに背を向けてダイニングテーブルの下に横たわっている様子を描いていた。

趣味が悪い、とヒロシは口に出さずに貶《けな》したけれども、テーブルの下に伸びる男と女の脚や、執拗なまでに詳細に描かれた部屋の散らかり具合が何かおぞましく的確で、嫌な気分になったことを覚えている。ヒロシは、自転車の左側通行を励行するポスターを描いた。紙面をいくつかに分割して、自転車の進路と歩行者の関係の悪いサンプルを何個も挙げ、みんなが左側通行を守ればいかにスムーズかということを強調した。悪くはなかったと思う。ただヒロシ自身は、自分で自転車に乗っていて右側を絶対走らないかというと、意外とそうでもなかったりするので、中身についての特別な実感はなかった。

さらにうろうろと歩き回り、『世界装飾図』の他に『秘密結社の手帖』を手にして、閲覧スペースに出ると、やはり増田が一人でいて、分厚い画集を険しい顔でめくっている。誰のものかはわからない。

ヒロシは周囲を確認して、ものすごい速さで、当たり障りのない会話の導入を考える。結局よくわからないのだが、増田に対しては、話し方に失敗しても悪いようにはならないだろうという軽い侮《あなど》りと、でも絶対変なことを言って見下されたくない、という裏腹の心持ちがあった。

「あのさ」静まり返った空間に、おずおずと現れたヒロシの声に、増田は弾かれたように顔を上げる。長めの前髪の下で、目が見開かれている。目付きに特に鋭さはないのだが、とてもびっくりしている様子で、ヒロシは思ったよりたじろいでしまう。「今日は外で手伝いせえへんのか？　どこやっけ、あの、女子ばっかりのクラブ……」

　グラウンドで活動している女しかいないクラブなんて、ソフトボール部しかないのは誰だって知っている。どんな最低のすっとぼけ方なのか、とヒロシは途端に背中や脇に汗が滲むのを感じるけれども、増田はまったく、正にも負にも動じない様子で、ソフト部やね、と口を開いた。かなり低い声だった。

「この本が入ったから、今日はやめといた」増田は、ページに腕を挟んだまま表紙を閉じる。本に手脂がつかないように注意しているようだ。表紙にはBRUEGELと印刷されている。「普通に買ったら六千円ぐらいするんやけど、そんなお金ないから、図書室の先生に言って入れてもらった。洋書やのに入れてくれた」

「そうか」

　妙にちゃんと説明を果たすところに、生真面目さと子供っぽさの両方を感じる。

「この本、大きいけど、でもやっぱり小さいなあとも思うわ……」増田は、残念そうに首を傾げるのだが、それが斜め下ではなく、真下の方向なので、人に見せるための残念さというよりは、心底つらがっているように見える。その様子にはあまりに実感がこもっていて、ヒロシは笑ってしまいそうになる。「横長の絵ばっかりで、細かいから、全体がええのはわかんねんけど、なんかちょっと伝わってけえへん」

「それはむつかしいな。なんかのシリーズでも、その人のだけ横に開くように作られへんのかな」

「そうよな。タブレットとかで見たら、もっとええように見れんのかな」

増田は首をひねって、また表紙を開いてページをめくる。険しい顔をしている。

「ブルーレイとかDVDが出てたら、でかいテレビに映して見れるよな」

「ああそうか。でもたぶん高いやろうし」

増田は、しかめていた目を開いて、妥協するように画集をいろんな角度から眺める。わりと話すやつなんだな、とヒロシは思う。そして少し考え、もしかしたらおれは、こいつに絵が好きであることを知られているのかもしれない、とにわかに不安になる。どうして不安になるのかは自分でもよくわからなかったが、とにかくヒロシは、意外とスムーズに会話が進んだことに、何か無防備さを強いられた気分になった。それで増田に敵意を持つというわけではなかったが、早く家に帰って身の振り方を考えなければ、と思う。

「ソフト部の手伝いはなんでしてんの？」

そのわりに、質問を続けてしまう。もしかしたら、これが増田と話す最後のまとまった機会かもしれない、とも思ったからだった。中学生の男と女は、いつも同じ教室にいたとしても、いつでも好きに話せるわけではない。特に、ヒロシや増田のような地味な生徒は。

「のっすーに頼まれたから。二年のマネージャーの女の子が、不登校になってもうて。べつに絶対マネージャーがいるってわけではないけど、グラウンドにおったらいろんな動く人の体が間近で見れるし。テレビで、すごい選手が動いてんのを見んのもおもろいけど、本物もおもしろい」

「へえ、なんかスポーツ見んの？」

「わりとなんでも見るよ。うちケーブル見れるし」

「なにがいちばんいい？」

「アルペンスキー。人やけど人やないみたいに見える」

予想だにしない答えが返ってきて、ヒロシは息がつまってくるのを感じる。まったく知らなかった他人の情報が、いきなり次々入ってくるのは疲れることだと思う。

「好きな選手とかおんの？」

「おらんよ、特には。その時その時の速い人がいい」増田は、画集でもヒロシでもなく、ここにいないものについての話をしているということを律儀に意識している様子で、斜め上のあたりをぼんやり見上げながら言う。「遅い人かってそら普通と比べたらものすごい速いから観るけど」

べつにアルペンスキーの選手はおまえの話は聞いてないやろうから、気を使わんでええねんぞ、と言いたくなる。そう言いたくなって、ヒロシは、頑《かたく》なだった増田への怯《おび》えにも似た気持ちが、少しほぐれたのを感じる。当たり前のことだが、増田だって人間なのだ。

「山田君は絵とか好きなん？」

そう増田に訊かれると、わっと頭の中に汗をかくような驚きを感じるのだが、ヒロシはなんとか落ち着いて、前はな、わりとな、とすかした答えを返す。増田は、そうか、とうなずく。

「すごい上手やから、好きなんかと思ってたわ」

何の他意もない様子で、増田が言いながら画集に視線を戻すと、「わりと」などと言ってしまったことに自己嫌悪する。とかく、初めて話す相手は調子が狂う。特に、増田に対しては、警戒が必要なのか必要ないのかがわからず、ヒロシはあらゆる答えに不正解を出してしまうような気がする。

短い沈黙の後、増田は、なんていうかな、うまく言われへんねんけど、と、会話と会話の間のブリッジのような言葉を緩慢に発しながら、画集をめくる。

「人の体は、改めて難しいなあ、と思う。そんなに人に興味があるわけやないんやけど。ソフト部にくっついて、いろんな人がグラウンドをうろうろしてんのを見たら、自分は勘だけやったな、と思ったりする」

勘だけ、という言葉に、ヒロシは重々しいものを感じて、何も言わずに顔を背《そむ》ける。

増田は悪い人間ではないと思う。気が合わないわけでもないと思う。ただ、ヒロシをどうにも後ろめたくさせる。

ヒロシは、つとめて増田の言葉に何も感じていないような風を装って、ほなまあ、時間なくなってきたんで、とその場を立ち去ろうとする。増田は、大人に対してそうするように、ヒロシに対して首を突き出して会釈《えしゃく》する。

ヒロシは、数歩だけ、貸出カウンターのほうに進んだものの、しかし、どうしても気になっていたことを訊くために、また画集に没頭し始めた様子の増田を振り向く。

「それ、誰のん？」

増田は顔を上げて、ヒロシに向かって本を立てて、見ていたページを見せる。

「ブリューゲル父」

夕方の生暖かい光に反射して、絵はよく見えなかったが、前髪の奥で、増田の目が一瞬だけ異様な輝きを帯びたのをヒロシは見て取る。両方のページに、同じような作りかけの塔が印刷されている。

ヒロシは、そうか、と言って、貸出カウンターに進み、奥の部屋でノートパソコンをいじっている図書室担当の教師に声をかける。一度も習ったことのない、国語の男の先生が、お、澁澤龍彥、とヒロシが差し出した本の著者の名前を読んでいた。ヒロシは上の空で、何も言わずに、先ほど見た絵を頭の中で思い出して描こうとしていた。

＊

その土曜は塾で模試があった。

すべての科目が終わったのは、昼の二時半だった。いつも苦手な科目はともかく、そうでないものはわりとできたかな、と安らかな気持ちで帰り支度をしていると、急に志望校の欄のマークを間違えたような気がしてきて、講師に確認させてもらって戻ってきたら、教室には誰もいなくなっていた。そら土曜やしな、みんなはよ帰りたいよな、と思いながら、席にリュックを取りに行くと、前の机の上に、最後の科目である数学の問題用紙が置きっぱなしになっているのが目に入った。何気なく覗き込むと、計算式ではなくて文章がたくさん書いてある。

前の席は女が二人座っている。とにかく筆談の好きな二人で、片方の飯島《いいじま》はヒロシと同じ中学、もう一人の三村《みむら》は、違う中学から来ている。三村は、自分がものすごくおしゃべりなので、同じ中学の者が多い塾に行くと勉強に集中できないから、少し遠い校区の塾に来たと聞いたことがあるのだが、そこでも結局話し相手を作ってしまい、成績が似ている飯島とどうでもいい筆談ばかりしている。ただ、二人とも異常なまでのお笑い好きなので、そのクオリティには侮《あなど》れないものがあったりする。漫才のコンテストがあると、漫才師の登場順にネタのレビューを交互に書いていくし、直近で見たトーク番組についてなら、見た芸人全員のトーク内容と話の運びに分けて語るのが彼女らの常だった。

二人がいかに活発に筆談をするとはいえ、テスト中は絶対に無理だから、問題用紙の内容は、数学の模試が終わった後の、夏休みのクラス分けについて講師が話していた間に交わされたものと思われる。ヒロシは、彼女らの話が塾側にばれてもかわいそうだなあ、と思いながら問題用紙を手に取る。

中身を読むつもりはなかった。次の月曜の授業の前に、二人の机の下の棚にでもつっこんでおいて、持って帰り忘れたという態にするつもりだった。そんな気を使ってどうなんだ、とも思ったけれども、二人には筆談を続けて欲しかったし、講師に叱られているところを想像するのも忍びなかった。

ヒロシが問題用紙の筆談を読んでしまったのは、「矢沢」という文字を見かけたからだった。「沢」と「澤」が違うので、あれ？　と思ったのだが、飯島の字で書かれているのは、間違いなく、ヒロシの知っているヤザワのことのようだった。まあ、澤穂希も沢穂希と書く人がおるし、目立つからな、あいつ、と文面を目で追い始めてすぐに、手のひらが汗をかくのを感じた。

三村が、同じ中学の男子生徒から、おまえの行っている塾に主に来ている中学の生徒に、矢沢という男がいるのだが、おかしな人間だという噂を聞いた、他校の生徒にまでそれが伝わるなんてよっぽどのことだよな、と話しかけられた、ということを飯島に伝えたのが話のきっかけになっていた。

三村は、本当になんとなく書いたことのようだったが、飯島の答えは刺々《とげとげ》しかった。

あー、ひどいって聞く。一回も同じクラスになったことないけど、目に入るだけでいやいやし。

えーっと、とヒロシは思った。ヤザワは、飯島かその周囲の友人になにか言ったのだろうか。言葉足らずなところがあるので、本人が知らない間に傷つけているということもあるかもな、と考えながら、先を読み進めると、それどころではないことが書いてあった。

中二の女の子を妊娠させて捨てたというのだった。女の子は流産して引きこもっていると。

なんやねんそれ。

頭がくらっとした。

そんなわけないやろ。あの絵のヘタさで。ひくわ。あほか。ドラマか。テレビか。

見損なった、と思う。ヤザワではなく、飯島に対してだった。飯島とそんな話をしている同じ中学の女も、よく知らないけど、ひどいし最低だ、と思った。その一方で、ヤザワが童貞ではないという一回だけ耳にした噂を思い出したのだが、仮にそうでも絶対相手は年上のはず、というよくわからない確信もまたあった。

　あんまりしゃべらへんからっていろいろ言われすぎやねん。

　だんだん、ヤザワにも腹が立ってきた。あいつは大事なことを何も言わない、と思う。何やら校外でクラブ活動をしているらしいというのに、そのことについてほとんどヒロシに話さないこと、土日に遊ぼうと言ってもほぼ無理なこと、学校に友達はいないとか美人はいないとかひどいことを言うこと。ヒロシ自身は批判されたことはないが、絵を描けだのと言われることすら、おまえにそんな権利ないぞ、だっておれとは友達やないんやろ、と突きつけたくなる。

　しかし、怒りはすぐに消えてしまった。合理的な理由は思いつかないが、ヒロシは、ヤザワに継続して怒ることはできなかった。ヤザワは、休日に何をしているか、関東で何をしているか、友達はいないといったのは詳しくはどの時点でのことなのか、学校に美人はいないけど好みの女はいるのか、ちゃんと訊いたら答えてくれるであろうことは知っていたからだ。現に、フランス語の先生の娘のことは、いろいろと教えてくれた。彼女が勤めるお菓子工場が、阪急沿線にあることまで説明してくれた。

　ただいつも、ヒロシが忘れてしまうだけだ。間中が言うように、どちらの耳が悪いとか、飯島が言うように、学年が下の女に手を出したらしいとか、そういうこと以外にも、ヤザワと話すことを持っているので、そちらを優先させてしまうだけだった。

ヒロシは、問題用紙を汚くしてしまわないようにクリアファイルにはさんで、リュックにしまった。飯島に返すのもなんだろうと思った。どこかで処分しなければならない。飯島が、模試の問題をファイリングしておく几帳面なタイプでないことを祈った。

長いことおったな、どないしてん、と講師に声をかけられ、なんでもないですよ、と答えながら、靴を履《は》いて外に出る。外は曇っていて、昨日よりは暑くなかった。家にまっすぐ帰れないことが、とても面倒に思えた。

困ったなー、と呟きながら、大通りに出て、とりあえず、家の方向とは逆の、区役所の方面に向かって歩く。もしかしたら、電車に乗ってどこかぜんぜん違うところに捨てに行ったほうがいいのかもしれないけれども、自転車なしでは駅は遠いし、かといってバスに乗るのも面倒臭い。区役所の隣には、大きな公園があるので、そこのどこか、木の根元にでもばらばらにして埋めるか。ていうか木の根元ってなんだ。子供か。

考え事をしながら北上していると、だんだん腹が減ってくる。そういえば、家から出てくる前に、祖父からまた寿司を頼まれた。だったらどっちにしろ区役所の側なのだが、寿司と問題用紙の処分、と、義務が二つ生じたことがわずらわしいような気がした。あーもーじいちゃんも寿司ぐらい自分で買いに行けよ、とぶつぶつ言いつつ、工具店の店番があるので買いに行けないことも理解していた。なんにしろ、一度自転車を取りに家に戻ったほうがいいのかもしれん、と信号待ちをしながら迷っていると、車道の方から、山田！　と声をかけられた。女の声だった。

驚いてそちらを向くと、自転車に乗ったフルノが手を上げていた。古野弥生とは、五月に、同じように路上で会って以来だった。連絡先はお互いに知らない。なんだか教え合う気にもならない。だから偶然会う以外、フルノとは関わりがなかった。

「なんなん、またイケアか」

「イケアはもう行ってきた」

自転車は、前のものとは違っていた。まずカゴがなかった。車体の色が、オリーブグリーンというかモスグリーンというか、とにかくすごく微妙な色をしていた。ホームセンターのシティサイクルにはない色だ。かっこいいといえばかっこいいが、なんでまたこんなむやみに渋い色を、とフルノの顔と車体を見比べていると、フルノは自転車から降りて、歩道に上がってきた。

「誕生日に、むっさ頼んで買ってもらってん」

本来のフルノは、そんなに馴れ馴れしい人間ではないのだが、今はとにかく自転車を自慢したいようだ。たしかに、女子校でその願望を叶えるのは難しいかもしれない。

「変わった色やな」

「店頭で見てこれやと思ってん」

「そうか」

この色がおまえの「これ」なんか、変わっとんな、とヒロシは感慨深く思いながら、青になった信号を渡る。もうイケアに行ったというフルノは、用事もないのか、自転車を押してヒロシと並んで歩く。こいつに問題用紙を預けて遠くに捨ててきてもらえれば、という考えが一瞬頭をよぎったが、ありえん、と頭を振る。ヤザワという人間をフルノが知らないことを抜きにしても、筆談の内容がえぐい。

「ランタンも手に入れたよ」

「へー、どう？」

「どうって、まあ雰囲気はあるね。火い使うからおかんは怒るけどね」

「勉強はせんのか」

「してないな」

フルノと話していると気が紛れる。ヒロシが今抱えている、問題用紙の処分とその内容から、遠く離れたところにいる人間だからかもしれない。

「今は帰り？」

「帰りやけど、しばらくうろうろする」

「なんでこのへんなんかおるん？　あんまりおもんないで」

「そやな」フルノがあっさり同意することに、おもんないと自ら言ったわりにちょっと腹が立つ。「まあ、探してる人がおんねんけど、別に見つかることも期待してない」

「なにそれ」

「自転車の選手やねん。先週末の全国のレースで、四位やったって。中学生が、高校生に混じってやで？　めっさかっこよくない？　クラブチームは埼玉の方のやけど、親の事情で住んでるのはこっちやねんて」

離婚かなんかかな、とフルノはぜんぜん知らない人の家庭について詮索する。フルノ自身も知らない人のことなので、ヒロシからしたら二重にまったく知らない人のことだ。

「知らんなあ」

「ツイッターの噂でそう言われてたんやけど」

「変なこと鵜《う》呑《の》みにすんなよ」

「変やないよ、このへんで何回もその人を見かけたって」フルノは、少しむきになってヒロシに言う。「まあええねん、土曜の昼の目撃情報やないし、今日はイケアに来ただけやし」

「へー。いつおるっていわれてんの？」

「平日の夜。次の日に学校あっても、すごい遠くに練習に行くんかして、十時半とかに帰ってくるんで、その時間帯によく見かけるらしい」

「そんなことまでわかんねんや。すごいけど、なんかちょっと怖いな」

「それだけ注目されてるってことなんかなあ」

なし崩しに、ヒロシとフルノは並んで歩いていた。今のヒロシには、寿司の購入と問題用紙の処分というミッションがあるわけだが、そこにフルノが加わって、なんだかもう先の二つは忘れたくなってきてしまっていた。

おまえはイケアには何回来ているのか、と言いかけたとたん、ものすごい音を立てて腹が鳴ったので、ヒロシはため息をつく。

「模試で昼飯食ってない」

「あたしも食べてない。あの角にミスドあるし入ろう」

あまりにも気安く誘うフルノに、おれ男やぞ、もうちょっと緊張しろよ、と脱力しながら、あーうん、とヒロシはうなずく。本当は、手前のなか卯に入りたかった。

土曜の昼のミスタードーナツは、そこそこ混み合っていて、空いているテーブルが二つしかなかった。四人掛けと二人掛けのテーブルを見比べていると、フルノは迷わず、二人掛けのほうに歩いて行き、壁際にリュックを放り出すように置いた。フルノは汁そばと点心のセット、ヒロシは担々麺と肉まんのセットを頼んだ。ミスドに来て二人共ドーナツを食べへんって、と注文のカウンターでヒロシが呟くと、あたし最近甘いもんがそれほど好きやないってわかってん、とフルノが言う。ほななか卯にしようさ、と言いかけたが、もう遅かった。

フルノの、ツール・ド・フランスもうすぐやわ、という話を聞きながら、ヒロシは、相変わらず女というお得感がないなあ、と失礼なことを考えていた。でもそれは、フルノにしても同じことかもしれない。普段通っている女子校で窮屈な思いをしているフルノからしたら、ヒロシは、男というよりは、まったく外にいる気を使わない相手なのだった。

ヒロシは、無性にフルノにヤザワの話をしたくなったが、やはりやめておいた。女は、生理が来たら妊娠可能な状態になるらしい、ということは、頭ではわかっている。けれど、自分より一学年下の女子がなあ、というのはまったく信じられなかったし、そういう噂を流す人間も信じられなかったし、広める人間も信じられなかった。ついでに、フルノがそのヒロシにとっての名も無き一学年下の女子と同じ女子であることも信じられなかった。なんとなく、フルノは他の女子なら怒りそうなそういう話をしても、あんまり何も言わないような気がした。

話題がなくなってくると、普通に受験の話になり、ヒロシは、勉強がうまくいっていない、といつものようなことを話し、フルノは、外部の高校に進学するか迷っている、と前に会った時と同じことを言った。なんだかんだでおまえは、エスカレーター式で上にいけるからええやん、と言うと、試験は一応あるしそんなにしんどくなくもない、とフルノは嫌そうな顔をして首を振った。

食事が終わると、フルノもヒロシも自然に席を立った。どちらも、無理に話すことを探しはせず、気楽な反面、あー、これから問題用紙捨てな、と本来の義務を思い出しながら店を出る。フルノは、道に座り込んで、妙な色の自転車に巻いたいかついチェーンを外しながら、何かを思い出したように首を捻ったかと思うと、ごめん山田、これから帰り長いんでトイレ行ってくるわ、自転車見張っといて、と急いで店に戻っていった。長いってどんぐらいやねん、どっからくんねんあいつ、と、自転車が括《くく》りつけられた標識を見上げていると、何人かの男が聞こえよがしにうるさく笑う声が耳に入ってきた。

一瞬、視線を感じたのでそちらを見ると、横断歩道を渡ってくる五人か六人ぐらいの男の集団の中に、間中がいた。男のうちの一人は、三村のように別の中学から塾にやってきている男で、他の連中にはまったく見覚えがなかった。ヒロシは、仲の良くない同級生と学校の外ですれ違う時の独特の気まずさを覚えながら、顔を伏せた。男の集団は、そのまま声を上げながら店に入っていく。

入れ替わりにフルノが戻ってきて、ヒロシの手から大きなチェーンを受け取りたすきに掛けている様子を見ると、変に安堵した。

かなり遠いけれども、環状線の駅まで歩こうと思った。帰りはバスに乗れば良い。久しぶりに、小学生の頃の塾があった梅田の方に行きたいと思った。問題用紙は大阪駅のゴミ箱にばらばらにして捨てよう。デパ地下で寿司も買えるしきっと悪くない。

駅に出る、とフルノに告げると、ああそう、とフルノは言った。フルノは、自転車には乗らずに、ヒロシの横で押して歩きながら、帰るまでに雨降らんかったらいいなあ、と曇り空を見上げた。そんでおまえ、どっから自転車で来んねん、と訊くと、フルノは、のえうちんだい、とあくびをしながら答えた。

「どこそれ？」

「都島区《みやこじま》」

ヒロシは、大阪市の区割りの地図を頭に思い浮かべようとしたが、そこがどこにあるのかについては、かなり長いことわからなかった。

＊

「ほんでまあ、『勘だけやった』とか言われたら、気になるやんか、自分もそうなんか、と思って。まあそうなんやけれども。それで、急にいろいろ確認してみたくなって、でも、誰かにモデルになってくださいっていうのもあれやから、古本屋でいろんなポーズが載ってる本があったから買ってきて」

「うん」

「それでも、最近のは高かったから、だいーぶ前のんな。五〇〇円やった」

「まあまあ高い気がする」

「それでもましなほうやって。なんていうか、裸婦が山ほど載ってんねんで？　もちろん、そういう目的で買ったんでもないし売られてるんでもないけど！」

「ははあ。そういうことにしとく。役に立った？」

「どやろ、十分のクロッキーをがんがんこなせ、みたいなことを書いてあったんやけど、ちゃんとしよ思《おも》たら十分では終わらん。ざっと写した後に、自分の思い込みを修正するだけでそんな時間過ぎる」

「そーなんか、ようわからんけど」

「あと、裸婦っていうのが、集中力が……」

「まあな」

「いやあの、エロ目的やないのはもちろんそうやし、モデルもすごい真面目な顔してんねんけどさ、すごいあの、変わった胸の人がおって」

「変わった？」

「左右でかなり大きさが違う……。ほんで、まじまじ見てたら誰かに似てんなあ、と思って」

「そういうの困るな」

「美人やねんけど、なんか目が細くて下唇が厚くてさ……。一晩寝て考えたら、ドラクエのドルイドに似てた、全体的に」

　ヒロシの言葉に、フジワラは目を眇めて口を歪《ゆが》める。ヒロシは、脇腹のへんがちょっとぽっちゃりしてたりとかさ、と手振りを加えて更に説明する。

「失礼すぎるやろおまえ、せっかく脱いでくれてはんのに。置き去りにすんぞ」

「それだけはやめて」

「しょうもないことばっかり考えてんとちゃんと描けよ」

「わかった……。ところでおれはちょっとでも下柳に似てる？」

　そう訊かれたフジワラは、立ち止まって眉をひそめ、口を開けてヒロシを凝視する。

「野球の？」

「野球の」

「なにそれ。えんぴつとサルって似てない？　っていうぐらい意味わからん」

「そうか。ちょっともないか」

「ない。おれら三人の中でも、おまえはもっとも下柳やない。それもかなりの大差で」

　ヤザワが、二人の後ろで声を上げて笑う。

　ハイキングに来ていた。フジワラが、夏に山に行こうと言っていたのだが、おまえは来るか？　とヤザワに訊くと、夏休みに入るとすぐに大阪を離れるが、終業式の前の土日のどこかなら空けるから行きたい、とのことだったので、三人で来た。ヤザワは、是非、という様子だったわりには、軽めで、だとか、あまり傾斜がひどくないところ、などと注文が多く、当初はトレッキングの予定だったのだが、ハイキングをすることになった。

京橋で待ち合わせて学研都市線に乗り換えてから、ひたすらフジワラについていくだけの行程だったが、それなりに楽しかった。間断なくどうでもいい話をしていたフジワラとヒロシに対して、ヤザワは、学研都市線の駅のホームから山道まで、とにかく写真ばかり撮っていた。それも、自分たちを撮って思い出作りにするという感じではなく、主に風景や、ヒロシとフジワラを撮ったと思ったら足元のアップだったりと、なにかこだわりを持っている様子でシャッターを切っていて、歩きながら話しているフジワラとヒロシに置いていかれそうになることもしばしばだった。ヒロシからしたら、そんなに目に留まるものもない、学校の遠足で行くような凡庸な山道のように思えたのだが、ヤザワにはいろいろと残しておきたいものがあるようだった。

山はそこそこ涼しかったわりに、フジワラが、さかんに汗を拭って制汗スプレーを吹きかけているのが気に掛かったので、そのことを指摘すると、おれよう汗かくねん、となんだか悲しそうに答えた。

「そうでもないやろ、普通やろ。むしろ女子っぽい匂いがして違和感あるぞ」

「わかった、『フローラルブーケ』はやめるわ」

「なんで石鹸とか無臭のにせえへんねん」

「この匂いが安かったから」

その後、フジワラは、自分は微妙に女子に嫌われているような気がする、という話をした。ヒロシには、フジワラのような毒にも薬にもならない、比較的静かな男が嫌われているという話は意外で、そうかな？　気のせいちゃうかな？　と訊き返したが、でかいし、男としかしゃべらんやんか、おれ、山岳部ってマイナーやし、と首を振った。そんなことないやろう、とヒロシは言いながらも、女子の気持ちには詳しくないので、うまく否定材料を見つけられない。むしろ、自分も、普段まったく女子と話さないので、嫌われていないという保証はなかった。

「自分のおったところの近くにいた女子らがさ、ここそ話し合って笑うのって、なんであんなにつらいんやろう」

「女ってそんなんやん」

そう言いつつも、野末はそうでもないな、とヒロシは思う。野末は、なんの話をしていても声がでかいし、早口だし、笑うときは手を叩く。ひどい時は膝を叩く。あいつは一般的な女子ではないのか、とヒロシは、肯定でも否定でもなく思う。

「たまに胃が痛くなるで」

「そこまで思わんでも。何笑ってんのって、話しかけてみたらどうなん？」

「そんなん言えるわけないやろあほか」

フジワラは突然早足になる。ごめん、ゆっくり、という、後ろを歩くヤザワの声が久しぶりに聞こえる。

乳酸が溜まる。

「そやな、溜まるよな」

ヒロシが、乳酸？　ヨーグルト？　などと不思議に思う傍らで、フジワラは、合点がいったようにうなずいて、またゆっくりになる。

「なんなん、おまえ、笑うやつのこと好きなん？」

話を戻すと、そういうのやないけど、とにかく自分の知らん理由で嫌われたくない、とフジワラは肩を落とす。

「わりと、なんやろ、しゃべってくれたりすんで、女子。好きなことやったら。それで印象変わるかもしれん」

「知った口をきくなあ、山田のくせに」

「話しかけてみたし」

「へー。どんな人？」

「ソフト部。背え高くて、髪の毛が首んとこぐらいで、制服のブラウスの下にジョジョのTシャツ着てる」

「最後の情報が……」

　背後で、ヤザワがくひひっと笑い声を立てる。ヒロシは、こらっと怒鳴りたい思いに駆られるが、むきになるのも子供っぽいと思って放っておく。改まって確認したことはないが、きっとヤザワは、ヒロシが野末を好きなことはなんとなく知っているのだろう。

　フジワラが、一応見所なんちゃう、と評する滝までの道は、自分にスタンドがあったらどういう名前にするか、という話をしながら歩いた。フジワラが、おれはイースタンユースにする、スタンドが発動したらおれはメガネを掛ける、と言ったので、ヒロシは、じゃあおれはサードアイブラインドにする、見えないものが見える、と答えた。実はよく知らないバンドだが、名前はすごくかっこいいと思っていた。

　自分はステレオフォニックスで。

　後ろを歩いていたヤザワが、突然話に入ってきてそう主張した。

「おまえのはどんなんなん？」

　ヒロシが振り返ると、ヤザワは満足そうに笑って答えた。

　聴こえないものが聴こえる。

　そうか、とヒロシはうなずきながら、以前コンビニで間中に声をかけられていろいろ質問されたことと、飯島と三村の昨日の筆談の内容を思い出した。でもフジワラがいるし、今日は何も訊けそうにないなあ、と思う。

滝の傍らにあった不動明王に手を合わせて、あともうちょっとで折り返し地点やで、と言うフジワラについていく。ヒロシは、だんだん疲れてきていたのだが、歩き始めてわりとすぐに足が痛いと言い出したりとか、乳酸がどうのと言っていたわりに、ヤザワは平気そうにしていた。五月の体力テストでも、ヤザワは、脚はそんなに速くないし、ボールも遠くに投げられないのだが、握力と持久走は、ヒロシが今まで見たことがないほど数値が良かった。おまえは運動神経がいいということでやってきたのか、それとも悪いと言われてきたのか？　と、訊くと、いいとも悪いとも言われたことがない、とヤザワは答えた。

こいつは得体が知れない、とヒロシは考えてみる。けれども、心の底から自分がそう思っているのかも疑問だった。柵につかまって、変則的な形の池を望みながら、デジカメをヤザワから受け取ったフジワラが、この写真は味があるなー、などとわかったように言い出したので、ヒロシも見せてもらった。実際、いい写真が多かった。山道は、目で見るよりも緑が濃く涼しげで、ヒロシやフジワラの後ろ姿には、何かちょっとした郷愁のようなものが付加されていた。

「写真が好きか？」

デジカメを返しながら、誰も知りたがっていないだろうし、そうとも思われていないであろうことを訊く。

そやな。

ヤザワは答えた。フジワラが、おまえ写真の学校に行ったらええねん、と相変わらず適当なことを言っているのが聞こえた。

＊

噂が本格的に広まり始めているのか、中学の生徒たちのヤザワへの風当たりは、日に日に厳しいものになっていっているように思えた。女は、少し離れたところで顔を寄せ合って盛んに話をするし、男は、心なしか、すれ違うほとんど全員が、ヤザワの顔を見上げるような気がしてくる。好奇の目で見る者はもちろん、睨みつけてくる奴もいるし、背後で「クズ」と呟く声も聞こえる。今週に入って二回、ヤンキーの男に唾を吐かれていた。ヤザワは、どのように扱われても、ほとんど動じていない様子だった。

いちばん後ろに座っているので、授業のプリントが普通に回ってこないらしい。ヤザワは、特にめげるわけでもなく、いちいち教卓にもらいに行くのだが、その行きにも帰りにも必ず足を引っかけられていた。最初は転んで、手を突いた机の生徒に、シャーペンで手の甲を刺されたが、それ以降はとても気をつけているという。靴箱には、弁当の食べ残しと裏庭の泥と煙草の吸殻と、血のついた脱脂綿が突っ込まれていた。ヤザワは、綿をつまみながら、保健室でもらうんかな、とぼんやりヒロシに話しかけた。

ヒロシは、去年まで同じクラスだった連中から声をかけられ、あいつとなんでつるんでんのん？　と、わざわざ廊下の突き当たりまで連れていかれて訊かれた。ヤザワに関するチェーンメールが回りまくっているし、ＬＩＮＥでも爆発的に悪評がたっている、と彼らは言う。先月の時点では、そういう話の好きな奴らしか知らなかったが、今はもう誰でも知ってるぞ、と。彼らは、噂を鵜呑みにしてヤザワをどうこうしたいと思っている様子ではなかったが、一緒にいるヒロシがただただ不思議なようで、名前が近いから、と端的な理由を答えると、ああ、そんなことか、と納得しているような、していないような感じでうなずいた。なんにしろ、気をつけろ、と忠告された。誰もあいつのこと知らんから、何言われたって、どんな尾ひれがついたって、ほんまやと思われてしまう、と。

ヒロシは、それはそうかも、と妙に納得した。だから、うまい方法はよくわからんが、早めに弁明したほうがいい、たとえば、敵意は持ってるけど話しやすそうなやつを選んで、本当のところを話すべき、とヤザワに進言したのだが、ヤザワは首を振った。あのな、平然としてるのもええけど、他人は説明せんとわかってくれんもんやぞ、雰囲気とか、あの人黙って耐えてるんやから違うんかも、とか、そんなふうには思ってくれへんぞ、となおも言い募ると、ヤザワは、そういう振る舞いを学んでいる、と言った。

これからも、理不尽なことはいくらでもあるやろう。

あのなあ、だからってなあ、とヒロシは話していてだんだん腹が立ってくるのを感じたのだが、自分がまだ噂の真偽について問い合わせていないことを思い出して、今更やけど、ほんまはどうなん？　と訊いた。ヤザワは、間違ってるよ、と簡潔に答えて、それで終わりだった。

とにかく、なにか訊かれたらおれが代弁しよう、訊かれるかわからんけど、絡まれても、いや、違うでってとにかく言えばいい、だって違うんやし、冷静に言おう、言うのはタダ、とあくまで静かにしているヤザワに対して、ヒロシの緊張と心労はどんどん増加していき、問答のイメージトレーニングのようなものでほとんど二十四時間そわそわするようになった。夢にまで見た。眠りながら、ヒロシはヤンキーの説得に失敗してうなされ、様子を見に来た隣の部屋で寝ている祖母に、明け方に起こされたりした。

野末がヤザワに話しかけていたのは、木曜の三時間目の休み時間のことだった。理科室からの帰りだった。ヒロシは、ヤザワが野末に腕を掴まれている様子を見ながら、動悸が早くなるのを感じた。ヤザワについての汚い噂が広まろうとなんだろうと、野末はまったく構わず、くだらない話で休み時間を埋め尽くしているようだったが、そんな野末までがヤザワに接触するとは、事は重大なのだ、とヒロシは思った。しかしそれ以上に、野末がヤザワに注意を払ったこと自体に狼狽してしまうのを感じた。

野末はなんて？　と訊くと、訊きたいことがあるから、放課後ちょっとだけ時間をくれって、とヤザワは答えた。ここへきて、まさかの浮いた話とはどうにも考えられなかったが、野末がヤザワと二人で話をしたがっているという事実は、ヒロシを不安にさせた。ただ、どんな内容であるにしろ、このタイミングでヤザワとさしで話をしようという太い神経が、どうにも野末だ、とも思った。

六時間目の終わりまでずっと考えたあげく、自分もついて行きたいのだが、と打診すると、いいよ、とヤザワは答えた。野末が来いと言ったのは、屋上へ続く階段に面した廊下だった。図書室の近くの場所で、ヒロシはなぜか少し安心した。

遅れてやってきた野末は、ヒロシがいるのを見て、あ、山田も、と目を丸くした。

「一緒におってええか？」

そう訊くと、野末は、あー、と困ったように首の後ろを掻いて、まあ、ここで待ってて、悪いけど、と頭を振った。

野末とヤザワが、前後に並んで階段の上に消えていく後ろ姿を眺めていると、ヒロシの胃は痛み出した。ヤザワもそうだが、野末も背が高かった。今日は、そのことをいつもより強く感じた。野末とヤザワが近くにいる様子には、まったく馴染みがなく、面識のない他校の生徒同士がたまたま同じ場所にいるように見えた。野末がブラウスの下に何を着ているのかは、よくわからなかった。着ていないのかもしれない、と一瞬考えたが、単に無難な白いTシャツでも着てるのかもしれない、とヒロシは妙に冷静に思い直した。

階段の下から二段目に座って、ヒロシは手すりにもたれる。塾の宿題はやっていない。数学と理科の日だった。気が進まないながらも、リュックを開けて、塾のテキストを取り出す。数学は、宿題のページを開いたのち、五秒で閉じてしまった。できるわけがない、と思う。理科は生物分野だったので、少しは解けそうだった。

膝にリュックを置いて、その上で理科のテキストを開くと、あー、そっかそっか、それはな、そやんな、という野末の声が聞こえてきた。ヤザワも、べつに声が小さくはないのだが、野末のほうが目立って大きいので、野末ばかりが話しているような錯覚に陥る。ただ、肝心の質問の部分は慎重にしゃべっているのか、どうでもいい相槌だとかつなぎの言葉だとかばかりが耳に入ってくる。

理科の問題に集中しようとするものの、階段の前の窓から入ってくる日差しが眩しくて、ヒロシはまぶたを押さえる。階下から、早い足音が聞こえる。おそらく誰かが、小走りで階段を登ってきている。屋上に上がろうとしたら、追い払わなければいけない。自分の手におえる相手だといいのだけれど。

廊下に上がってきたのは、大土居だった。学校指定のジャージはさすがに暑くなってきたのか、薄手のカーディガンの腕をまくって着ている大土居からは、微かな汗の匂いがした。表情は逆光でよく見えなかった。

「上がった？」

大土居は、人差し指を立てて、屋上へ続く階段の上を指差す。ヒロシがうなずくと、大土居は、廊下の壁にもたれて、制服のスカートのポケットに両手を突っ込み、階段の上をじっと見守る。

こいつについては、強打者らしい、ということしか知らない、とヒロシは思う。だから、何かごついイメージがあったのだが、改めて見るとそうでもなかった。野末のように、手足が長くて、背ばっかりが伸びた小六の男子みたくひょろっとしているわけではなく、同い年の女として取り立てて変わったところはなかった。普通だ、という感想を思い浮かべた途端、大土居が一瞬だけ硬い一瞥を寄越したので、ヒロシは緊張のあまり理科のテキストを床に落とした。

そっか、うん、そっか、という野末の相槌が聞こえてくる。上を向いた大土居の頭に光が当たると、顔をしかめているのがわかる。そこには明らかな嫌悪感が見て取れて、ヒロシはいたたまれなくなってうつむいてしまう。理科の問題も、もはや目に入ってこない。

大土居はおそらく、野末なんかの何倍も、ヤザワを不快に感じているのだろうと思う。あいつについていろいろ聞いてるかしらんけど、違うねんって、と言いたい。しかし大土居はヒロシのことなど眼中にない様子で、階段の上を冷たく睨んでいるだけだった。

ほとんど微動だにせず、口も開かない大土居を前にしていると、神経が参ってくるのを感じる。全然そんなふうに思ってもいないのに、ここはおまえに任せたからおれは帰る、などと言ってしまいそうになる。それほど、大土居と階段の下でじっとしていることは苦痛だった。しかし、この女は人を緊張させる、とヒロシは思う。それは、だいたいいつでもない。大土居に威圧感があるわけではないし、悪い人間だと聞かされたわけでもへらへらしている野末とは、まったく逆の資質のように感じられた。改めて、その二人がいつも一緒にいることを、ヒロシは不思議に思う。

何か話そうにも、話題が見つけられない。ヤザワのことに難があるなら、進路のことだとか、夏休みのことだとか、クラブのことだとか、いくらでも世間話はあるはずなのに、そのすべてを一蹴されてしまいそうに感じる。紙を破るように造作なく、大土居はヒロシを傷付けそうな気がする。

不意に大土居が口を開く。

「お父さん、亡くなったん？」

何か言ったと思ったらそれか。

ヒロシは、心臓に素手で触られたような不快さと痛みを感じながら、辛《かろ》うじてうなずく。六月の上旬の六時間目、ヒロシが担任の森野に呼び出されて教室を出ていったことは、同じクラスの連中なら誰もが知っていることだが、何があったのかと直接話しかけてくる者は一人もいなかった。それだけ、みんな事情をわかっているのか、それとも自分に興味がないのかと解釈していたが、こいつには知られたくなかった、と今は強く思う。

「うちもそう」

大土居は、階段を見上げたまま、抑揚のない声で言う。

「そうか」

ヒロシは、大土居の姿から目を逸《そ》らす。いつ？　だとか、なんで？　だとか、どう思った？　だとか、頭の中でだけ、ヒロシは言葉を用意したけれども、何も言えなかった。大土居に、ヒロシからの何かを期待している様子もなかった。大土居はただ、野末とヤザワの話が終わるのを待っていた。

階段の上の方から、ゆっくりと誰かが降りてくる音がした。ヤザワの姿が見えたので、ヒロシは、理科のテキストをしまって、ファスナーを閉めながらリュックを背負う。ヤザワは、少し汗をかいていたものの、いつもと変わらない様子でヒロシの前を通り過ぎ、そのまま下の階へと階段を降りていった。ヒロシは、それについて行きながら、肩越しにほんの少しだけ、野末と大土居が話している様子を見た。野末は盛んに首を振って、違うって、違うねんて、と何かを否定していた。大土居は腕を組んで、ヒロシの先に立って降りていくヤザワを見下ろしていた。

ヤザワは、ヒロシの方は一度も振り返らず、すたすたと廊下を歩いて、校門に向かった。まったくこたえていないのか、そういう風を装っているのか、ヒロシにはわかりかねた。

いつもは校門の前で別れるのだが、その日は少し遠回りをして帰ることにした。ヤザワは、そのことにはかまわない様子で、ヒロシがついてくるに任せた。

「あのこと訊かれたん？」

ヒロシが言うと、ヤザワはうなずいた。

「なんで野末が？」

おれと噂を立てられてる二年の女の子は、ソフト部のマネージャーやから。

「あーなるほど」

会ったことも、顔を見たこともない女子だ、とヤザワは言った。野末によると、彼女は、学校の誰かに対してひどく怯えていて、不登校になってしまったのだという。いじめだとかではなく、男子との関係の中でのことが理由なのだそうだ。妊娠の事実はないものの、何か男に対して意に添わないことをして、痛めつけられたことがあるらしい。また、男に関する何かを知っていて、それを話したら家に火をつけるとも言われた、と野末は説明した。だから、家でも疲れきっている。怖くて眠れないと泣いていた。

それがおれなんか、と野末は訊いてきた。

「でも、ちゃうんやろ」

違うよ。

「嘘ついてたら友達やめるぞ」

うん。

あ、友達やったんか、とヒロシは、話の流れとは別に安堵したが、そのことは黙っていた。

時間は五時前のはずだったが、まだ昼過ぎのように明るい夕方だった。そろそろ別れなければ、というところで、ヤザワは再び口を開いた。

塾の宿題できたか?

「全然できんかった」

しろよ。

ヤザワは手を上げて、信号を渡っていった。ヒロシは、通りに沿って歩きながら、ヤザワが野末から聞いてきたことについて考えて、改めて嫌な気持ちになった。

誰か知らんけど、なんでそんなに他人をねじ伏せることが必要なんやろう。

そのことについてしばらく考えたい、と思ったけれども、ヤザワの言う通り、ヒロシはこれから宿題をして塾に行かなければならなかった。誰にでもなく、そんな場合か!

と詰め寄りたくなる。

　校門を出た時よりも陽が傾いていることに気が付きながら、ヒロシは唐突に、大土居のことを思い出した。大土居と話したことより、大土居が怖かった、ということより、その佇《たたず》まいと影を思い出していた。今日はそれよりもっと重要なことがたくさんあったはずなのに、ヒロシは、廊下の窓からの光が本当に眩しかった、と目をこすりながら、自宅の店の引き戸を開けた。

　塾で時間を過ごしている時も、ずっとあの窓からの光にやられているような気がして、落ち着かなかった。大土居の体は、夕方の光に空いた暗い穴のようだった。自分の足の爪先に、その影の先が接していたような記憶が蘇ってきたが、本当にそうだったかは定かではないし、もう確認のしようもない。

　誰にも訊かれないだろうし、それ以上に誰にも言いたくないと思う。ヒロシはよく、口にするのをためらうことを考えるけれども、今日はいつにもましてそう感じた。あまりに頭の中が光のことでいっぱいで、自分が周囲から何かおかしなことになっているように見られているのではないかとすら心配した。

　だから、塾が終わって夜道に出ると、妙に安心した。暗いことはそんなに好きではないのだけれど、変なことになっている脳みそごと、世界から身を隠せるような気がした。

　遠回りをして帰った。大通りに出て、何か食べて帰るか、食べるものを買って帰るつもりだった。今日は絶対に母親と話したくない。

とりあえず歩いて、フルノといた時に入りそこねたなか卯で、親子丼の大盛と小うどんのきつねを食べた。上の空のわりに、何か感覚が鋭くなっているのか、異様に美味しく感じて、おそらく十分もしないうちに食べ終わってしまった。

あまりに早く用事をすませてしまったので、なにか物足りない気分で帰路についた。まだもっと歩きたいのに、今が木曜の午後十時過ぎであることに不満を感じた。土曜の夕方だったら良かった、と思う。

明日も学校か、そんで塾か、とうつむいて歩いていると、ヒロシ！　と大声で誰かに呼ばれた。聞き覚えのないような、しかし、もっと違う場所とトーンで聞いたら、はっきりと認識できるような、知っていると知らないの中間の声だった。

ヒロシの真横の車道を、びっくりするような速さで自転車が駆け抜けていった。強い風に吹かれたような気がした。ヒロシは立ち止まって、車と変わらないような速度で走っていった自転車が、赤信号で停車するのをぼんやりと眺めた。

ヤザワだった。自転車用の、細長い穴が刻まれたヘルメットをかぶって、ヒロシを振り返り、小さく手を上げ、また青になると走り出した。あまりに速いので、すぐに見えなくなってしまった。

ヒロシは、根が生えたように、しばらくそこに立ち止まっていた。

次の日に学校あっても、すごい遠くに練習に行くんかして、十時半とかに帰ってくるんで、その時間帯によく見かけるらしい。

フルノの言葉が記憶の中から突き出され、ヒロシはリュックから携帯を出して時刻を確認し、あー！　という声を上げた。ただでさえ、落ち着きをなくしていた頭が、軽く煙を上げたような気がした。わけのわからない日だった。

＊

すずめの死骸を埋めに行く前に、野末が女のヤンキーの集団に呼び止められて、階段の踊り場に連れていかれるのを見かけた。ヒロシは心配で、すずめは放課後にせんか？と提案したのだが、ヤザワは首を振って、裏庭へと降りていった。

おれらが出んでも、野末はちゃんと説明してくれるよ。

柳の根元にしゃがんだヤザワは、定規で穴を掘りながら言った。

「どうやろ？　あいつたまに言ってることの順番がめちゃくちゃで、わけわからんで」

集中したら、ちゃんと話せる人やった。

ヤザワは、定規を穴の中に突っ込んで、深さを測る。何センチ？　とヒロシが訊くと、八センチぐらい、とヤザワは答えて、傍らのハンカチの上に置いた死んでいるすずめを、穴の中に下ろした。ちゃんと穴におさまったので、ヒロシはすずめの上に土をかける。二人で手を合わせる。ヒロシが目を開けた後も、ヤザワはじっとしていた。

すずめは、三時間目の休み時間に見つかった。三時間目が音楽で、教室を移動した隙に、誰かがヤザワの机の中に入れたものと思われる。わざわざ殺したんかな？　とヒロシが言うと、道に落ちてたんとちゃうかな、とヤザワは答えた。ごくたまに、外傷もなく、鳥が道の端で死んでいるという。どうにかしたいけど、だいたい自転車に乗っているのでどうにもできない、今度は埋められてよかった、とヤザワは言った。嫌がらせの一環として回ってきた死骸を埋葬できて「よかった」は変だとヒロシは思ったけれども、咎《とが》めることでもないので黙っていた。

教室に帰りながら、このまま変なことが続いたら、けーさつとかに言うべきかも、というヒロシの言葉を、ヤザワは、それはない、と静かに断じた。現に、担任の森野は、何度か放課後にヤザワを捕まえようと試みているのだが、肝心のヤザワが、逃げるように帰ってしまうので、ヤザワにまつわる誤解も、嫌がらせも、放置されたままだった。なんかもっとおかしなことがあったあとでは遅いぞ、とヒロシが引き下がらずにいると、今は大事な時期やし、めんどうなことはいやや、とヤザワは拒否した。ヤザワは、森野のことが苦手でもあるらしい。あの人は、なんか勝手に他人に期待して失望するようなところがある、とヤザワは言う。どうやら、五月の進路相談の時に、話がうまく噛み合わなかったようだ。

　ヒロシは、うーんとうなりながら、自分がそのめんどうなことの代理をしてもいい、と言いかけたものの、具体的なことが何も浮かばず、その話はそこで終わった。代わりに、大事な時期とはどういうことか？　と尋ねると、夏にイタリア人が練習を見にくるかもしれない、というぼんやりした返事が返ってきた。

　予鈴が鳴って、ヤザワとヒロシが教室に戻った頃合いに、野末と野末を連れていった女たちも帰ってきていた。野末は、身振りを交えて、さかんに何かを彼女たちに説明していて、女たちは少しうなだれていた。誰かが、野末の腕を取って、何か言った。ごめん、と口元が動いたように見えた。

　野末が連れていかれたのは、この数日の間、何くれとなくヤザワを気にしているからだろう。毎日何かが突っ込まれているヤザワの靴箱の掃除を手伝ってくれたり、弁当を盗まれたらおかずを分けてくれたりしていた。ヒロシは、野末に気にかけてもらえるヤザワがうらやましくなるかと思っていたが、意外とそうでもなく、妙な心持ちで、野末の気遣いを受け取るヤザワの隣で過ごしていた。ヒロシには、自分がヤザワの立場になったら、野末は同じようにするだろう、という確信のようなものがあった。だからといって、今すぐヤザワになって気にかけられたいという気にもならなかった。野末にはどうも、二人も弟がいるらしい、という話を聞いていたからかもしれない。なんというか、野末にとっては、男とはそういうもの以上でも以下でもないのだろうと思った。掃除を手伝ったり、食事を分けてやったりという。

女子たちに知れたら、ヤザワの無実が広まるのは早かった。週明けには、ヤザワの足を引っ掛けるものは誰もいなくなっていたし、机や靴箱の中に突っ込まれるものの量も半分以下に減った。女の情報伝達能力半端ないな、とヒロシが感心すると、ヤザワは口の端を上げて笑った。

ヤザワの自転車が盗まれたのは、もうすぐ夏休みも来るし、みんな忘れるだろう、と話し合っていた矢先のことだった。

終業式の夜には関東に行く、とのことだったので、自転車を見せてくれ、とヒロシが頼んだのだった。ヤザワは、少しうれしそうにうなずいて承諾し、その日は家とは逆方向に練習に行く曜日なので、道に自転車を隠してきた、と言っていたのだが、隠し場所であるという運送会社のガレージの金網には、チェーン錠が三つぶら下がっているだけだった。ヤザワは、頭を掻きむしって周囲を見回し、ヒロシの知る限りではもっともあわてた様子で、鍵、鍵、と制服のポケットを探り、ああ、と細い声をあげた。

「ないんか?」

ヤザワはうなずく。

体育あった。水泳。

「その時か。六時間目やもんな」

五時間目まであったものが、六時間目が終わったらなくなっていたのなら、気が付かないのも無理はない、とヒロシは思った。それに水泳の授業では、大事なものだから肌身離さずというわけにもいかない。

「そん時に盗《と》られたんかな」

通りすがりの自転車泥棒であれば、チェーン錠は切断されているだろう。しかし、チェーンは三つとも、傷も付かずにきれいに残っていた。鍵を持ち去った者にしかできない仕業だった。

ヤザワは、手の甲で額の汗を拭きながら、チェーンを回収する。ヒロシは、ゆっくりと首を振りながら、もうやっぱり、学校かけーさつにゆわんと、と提言する。ヤザワは何も言わずに、チェーンのごわごわしたカバーから何やら引っ張り出して、じっと見ている。紙のようだった。ヒロシが覗き込もうとすると、ヤザワは素早くそれをポケットに突っ込んで、ふらふらと歩き始めた。

「おまえそれ何?」

なんでもない。

「なんでもないことないやろ」

なんでもない。ごみ。

「なんか書いてあるんやろ?」

ヤザワは首を振って、ヒロシを押しとどめるように手を差し出した。

わあわあ言うな。

なだめるような、命じるような声だった。ヒロシは、口をつぐみながら、薄い刃物で胸の奥を傷付けられたような気分になった。

おれの問題やし。

ヒロシは、背負っていたリュックをヤザワに投げつけたい衝動に駆られたが、それは押し留めて、そうかもな、と同意した。

「学校もけーさつも嫌なんやったら、親にちゃんと言えよ」

ヤザワは答えず、ただ微かに笑っただけだった。七月の太陽の下で、ヤザワの頰は青ざめて見えた。ヒロシは、ヤザワの上腕を軽く叩いて、その場を走り去った。自分がものすごくちっぽけな存在に感じられて、ヤザワがその気持ちを強いたみたいに思えた。

結局は、ぜんぜん知らない人間なのだ、とヒロシは無理やり結論しながら、早足で家に帰った。外でやることがあるから、学校での世間なんてまるで気にしなくてよくて、だからひどい嫌がらせを受けたって平気そうにしている。フルノがわざわざ都島区から探しに来るような男なのだ。都島区がどこか、どれだけ遠いかは曖昧だが。

塾の宿題をしなければいけなかったが、まるでやる気が起きなかった。冷蔵庫の中に麦茶が入っていないことに苛立って、コップに氷を入れて水を飲み、どすどす階段を上がって部屋に戻って、ベッドに寝転がった。古くてあまり冷えない窓用エアコンの温度を、いつもより二度下げた。それでも気分はまったくおさまらなかった。ヤザワの乗っていた自転車の色を思い出そうとした。黒だったような、オレンジ色だったような。

　どうでもええやろっ、盗られてんからっ、とヒロシは天井に向かって怒鳴って目をつむった。一時間だけ寝る、と決めた。宿題は英語を半分だけやる。残りは、ちょっと早めに塾に行って誰かに写させてもらう。国語は全部その場でやる。

　プランを決めると、少しだけ動悸がおさまったが、まだ頭に血が上ったままだった。更に室温を下げたものの、相変わらず眠気がやってこないことにむかむかした。体は疲れている。六時間目に水泳があったし、今日は特に暑かった。なのに頭の中の事情のせいで、すっきりと眠ることができない。あらゆる人間に腹が立った。自転車を盗んだ奴にも、ヤザワにも、自分自身にも。突然、野末に「あんな奴にかまうことはない！」と宣言しに行きたい気分になったりもしたが、その考えは一瞬よぎっただけに終わった。

　自分が自転車で走り回りに行きたいぐらいだ、という気持ちとは裏腹に、ベッドに張り付いて気持ちも体も持て余しながら、やっと部屋が涼しくなっていることが感じられて、眠れそうだ、と夢うつつで考えていた時に、携帯が鳴った。

　誰やねんもう！　と苛立ちながら、リュックから取り出すと、ヤザワからメッセージが来ていた。開くか開かないか迷ったあげく、開いた上で返信をしない、と決めて、寝転んで適当に決定ボタンを押して操作すると、動画が再生された。歩きながら、どこかの隙間から撮影したもののようで、やたらにぶれている。画面の上半分に、青い建物が映っていて、おそらくイケアだということがわかった。何人かの男のやかましい笑い声が聞こえて、そこで動画は終わっていた。

続いて、「ゆうかいされた」という内容のメッセージが来た。

「あほかー!」

ヒロシは起き上がって喚《わめ》いた。なんやねんぼけが死ねもう、と呟きながら、ヒロシはリュックを引っ摑んで階段を駆け下り、水を一杯飲んで、家の外に飛び出した。自転車の鍵を外していると、母親が仕事から帰ってきて、あんたこんな時間にどこ行くん?などと声をかけてきたが、無視して走り出した。

ああもううざいめんどくさい! とヒロシは叫び出しそうになりながら、運河を渡る橋の傾斜を立ちこぎで上って、海を目指す。橋の真ん中に来ると、ゆっくりと西に傾き始めた太陽の光が、ほとんどヒロシを突き倒そうとするかのように襲いかかってきたが、頭を振って何とか持ちこたえた。

人々どころか、地形も、太陽も、ヒロシにはばかばかしく思えた。ありえない茶番。茶番の語源はよくわからなかったが、とにかくそういうものだった。赤い敷石の自転車道を走っていると、額に黒い虫がぶつかってきて、ヒロシは悪態をつきながら乱暴に振り払う。

しんどいやろ、そういうの、と思う。勝算もないのに、自らやばいとわかっているものに突っ込んで。避けろよ、ちょっと考えたらできるやろ。額には、なんとも言えない不快感が残る。虫あほすぎる、と思う。たぶん、ヒロシ自身に置き換えると、いきなり開いたドアと壁の間に挟まれたぐらいの衝撃はあるだろう。痛いだろう、それは。

青くて平たい、四角ばった建物が近付いてくるにつれ、虫のことばかり考えている場合ではないということに気が重くなる。とにかくイケアまでやってきたが、ヤザワが連れてこられたのはこの近くなのだろうか。ヒロシは、動画が添付されてきたメッセージの発信時刻が二十分前であることを確認する。ヤザワは、おそらく自転車を取り返しに行って、そしてまんまと誘拐されて、一体どんな目に遭っているのだろうか。

まさかイケアの建物内で何かが行われているとも考え難かったので、裏手に回ってみることにする。空気に、海の匂いが混じる。道路の反対側には、金網が張り巡らされた、港湾局が管理する広大な空き地がある。やはりこのへんだろう、とヒロシは見当をつける。

建物の海側にやってくる。平日の夕方だからか、車はまったくといっていいほど見かけない。人もいない。ヒロシは、全身で通りすがりを装って、自転車で車道を徐行しながら、海に張り出した空き地を眺める。やっと、正面から車が一台やってきたものの、異変を感じ取った様子はないまま、ヒロシとすれ違って角を曲がってゆく。

ヒロシは、気が進まないながらも、海側の歩道に移り、自転車を押しながら、空き地の様子を確かめる。空き地は、車道よりも少し低くなっていて、これやったら近付かんとわからん、とヒロシは首を振る。金網の下からは、雑草がぼうぼうに生えていて、ヒロシの視界を微妙に遮《さえぎ》る。

だんだん自転車がじゃまになってきたので、高く雑草が生えているところを選んで停車する。鍵を抜くために頭を下げると、足元からかすかに焦げ臭い匂いがする。真新しい煙草の吸殻が捨てられていた。ヒロシはそれを拾い、自転車から少し離れて、雑草に身を隠すようにしゃがみ、金網越しに、空き地をぐるりと見渡す。

ひょろりとして、きのこのような髪型をしたヒロシと同い年ぐらいの男が一人、だらんと立って、海の方向を見ていた。ヒロシの位置からはよく見えない場所から、海見てどうすんねんあほ！　車道見ろ車道！　という声が上がる。男は、あわてて回れ右をし、ヒロシのいるあたりまで近付いてきたものの、誰もいないと判断したのか、またぶらぶらと元の場所に戻ってゆく。

ヒロシは、雑草の高さに身を低くしたまま、見張りの男を叱り飛ばした声がする方向へと移動する。見張りの男が、とにかく所在無げにそのへんを歩き回るのが本当に煩わしかったが、少しずつ、何が起こっているかが見えてくる。

数えると、見張りも入れて四人いた。ヒロシの中学の人間ではなさそうだったが、誰もがその年齢であることは確かだと思えた。制服のままのヤザワは、車道の側に背を向けて横たわっている。尻を蹴り上げられて俯《うつぶ》せになる。頭に煙草の灰を落とされている。背中を踏まれて、脇腹を蹴られている。自転車は、少し離れたところに寝かされていた。

ヒロシは、ゆっくりと首を振って、音を立てないように静かにリュックを下ろし、携帯を出して110を押す。しかし、通話をしようというところで、ヤザワが警察沙汰になることを嫌がっていたのを思い出して、番号をクリアする。

摑んだ金網を叩きたくなる衝動を抑えながら、ヒロシは考える。ややこしいねんおまえはもう、とむかむかしながら、足元に置いた煙草の吸殻の煙をまともに吸い込んで、軽く咳き込む。

発作的にリュックを開けて、先週使い切って替えたばかりの英語のノートを引っ張り出す。煙草の先で、青い表紙にさわってみると、黄色い焦げ跡が残った。ヒロシは、そのままじっと、煙草をノートに押し付けながら、茂みから頭を出してヤザワの様子を見る。髪を摑まれて、無理やり身を起こされたかと思うと、腹に足蹴を一発食らっている。同時に、煙草の煙とは違う、それよりは純粋な感じのする火の匂いが、ヒロシの手元から上がる。燃え始めたノートを手にしながら、ヒロシは再び、目を凝らして空き地を見回し、ドラム缶やスプレー缶など、本当にまずいことになりそうな物が放置されていないことを確認する。それらしいものはない。車道側の一帯には、濃い緑色をした、伸び放題の雑草が生い茂っている。海に近づくにつれて、白に近い灰色の砂利が敷かれた地面が増えてゆく。

背伸びをして、見張りの男がまた海のほうを向いた隙に、三分の一ほどが燃えたノートを金網の向こうに思い切り放り投げる。ノートは無事、草地の向こうの砂利の上に着地する。ヒロシは、金網を摑んで、燃えるノートを凝視しながら、名前書いてたっけ？と考える。塾では、忘れ物がすみやかに持ち主に返るように、テキストやノートに名前を書くことが義務付けられている。ヒロシは、よく油性ペンをどこにやったかわからなくなるので、いつもその作業は後回しにしていて、今度もきっとそのはずなのだが、もうそれを確かめようがないことに、胃が捩《よじ》れるように痛むのを感じた。

携帯を開いて、一呼吸おき、非通知設定の番号を押したのち、119に電話をかける。すぐにつながる。

「すみません」声がひび割れていた。体じゅうの関節と筋が緊張して、自分がひと回り小さくなってしまったように感じる。「港湾局の管理の空き地で、なんか燃えてます。いや、焚き火やなくて。イケアの真裏」

消防署で電話をとった男は、なおも何か言い募ろうとしたが、すみません、急いでますんで、と震える声で答えて電話を切る。消防士は確実に来てくれることを、ヒロシは知っている。以前、母親が夜中に、きな臭い匂いがするのだが、家のどこかから火が出ているのではないか？　と突然疑い出したことがあって、ヒロシはそんな気配は感じなかったのだが、母親は、近所のどこかかも、と言いつつ外に確認に行った。しかし、首を振りながら戻ってきて、でも確かに火の匂いがするのだ、どこからかわからないけれども、と消防署に電話をした。そのままのことを伝えると、隣の区で火事があって、風向きでそちらの方に匂いが行っている、同じような通報が相次いでいる、という説明を受けた。母親は、そういうことなら、とそこで話を終わろうとしたのだが、でも念の為に行きます、と言われて、消防車が本当にやってきた。母親は、明日仕事やのに！　とうろたえていたが、ヒロシは窓から消防車と消防士をうっとりと眺めていた。小四の時のことだった。

そのことを思い出すと、単に「きな臭い」の通報だけでもよかったのではないか、と激しく後悔したのだが、もう遅かった。ノートはすでに、半分以上が燃えていた。髪を引っ張られて座らされたヤザワの頭に、誰かが何かを囁いていた。笑い声が起こった。見張りは、少しの間肩越しにそちらを向いて、首を振っていた。

男の一人が、手に持っていた小さなものを、ヤザワの左耳に近付けているのが見えた。煙が出ていた。煙草のようだった。ヤザワは、頭を振って逃れようとするが、更に二人がかりで肩を押さえつけて、頭を傾けさせ、ヤザワの耳を剝き出しにする。

ヒロシは、思わず金網によじ登って声を出していた。やめろや！　と言ったか、ひどいぞ！　と言ったかは思い出せないが、とにかく、ヤザワの耳の中に入ろうとしていた煙草の先端はぴたりと止まった。

それからすぐに消防車のサイレンが聞こえてきて、連中は顔を見合わせ始めた。消防車は、ヒロシが来た道の方から来ているようだった。見張りの男は、こっちに来てる！と振り返ってわめいていた。ヤザワはすぐに放されて、地面に倒れた。見張りの男が、燃えているヒロシのノートに今更気付いて、そちらを指差すと、男たちは、車道側の金網に駆け寄って、我先にと登り出した。ただ一人、ヤザワの耳に煙草を入れようとしていた奴は、倒れていたヤザワの自転車を持ち上げて、海に向かって走り出した。

え、なんであんなに軽々と自転車なんか持てんの？　あいつがなんかすごい怪力なん？　それとも自転車がすごい軽いん？　とヒロシが目を見張っているうちに、水音が上がり、ヤザワの自転車は、海に投げ捨てられた。背中が冷えるのを感じた。金網を摑んでいる指も、ほとんど麻痺しているような気がした。自転車を捨てた男は、小走りで車道の側に戻ってきて、どこか悠々と金網を登り、サイレンの音とは反対の方向に素早く逃げていった。他の連中よりも動作が遅い様子の見張りの男は、もたもたと走っていく途中で、突然立ち止まって振り返った。いきなりのことだったので、金網の傍らで雑草の陰に隠れているヒロシは、視線を合わせてしまった。ガリガリにやせた、変な髪型の見張りの男は、驚いたように口を開いて何かを言いかけたが、誰かに呼び寄せられて、またそちらに走り出した。

見覚えのある顔だと気が付いた。フルノと行ったミスドで、間中と一緒にいた男らの中にいた。ヒロシは息を吞んだ。数秒の間、すさまじい後悔が押し寄せてきたが、ますます大きくなるサイレンの音に意識を引き戻され、金網を乗り越えてヤザワの元に駆け寄る。

おい、大丈夫か、と揺さぶると、ヤザワはすぐに目を開けて、自転車、と呟き、身を起こした。わかったから、とりあえず今はこっち来い、消防車来るぞ、とヤザワの腕を摑んで立たせ、サイレンの聞こえてくる方向とは逆の側を指差して、ヒロシは走り始める。ヤザワは、おぼつかない足取りで、ヒロシに引きずられるままについてくる。

煙の匂いが強くなった。燃やしたノートの方向には、のろしのように細い煙が上がっていた。ヒロシは、速くは走れないヤザワを連れて、とにかくややこしいことから逃れるために、空き地のより開けている方へと向かった。ヤザワは、何度も何度も自分が殴る蹴るされていた場所を振り返っていた。

サイレンの音が止まり、数人の消防士が歩道に降りてくる。細い煙を指差しながら首を振っていたものの、ホースを持って金網を越えている。ヒロシは、その様子をずっと眺めていたかったが、気付かれてもまずいので、そのまま走り続ける。声をかけられたような気がしたので、なおさら前だけを向いて、ひたすら現場から離れることを目指す。歩道に置きっぱなしの自分の自転車が気になったが、今はかまっている場合ではなかった。

海に突き出た小さな桟橋を、いくつか通り過ぎる。静まり返っていても、ここで仕事をしている人もいるのだと気付いてひやりとする。この夕方の時間帯には、みんな帰ってしまっていることを願う。

海と歩道のちょうど真ん中ぐらいの、特にたくさん草が生長しているところで、ヒロシは走るのをやめる。息が切れていた。ものすごく長い間走ったような気がしたが、消防車がまだ見える範囲なので、緊張でより体力を消耗したのだと思う。

ヤザワは、ゆっくりとその場に座る。ヒロシの足元で腕に頭を埋める姿は、ほとんど子供のように小さく見える。ヤザワはヒロシより十五センチ以上身長が高いのにもかかわらず。制服のシャツは汚れて、足形が無数についている。しゃがんで顔を覗き込もうとすると、左耳の耳たぶに赤い火傷を負わされていて、ヒロシは首を振る。

「行くぞ」ヒロシの言葉にも、ヤザワは微動だにしない。「耳、冷やさんと」

消防士がまた金網を乗り越えて、消防車に乗って帰っていくのが見える。ヒロシは、大きく息を吸って吐き出す。もう長いこと、呼吸をしていなかったような気がする。

水の音がした。

隣に座ると、ヤザワは顔を伏せたままそう言った。

「うん」

自転車、なかった。

ヒロシは、うなずくことができなかった。そうしなければ、自転車はまだ海に捨てられていなくて、さっきと同じ場所に横たわっているように思えた。

ヒロシが家を出てから、どのぐらいの時間が経ったのか、太陽はだいぶ傾いていた。海の匂いはそんなにいいものではないのに、海面は金色に輝いていた。

今日乗れん。

ヤザワは泣いていた。

どうしよう。

ヒロシには答えようがなかったし、ヤザワもそんなものは求めていないようだった。

何も言わずに、ただ並んで座っていた。ヒロシはその日、生まれて初めて、夕方が夜になる瞬間を克明に見た。対岸の工場に陽が隠れる瞬間、空が燃えているように赤く染まったような気がした。写真が好きなら撮るといい、と言いたかったが、それはやめておいた。

ヤザワはとっくにそのことを知っているような気がした。

周囲がずいぶん暗くなってから、呼び出して悪かった、とヤザワが言った。ヒロシは、知らんやん、と答えた。少ししてから、会話になっていない、とヤザワが呟いた。ヒロシは、なんだか猛烈に体から力が抜けていくのを感じて、まあな、と同意した。

暗い海からの風はぬるかったけれども、風というだけで心地よいもののような気がした。

*

ヤザワは、一日だけ休んで、その次の日にはもう登校してきていた。顔は腫れていたし、シャツから出ている腕は打撲の跡と擦り傷が目立ったが、病院に行って診てもらったら、骨折などはしていなかったという。

体をひどい目に遭わされた件よりも、自転車のことで落ち込んでいるのではないか、とヒロシは心配していたが、ヤザワは、表向きには平気そうにしていた。昼休みに、恐る恐る、海に放り込まれた自転車について切り出すと、将来もらう給料から返すっていうことで、そんなに高くないやつを買う、と答えた。親にはまだ、何があったのかは言っておらず、千本松大橋でひどく転んだ、と説明しているらしい。自転車が見当たらないことについては、単純に、盗まれた、と。

放課後は、交互に担任の森野に話を聞かれた。ヤザワが先に呼ばれ、なにかあまりに埒《らち》が明かなかったのか、廊下で待っていたヒロシも、教室に招き入れられた。入れ替わりに出てきたヤザワは、自転車を買ったお店に、試乗車とか余ってる展示品があったりしないか相談して、それを借りて今日は練習する、と説明して、そのまま帰っていった。ふらふらしていた。それは、体がどうのというより、ヤザワが立って歩いている時は、基本的にいろいろと上の空なのだ、ということに、ヒロシが今更ながら気が付いたことを意味していた。

ヒロシと二人だけになると、森野はまず、ヤザワに関して出回っていた噂が、完全にでたらめであると野末によって否定されたことを報告してきた。ヒロシは少し怒って、遅いねん、あいつほんとに嫌がらせされとったのに、と言うと、森野は素直にあやまり、野末が、当事者である不登校の二年の女子と根気強く話し、彼女を脅していた生徒を特定して、それを顧問に相談した、という話をした。誰すか？　とヒロシは訊いたが、森野は教えてくれなかった。

ヤザワは、森野にも、自分は自転車で転んだのだ、と説明したという。ヒロシは、それを聞くと複雑な気持ちになったのだが、あれはどう考えても人にやられてるやんか、耳たぶを火傷してたし、と森野が呟くと、結局、堰を切ったようにヤザワがひどい目に遭ったこと、知らない連中に自転車を海に捨てられたことを話してしまった。自転車の鍵を校内で盗まれたので、学校の中に手引きした者がいるということも話した。いろいろ打ち明けながら、おぞましくて、腹が気持ち悪くなった。森野からは、知らない連中の年格好について詳しく尋ねられた。ヒロシは、たぶん同い年だと思う、ということと、徒歩で逃げていったことを話した。

ところで、山田はどうやってヤザワを助けたのか、と森野に訊かれ、ぼや的なものを起こして消防車を呼んだ、と正直に答えると、あんたなにしてんの！　と森野は突然怒り出した。恐縮したヒロシが、ヤザワがけーさつはいやだと言ったので、と更に言い募ると、そういう時は学校に電話してきなさいよ！　と怒鳴られた。さすがに理不尽なことを言われたような気がしたヒロシは、学校の電話番号なんか知らんよ！　と怒り返した。すると森野はすぐにしゅんとして、ああうん、まあ、そうやな、そもそも止めれんかった私が悪かった、と落ち込んだ。ヒロシは、ヤザワが森野を避ける理由がちょっとわかった、と思いながら、あいつほんまに面倒くさがりやし、今は別の大事なことで頭がいっぱいやから、あんまりいろいろ聞いたらんといたってください、と言った。出すぎた真似をしている、という自己嫌悪と、何とか自分たち以外に頼れそうな人間ができた安堵感が同時にあった。

帰り道で、以前見張りの男が、間中と一緒にいるところを見かけたことや、ヤザワのどちらの耳が悪いのかと間中に訊かれたことを思い出して、それも言ったほうがいいのかと考えていた。ヤザワをしめた連中は、おそらく全員他校の人間で、その時塾に行っていたものと思われる間中は、もちろんそこには含まれていなかったが、何か釈然としなかった。ヤザワの自転車を括りつけていたチェーン錠の鍵を盗んだのは、絶対に校内の者、それも同じクラスか、水泳の授業を一緒に受ける隣のクラスの者のはずだからだ。消防車を呼んだことを咎められるのではないかと心配にもなった。揉め事は自分に向いていないと心底思う。

塾での間中は、いつもより少しおとなしく見えたが、それ以外に変わった様子はなかった。よく通る声で話し、周囲の者をいじって笑いを取り、篠崎といちゃつきながら帰っていった。数学の小テストの点数があまりに悪く、要点をわかりやすく解説したプリントをやるので職員室に来い、と講師に呼び出されたヒロシは、社会はがんばってるけどそれに反比例して数学が悪くなっている、と身もふたもない指摘をされたのだが、そのやりとりの最後に、おまえの中学でなんかあったんか？　とまったく関係のないことを訊かれた。なんでですか？　と問い返すと、これからちょっとだけおまえの中学の先生が来るねん、と講師は首を傾げていた。森野っすか？　とヒロシが言うと、そう、ちょっと中学校間の交遊関係を調べたいらしい、と講師は不思議そうにしていた。

次の日の放課後に、また森野はヤザワとヒロシを捕まえようとしたが、ヤザワは、やりたいことがあるんで、と逃げていった。借り物の自転車があまり体に合わず、念入りに調整しなければいけないらしい。そしてもちろん、そのことは森野には言わないのだった。ヒロシは、「三分でええから」と拘束時間の短さを強調する森野に一応ついていき、校区が近い中学校のクラス集合写真を何枚も見せられた。同い年の知らない人間の顔を山ほど確認して、だんだん疲れてきた頃合いに差し出された写真の中に、見張りの男がいた。ヒロシが息を呑むと、どの子？　とだけ森野に訊かれて、迷いながら指を差した。確認の作業には、結局三十分かかった。消防車のことは特に何も言われず、少しほっとした。

でもそいつは見てただけやったです、と最後に付け加えたのは余計だったのか、大事なことだったのか、それともそもそも、誰も知らないと言うべきだったのか、もやもやと考えながら下校した。自分でもへたれで嫌なのだが、報復が怖いという思いもあった。そういう意味で、見張りの男とヒロシは一蓮托生《いちれんたくしょう》だったのだが、ヒロシのほうからそこを崩してしまった。

自分も、少し何かの巡り合わせが違っただけで、あの立場だったかもしれない、と思う。悪い連中の下っ端。いやでも、そもそも、自分みたいな声も大きくないし、背も小さいし、運動も目立ってできない地味な人間が、ああいうサークルに引き入れられることはないのかもしれない。

一人の人間が特定されると、他の者が挙げられるのも早かった。終業式のある週の直前の連休に、ヤザワの家に遊びに行くと、午前中に森野がやってきて、自転車を弁償してもらえそうなので、値段を教えて欲しい、と話していったそうだ。ヤザワにとっては、もはや蒸《む》し返したくないことだったのだが、親に買ってもらったものである手前、自分で判断することでもないと考え、自転車を購入した価格を言った。森野は、自転車ってそんなに高いの？　高いと速いの？　なんで？　と訊き返してきて、ヤザワは、やっぱりこの人と話すのは苦手だ、と思ったらしい。親にもばれて、家は重苦しくややこしい空気に包まれたそうだ。えげつない噂を流したり、自転車の鍵を盗んだ人間も判明し、話すか？　とも訊かれたが、ヤザワは、べつにいい、と断ったそうだ。

ただ、なんでそんな汚いことを他人に押し付けるんやろうとは思う、とヤザワは言う。自分の頭の中にだけ置いといたらええやん、と。噂についての話だった。ヤザワは、痛めつけられたことよりも、不名誉な噂を流されたことの根本にある欲望のようなものを気にしていた。でも、こまごまとしたことは面倒なので、詳しくは知りたくないのだということ。ヒロシは、その話をしながら、なんか、ほんとに両耳共に聞こえなくなるとか、えらい目に遭いそうやったのに、こいつにはその程度なんやなあ、と感慨深く思った。結局、どっちの耳が悪いのん？　と訊くと、ひだり、とヤザワは答え、でもおまえすぐ忘れるやろ、と付け加えた。ヤザワは、生まれてこのかたけんかをしたことがないらしく、驚いたヒロシが、幼稚園の時も？　口げんかも？　と訊いても、軽く肩をすくめただけに終わった。それでよう一人で自転車取り返しに行ったよな、と言うと、これからは気を付ける、とヤザワは真顔で答えた。

ヒロシが美人なのではないかと予想していたヤザワの母親は、やっぱり美人だった。学校の友達が家にやってきたことは初めてらしく、おやつも夕食も非常な歓待を受けた。

終業式の前日、これが最後の話なんで、と森野はヤザワとヒロシに声をかけてきたが、ヤザワは、忙しいです、と言って帰っていった。実際ヤザワは、終業式が終わったらすぐに、母親の運転する車に乗って大阪を出発するらしい。ヒロシは、短い時間やったらええっすよ、と承諾した。別に長い時間でも良かったのだが、そう言ったほうがかっこいい気がした。

森野から聞いた話に、あまり目新しい点はなかった。実行犯である隣の校区の中学の連中は、ひどい人間がいると聞いて、義憤に駆られてやった、というようなことを話しているらしい。噂がまったくの嘘であったことは、教師から初めて知らされたそうで、そこそこ恐縮もして、あやまりたい、申し訳ない、とも述べているという。あんなひどいことをしといて、そんなもんやないやろ、とヒロシが呟くと、そやね、と森野はうなずいた。

噂を流したり、自転車の鍵を盗んだのは、やはり間中だとのことだった。ヒロシが、あいつ人気もあるし、勉強もできるほうやし、美人と付き合ってんのに、なんでやろ、と呟くと、これから訊く、と森野は言った。

廊下に出ると、汚れたTシャツにジャージの下を穿《は》いた野末がいた。ソフト部の練習を抜けてきたようだ。あ、とヒロシが声を上げると、あんたも呼ばれたんや、そっか、矢澤と仲ええもんな、と一方的に話しかけ、勝手に納得した様子で教室に入っていった。ヒロシは、そのまま廊下に居残って、「二学期からは来るゆうてます」だとか、「そら髪の毛摑まれて壁にぶつけられたりしたら怖いでしょう」などと、野末がでかい声で話すのを聞いていた。ヒロシは、野末にそんなことを口にさせるものはなんだろう、と考え、そういうものに対する憎しみが、そろそろ頭をもたげるのを感じて、息が苦しくなる。まるで、気持ちが体積を持って、体の中に居座っているような気分がする。

せやから、二年の先生にも注意するようにゆうといてください、という野末の言葉が聞こえると同時に、階段の側の廊下から、間中がやってくるのが見えた。ヒロシは口を開けて、何か言うべきことを探すのだが、あまりにもたくさんあり過ぎて、言葉にできなかった。壁に止まった虫を見るように、間中はヒロシを一瞥した。

「なんで？　って。ヤザワが」

やっとヒロシが口にした質問を、間中は無視して、教室に入っていった。一瞬の奇妙な静寂の後、そういうことなんでお願いします！　と、野末は雑に片付けるように言って、廊下に出てきた。ヒロシは、その場を動けずにいて、野末もまた、立ち去りはせずに、ヒロシから少し離れたところに立ち、自分で閉めた引き戸を見つめていた。教室の中からは、森野の話し声自体はぼそぼそと聞こえてきていたが、その内容はよくわからなかった。

「矢澤はさ、ほんとに完全にとばっちりやから」野末は、窓際の壁にもたれて、ヒロシの方に首を傾ける。「うちのクラブの二年のマネの子、間中に二股かけられとったんやけど、もともとは矢澤のことがいいなと思ってて、でもあんまりにも無理めやったんで、間中と付き合うことにしたんやってさ。二股って知らんかったし、って」

そんなん知ってるはずやろ、ようわからんけど、とヒロシは思うけれども、推測でしかないので黙っている。女のことは、何か言えるほど知らない。

間中は、「受験のストレス」を持ちだして、彼女に性関係を強要したが、拒むと暴力をふるい、脅迫をするようになったそうだ。彼女は間中を恐れて、学校に行けなくなった。間中がヤザワを狙ったのは、彼女が何かの拍子に、ヤザワに憧れていたということを口にしたからだろう、と野末は言う。ヤザワと彼女に関しての醜聞を聞かせ、毎日通って問い続けると、彼女は怯えながら、出処は間中なのではないか、と打ち明けたそうだ。

篠崎とはどうだったのか、とヒロシは少し考えて、きっと何もないのだろう、とすぐに結論する。篠崎は多分、間中よりもいい高校に行って、裏で変なことはしていない、間中よりも優秀な男を捕まえるんだろう、と漠然と思う。

突然、教室の中から、机を蹴り飛ばすものすごい音がして、ヒロシと野末は首をすくめて顔を見合わせる。森野、大丈夫かな？　とヒロシが言うと、危なそうやったら誰か呼びに行くわ、と野末は職員室のある階下を指差す。

がんばってきた、死ぬほどがんばってきた、と間中は叫んでいた。立ってそこらじゅうの物に当たっているのか、机や椅子がぶつかったり倒れたりするひどい音が始終聞こえてきた。

クラブでは挫折もした、傷ついた、その上でものすごくがんばって、今の位置にいる、だから努力しない奴が嫌いだ、空気を読まないで、自分の殻に閉じこもって、好きなことだけやって生きている奴が嫌いだ、公の場でそんなふうに振る舞うのはいけないことだ、今度のことだってある意味、おれの人脈がもたらしたものだ、あいつらは、学校にこういう奴がいるんだ、むかつく、って言うとすぐに同調してきた、おれは、好きにすれば？　って手引きしたけど、基本はあいつらが嫌ったからだ、そうなったのはおれの話の運び方がうまかったからだ、このクラスで、この学年で、そんなふうに他人を感化できる人間がおれ以外にいるか？

頭痛がしてくる。この場に野末がいることを、野末が違和感を隠そうともせずに、顔を歪めて教室の戸を凝視していることを、心からありがたく思う。

「あなたが作った嘘の噂で?」

森野が口を挟む。ヒロシは、いつのまにか教室の側に近付いていて、戸に耳を押し当てていた。野末も、首を傾げながらこちらにやってくる。

「おれにそういう噂を流させたあいつが悪いんやろ」

努力してきた、がんばってきた、と間中はまた言った。咳でもするように、相槌を打つように、「あのう」だとか「それで」だとか言うように、間中は「がんばってきた」と言った。

自分のような人間にとって、矢澤みたいな生徒を排除するのは当然の権利だ、と間中は主張した。ヒロシには、悪ぶっているのか本気なのか判断はつきかねたが、この期《ご》に及んでそこまで言えるのは一種の才能なのではないかと考えた。

「でもそんなに不安なんやったら、がんばったことは思うほどの効果を上げげんかったね」

絶え間なく聞こえてきていた、間中が机や椅子に当たり散らす音がやむ。泣くのか、とヒロシは思った。けれどそれは、甘い推測でしかなかった。

「あのさ、しょうもない話やけど」森野の口調は、実際に世間話を始める時のようで、おそらくめちゃくちゃに散らかっているのであろう教室の様子とは、どうしようもなく不似合いに聞こえた。「大人になったらさ、気の進まん飲み会をわりとさぼれたりすんのよ。仮病とかでさ。みんな、あーあの人適当なこと言ってんな、ってなんとなくわかるんやけど、でもいちいちそのことを勝手やとか責めたりはせんの。だいたい、そんなことにかまってられんほど忙しいしさ、今日はなんか事情があんねんな、また開く時には来たらよろしやんって思うの。それでその話は終わりにできる」

重い袋が、床に落ちるような音が聞こえた。おそらく、間中が椅子に腰かけた音だった。

もう何も話さなくなってしまった間中に、森野は事務的な口調に戻って、自転車の弁償費用は一人あたま七万円です、わたしからもご両親に言うけど、あなたからもよく話してね、と告げた。

ヒロシが、詰めていた息を吐き出すと、野末も首を振って教室の戸から離れた。

「思い通りになることが多かったら、逆にどうにもならんことばっかりが気になるんかも。知らんけど」

野末は呟くように言って、静かに階段の方に向かって歩き始める。ヒロシもそれに続く。自分はどちらかというと、関わることも世間で起こってることも九割がたが思い通りではないな、と考えながら。

「ていうかさ、あの子も間中もなんでそんな矢澤矢澤なんよ？」野末は、ヒロシの方を振り向いて、呆れたように肩をすくめる。「あんなたよんない子さあ」

自分がそう言われたような気持ちがした。自分はこの一か月ほどの間、野末に近付くことはできたけれども、ひょいと突き放されたような気もした。

階段を登ってくる足音が聞こえて、下から大土居と増田が現れた。大土居はやはりTシャツにジャージを身に着けていて、増田は制服のままだった。

どやった？　と大土居は口にして、すぐに野末の肩越しにヒロシを見つけ、訝《いぶか》るような目付きを寄越す。ヒロシは目を逸《そ》らして、ほな、と三人の女子の横をすり抜けて階段を降りる。

「がんばった」ってめっさゆってたよ、どういうこと？　意味わかる？　という野末の声が聞こえた。踊り場のところで振り返ると、大土居と目が合った。今度は大土居のほうが目を伏せる。

ヒロシは、いろいろと収束しかかってきているというのに、また別の胸騒ぎが込み上げるのを疎《うと》んじながら、小走りで階段を降りていった。今日も塾の宿題はしていなかった。

3

九月の終わりの夜道にはふわふわふわとした風が吹いていた。まだ夏の名残の暑さはそこかしこに漂っていたが、その合間を縫って、空気がほどよく対流しているような感じがして、居心地は良かった。

袖を七分にしても不愉快ではない季節になった。要は、その人の快不快の基準で何を着ていてもよしなに、という気候で、ヒロシはその鷹揚《おうよう》さを改めていいと思った。中三になってようやく、祖父母や母親の言う秋の夜の良さに気が付いたのだった。

理由はあった。このところ、ヒロシは塾の宿題をちゃんとしていた。それで席次が二つ上がった。そのせいで、いつもヒロシの前の席で筆談をしていた飯島と三村が離れてしまい、筆談ができなくなったのはいたしかたないことだが、彼女たちにとってもそれは悪いことではないだろう。授業に集中できるのは良いことだ。自分のように、志望校のランクを上げるという希望が見えてくるかもしれないぞ。

というか、宿題をするだけで成績が上がる自分がまんざらでもないのかもしれない、とヒロシは思う。本当は頭がいいのか。今からでも遅くはないだろう。これまでは本気を出していなかっただけなのだ。これからは違う。

母親によると、今より3ほど偏差値が上の公立高校の近くには、おいしくて安いつけ麺屋があるらしい。つけ麺はいい。一方、ヒロシが現在志望校ということにしている学校の周囲で、何かいい店があるという話など聞いたことがない。周囲には、外国人とホステスと芸人がたくさん住んでいるらしい。どっちの環境がいいかなんて歴然だ。

宿題をするようになって成績が上がったら、季節の変化をいいものだと感じられるようになったし、あさっての体育祭だってそんなに憂鬱でもなくなってきた。脚は特別遅くないけれども、緊張しがちなので、リレーのバトンを落としてしまったりするヒロシは、毎年、責任を捏造して生徒に緊張と相互不信を強いる体育祭のなにが祭か、という趣旨の異を唱えてきたのだが、今年は走り幅跳びという、グラウンドの隅っこで実施される、どういう結果を出してもあまり人に知られない種目の担当に決まった。ヤザワは、どれもやりたくない、と言いつつ、一瞬で終わるから、という理由で50mハードルを選んでいた。

以上のような事情もあって、ヒロシは気分が良かった。それに加えて、今日は金曜日で、帰ったらとにかく明日は休みだ。塾での席次が上がった、ということで小遣いをもらえたので、塾が休みだったおとといは、難波《なんば》に画集を買いに行った。『B砂漠の40日間』は五千円もして、本のサイズのわりに高いような感じもしたが、帰りにマクドナルドでめくっていると虜《とりこ》のようになった。明日はそれを本格的に眺めて一日を過ごす。ジュース代もおやつ代も残してある。

世はすべてこともなしである。安心していられることは素晴らしい。夏休み前に、ヤザワの自転車が盗まれたりしていろいろぐじゃぐじゃしたのが嘘みたいだった。事件を裏で操作していた間中は、実行犯である他校の連中との人脈を作っていた塾には、夏休みから来なくなった。塾でいちばん成績のいい篠崎とも別れた。けれども、また違う区の塾に行き始めて、そこで別の徒党と女を作っているという。実行犯の目撃者であるヒロシは、まだ少し他校の生徒からの報復を恐れていたが、担任の森野の携帯の番号を教えてもらったので、何かあったら即連絡してやるつもりだった。

明日のおやつなどの購入と、立ち読みをしに、塾の近くのコンビニに入る。最近は頭が冴えているので、どんどん情報を入れたほうがいいと思っている。なので、いつもとは違って、スポーツ雑誌ではなく、『誰にでも起こりうるトラブル対処法50例』という特集をやっている薄い経済誌を手に取る。ヤザワによると、ときどきは、まったく畑違いのことについての本を読んだり、分野について考えたりすると、自分の本領にフィードバックされることもあるので良い、とのことだった。やはり校内新聞に書いてあったらしい。いったい誰が書いてるんだ、と調べてみると、図書室担当の国語の教師だった。

なるほど、初めて手に取った雑誌の特集は興味深く、酔っ払ってタクシーの中で吐いてしまったら、クリーニング代の相場である三千円から一万円は置いていくべき、だとか、子供が家庭内暴力をふるった時のフローチャートだとか、接待ゴルフ中に取引先の客が倒れた時の、心停止もしくは脳卒中の対応策、ていうかゴルフ場では医者がプレーしていることもよくあるので周囲の人に助けを求めるのも良いかも、などという記述を次々読みながら、ヒロシは、校内新聞もたまにはいいことを言う、と思った。

しまいにその雑誌が欲しくなってきたのだが、五七〇円もしたので諦め、飲み物とおやつを見に行くことにする。甘いものとスナックを一つずつ買おう、と通路を行ったり来たりして、突き当たりのアイスクリームのケースが目に入ると、そっちもいいな、と思ってしまう。アイスクリームは年中食べたいものではあるのだが、暑い季節には暑い季節のおいしさがあるので、その名残が残る今に心して味わうのも良いのかもしれない、とヒロシはケースに吸い寄せられる。ヒロシの心をつかまえたのは、比較的高価なアイスクリームが納められている背の高い冷凍庫のほうだったが、財布の事情を考えると、安いものが望ましいので、冷凍庫の前を横切って、覗き込んで選ぶケースの前へと移動する。途中、安いケースから高い冷凍庫、と移動してくる男とすれ違った。自分が若かった頃は、男性というと甘いものが苦手という定説があったが、今の男はほんとにどうどうとスイーツとか言うよな、と母親が愚痴っていたのを思い出して、一瞬で忘れる。

もっともコストパフォーマンスが良いとヒロシが考えている、板チョコの挟まったモナカを手に取り、そういえば他のおやつも選ばなければいけない、アイスを先に選んで、その後スナックで迷って溶けてもだめだ、と思い直し、また来た動線を戻る。先ほどすれ違った男は、冷凍庫の前につったって、誰かに電話をかけている。ほかにはいちごとチョコレートがあるけど、どうしよう、全部買って帰ろうか？　などと豪気なことを、優しい口調で言っている。子供にだろうか。最近の親は甘いな、と思う。迷ってるんなら全部買う？　なんてヒロシは言われたことがない。

カゴを取りに行き、さんざん迷ったあげく、そのコンビニのオリジナルブランドとして販売されている、一〇〇円のラインナップのチーズビットと、チョコレートの塗られたダイジェスティブビスケット、黄色いアクエリアスを放り込み、またモナカを取りに行ってから、レジに向かう。高いアイスクリームの冷凍庫の前の男は、まだ誰かとしゃべっている。いいよ、そうやね、プリンもミルクレープもガトーショコラも買って帰るよ、などと言っている。ちょっと胸焼けがしないでもない。なんなのか。ものすごく甘いものを好きな子豚でも飼っているのか。いや子豚は電話でしゃべらないか。

勘定を済ませて、自動ドアのマットを踏むと、リュックの中で携帯が鳴る音がする。取り出して確認すると、フジワラからメッセージが来ていた。最近やっと要領を得た様子で、数日に一度は何くれとなくメッセージを送ってくるようになった。だいたいがどうでもいい内容で、姉がヤザワのことをネットで検索して、弟の知り合いが記事になっている！　と騒いでいた、というもの以外は、テレビで誰それを見ただとかいうことばかりだった。それでどう、ということをあまり語らないのが、フジワラらしいといえばそうだった。

その日はテレビでももいろクローバーZを見たらしい。ヒロシは、たぶんフジワラはももクロが好きで、赤の人か紫の人がいいと思っているんだな、というところまでわかっているが、そのことについては触れないようにしている。おそらく、その時が来たら本人から言ってくるだろう。なのでヒロシも淡々と、石川佳純が、高梨沙羅が、などと言い続けている。

携帯を片手に、明後日は体育祭だ、というようなことでも書こうかな、と考えながら、大通りを外れて、一方通行の道へと入っていく。煌々《こうこう》とした防犯灯の光を直視してしまい、眩しさに目を細めて頭を振っていると、どこからか、ざっという音がした。動物？と一瞬考えたが、スニーカーの裏が、このあたりの荒い舗装路をこすったような音だった。でもまあ聞き違いだろう、と思い直してすたすた歩いていると、前方の電柱から、大きな黒い何かが飛び出してきて、ヒロシの頭に向かって棍棒のようなものを振るった。

冷たい防犯灯の光の下で、それは不定形の暗い穴のように見えた。ヒロシは、その様子そのものに既視感を覚えながら、なー！　とわめいて、最初の一撃を何とかかわし、

POTATO
モナカ
モナカ
モナカ

道の反対側に飛び退いたが、よろけて尻餅をついてしまった。

棍棒はバットで、黒いものが着ているのは紺色のウインドブレーカーだった。襟を立てて鼻の下のあたりまで上げ、フードを深く被っているので、顔はよく見えなかったが、ヒロシは、影の形そのものに見覚えがあるような気がした。

ものすごい速さで脳みそを動かしつつ、防犯灯につかまって何とか立ち上がり、一目散に逃げようと回れ右をする間もなく、影は走り去っていった。ヒロシは、脚が何かまならない重い液体に変わってしまったように感じながら、しばらくその場に立っていた。手に持っていた携帯が、道の真ん中に転がっているのを見てとると、やっと体が動くようになって、這うように背中を曲げて拾いに行く。

防犯灯に照らされた影の、怒りに大きく見開かれた片目を、ヒロシは見たのだった。よろよろと、帰路ではなくコンビニの方に戻りながら、少し吐き気を催《もよお》した。冷凍庫の前で、携帯で話していた男とすれ違う。おそらく甘いものばかりが詰め込まれている、膨らんだビニール袋を持っている。

コンビニに辿り着くと、自転車や車がウインドウに突っ込まないように設置されている鉄柵に腰かけて、道に落とした携帯が無事かどうか確かめる。フジワラのメッセージが開いたままになっている。ヒロシは、何か打ち込もうとして、やはりクリアして、最初の画面に戻る。今度こそそけーさつだろう、という考えが頭をもたげたが、すぐに打ち消される。

通り魔のことを、ヒロシは知っていた。自分を襲ったのは大土居だった。

＊

その日は体育祭だった。昨日の土曜日は、あまり何もやる気が起こらず、祖父に寿司を買いに行くことを頼まれて自転車で外に出た後は、ぶらぶらと自転車で大阪港の方面まで出てしまい、その行き帰りだけで疲れて、結局なんとなく過ぎていってしまった。画集もぱらぱらめくったけれども、どうも眼の焦点が合わなくて、何も吸収できない感じだった。

明日の代休でいろいろと取り戻したいと思う。けれども、その確信が持てないまま、正午前に走り幅跳びをこなして、体育祭でのヒロシの務めはさっさと終わった。４m50cmを跳んで、種目におけるそれぞれのクラスの代表の中ではほぼ真ん中の成績だった。ヤザワは、朝いちばんに50mハードルを終わらせて、午前十時には、もう家に帰りたい、と言っていた。同時に走った生徒の中では、三番目にゴールしていた。

ヤザワが帰りたい気持ちもわかる、と思う。実行委員でもなく、さしてクラス全体の成績に頓着《とんちゃく》するわけでもなければ、体育祭は本当に暇だった。基本的には、白線で区切られてあてがわれたクラスごとのエリアにいなければいけないようなのだが、そこから消えても誰にも何も言われない。しかし帰宅するわけにもいかず、ぼんやりと時間を過ごしていた。ヤザワは、もう暇すぎるから図書室に行こう、とヒロシを誘ったのだが、いざ行ってみると閉まっていて、思いのほか行き場のない気持ちに駆られた。ジャージ姿で、誰もいない廊下を並んで歩きながら、何か時のない場所を巡《めぐ》らされているような気分に陥る。考え事をしたくても集中できずにいて、頭の中に空洞ができたような感触を覚える。

なんであんなことをするんやろうか、という言葉が浮かぶと、ヒロシの頭の中の空っぽの部屋は、徐々に壁のほうから侵食されていく。何について考えているのかは知っている。大土居のことだった。実は、昨日自転車に乗ってうろうろしている時も、ずっと大土居のことを考えていた。でもそれはあまりにも答えの出ないことのような気がしたので、もう考えるな、と自戒したのだけれども、隙があると、そのことはすぐにヒロシの思考を乗っ取ってしまう。

本人に訊くわけにはいかない、ということはとにかく理解できる。そんなことをしたら、本当に殺されてしまうかもしれない。だからといって、誰に質問すればいいのか。仲の良い野末か。それはそれでやはり、大土居に筒抜けで殺されてしまうかもしれない。それにしてもなんなんだ、殺されてしまうかもしれないって、と思う。現実的な感情ではない。たとえば、信号が赤の時に横断歩道を渡ろうとしたり、駅のホームで電車が走ってくる時に線路に飛び込んだら死ぬかもしれない、ということは常に考えているし、考えていても普通なのだが、殺されてしまうかもしれない、はない。ヤザワが自転車を盗まれて呼び出されて殴る蹴るされた一件については、実行犯の他校の生徒からボコられるかもしれない、と怯えていたし、今も若干そう思うけれども、殺されるかも、ではない。

時間があって不安がある、というのはありえないほど悩ましいことだ、と思う。たとえ隣に友達がいても、気分が優れることはない。なんだったら、自分が体育祭の実行委員ならよかった、とさえ思う。当日はものすごく忙しいそうなのだが、動いていると気が紛れるだろう。

ひま。

たまりかねたようにヤザワは言う。

「うん」

普通に話すことがなくなってくる。

そんなことを言われたら、いつもならちょっとむっとしていたかもしれないのだが、今日は例外だった。ヒロシとヤザワは、図書室のある階を降りて、のろのろとグラウンドに向かう。朝からした話は、ヤザワにはつくづく学校指定のジャージが似合わないこと、自転車で行った大阪港の海遊館の近くに、いくつかおもしろい近代建築ふうの建物があったこと、その建物は地上から地下一階の入口が見えたこと、なんで地上から見える地下の入口ってあんなに魅力的なんだ、ということ、母親によると、自分が自転車で通り過ぎていった地域にはかつて遊郭があったそうなのだが、ぜんぜんわからなかったということ、ヤザワが最近トレーニングがてらに堺市の古墳巡りをしていること、クラブチームの先輩が練習を休んで、フジロックフェスティバルでマイ・ブラッディ・ヴァレンタインとビョークを観てきたということ、などで、それでもまだ時間が余って、もはやしりとりでも始めようかというところで、ヤザワが図書室に行こうと言い出したのだった。しかし閉まっていた。

「まあ、そら閉まってるわって気もしてきた。普通の日でも、昼休みと放課後にしか開いてへんし」

それはな。

仕方なく、グラウンドに戻るために階段を降りる。校舎の中は静まり返っているが、外はそれなりに盛況だった。午後一番の種目は男女混合リレーだった。誰が出てんやろう、と前日配布された予定表を見ると、大土居の名前があってぎょっとした。三番目を走るか、走ったようだった。リレーはだいたいスポーツテストで50m走の成績が良かった者が選ばれるので、あいつは足も速いのか、とヒロシは憂鬱になる。捕食者、という言葉が頭に浮かんで、あまりに妄想的であることに気付いて急いでかき消す。

差した。

グラウンドに戻ると、開催されている種目を観察することにした様子のヤザワは、トラックを指差す。ちょうど大土居が、先頭から二人目を走る女子を後ろから追い抜いたところだった。大土居はそのまま、先頭の女子のすぐ後ろまで迫って、バトンを手渡していた。トラックを出ると、野末や他の女子が寄ってきて、何やらわあわあ言い合っていた。


ソフトボール部は、夏の地区大会で準決勝まで行ったらしい。

「そらすごい」

中学始まって以来の成績やと。

「実は強かったんか」

どうやろ。

「部員の数はぎりぎりって聞くけどな。三年引退したら控えもおらんようなるって」

大土居ほか、集まってきた女子は、ひとかたまりになって、走り終わった走者が待機するスペースに流れていく。

大土居の個人技によるものかもしれん。

ゆっくりと落ち着いたヤザワの言葉は、文章を読み上げているようだとヒロシは思う。

もともと小説を読むのが好きなようなのだが、今日は特にナレーションのように感じる。

ヒロシのクラスは、リレーを一番で終えた。リレーに参加した生徒が、ぞろぞろとそれぞれのクラスのエリアに帰り始める中、大土居は、グレーのスーツを着た知らない女の人に声をかけられていた。女の人は、大土居の肩をばしばしと叩いて何か激励しており、大土居はただへこへこしていた。中学の体育祭になると、親が見にくることもあまりないので、教師以外の大人がグラウンドにいるのはとても目立っていた。誰かはよくわからないのだが、大土居の様子から、母親や親戚ではなさそうだということがわかる。

改めて、他人のことは知らないものだとヒロシは思う。毎日毎日同じ教室で授業を受けていても、予想だにしない一面を持っている。なのに自分の父親が亡くなったことについては、おそらくクラス全員が知っているであろうことを不公平に感じる。他の人間が、なんやかんやと自己を開陳《かいちん》しているような様子でありつつ、その一方で、他人が知ることのない思いや行動を隠し持っているのに対して、ヒロシは、教室では大して主張しないのに、なぜか考えていることとやっていることが全部他人に知られているかのような。あまりにもあほらしい考えなので、だれにも話すことはないけれども。

女の人が大土居の元から去る頃には、次の種目が始まっていた。４００ｍの個人走だった。大土居は一人で、クラスのエリアに戻っている。ヒロシとヤザワも、のろのろとそちらへ向かう。

「自転車でやる種目があったらおまえは間違いなくいちばんやんな。グラウンドを何周かするだけとか」

ヒロシの言葉に、ヤザワははははっと笑う。

わからん。

「謙遜すんなよ。いやみやぞ」

とにかく、スプリントは強くない。

「そうなんか」

ヤザワと話しながら、どうしてももう一人の自分が傍らでどんよりしているような感覚を否めずにいる。まったくすっきりしない。ずっとこういう気持ちを抱えてはやっていけない、と思う。

ヒロシは結局、おとといの塾の帰りに、バットを持った大土居に襲われかけたことを誰かに話したくて仕方がないのだった。その話した誰かが他の人に話すのは絶対にいけないけれども、ヒロシはヒロシで、一人では抱え込めないものを感じていた。

「おまえ、夜にトレーニングしてて怖い目に遭ったことある？」

ある。

「どんな？」

車に轢《ひ》かれそうになったりとか。

「それはな。それもあるけど、なんか、人にやられるようなこと。殴られそうになったとか、ある？」

ない。

「そうか、運がええな」

いいほうと思う。

おまえはあるのか？　いや、実は、すごく言いにくいんだけれども……、という流れを引き出したいのだが、ヤザワ相手ではそれもなかなかかもな、と思う。

「おれも、塾が終わんの遅いから、ときどき怖い目をみることがある」ヒロシが言うと、ヤザワは、何かの話の導入を感じたのか、神妙な顔をして黙ってうなずく。「おととい、塾の帰りにコンビニ寄っておやつとか買って帰ってる時に、通り魔のようなものに遭った」

ヤザワは、いまいち何のことかわかっていないような曖昧な表情で、ヒロシを見下ろす。

「バットで殴られそうになった。よけたけど。そんで相手はすぐにどっか行ったけど」

警察。

「まあな」

言わんと。

ヤザワが、実際には持っていないのに、体操服のジャージのしり側のポケットに携帯を探す素振りを見せると、ヒロシは片手を振って制止する。七月に、あれだけヒロシがけーさつに相談しろと言ったのに、聞く耳持たなかったヤザワがそんなことを言い出すのは変な感じだった。

危ない。

ヤザワはヤザワなりに不安を感じるらしく、少し息を詰まらせて、どこかを指差すような仕草をする。

地域が。

「うん。そうやな。うん」

ヤザワが混乱しているのを見ると、ヒロシはなぜか、自分のほうの気持ちが妙に醒めて落ち着いてくるのを感じる。

「そやねんけど、ちょっと言いにくいねん」

なんで？

ヤザワのその一言に、ヒロシはようやく許可を与えられた気がして、周囲を見渡し、ほかの生徒が自分たちに注意を払っていない様子であることを確認し、声をひそめる。

「相手がクラスのやつやねん」

ヒロシの言葉に、ヤザワは顔を歪めて、やはり周りをぐるぐると見る。ヒロシは、誰と思う？　と言いかけて、それはなんだか噂を楽しんでるおばはんみたいだと思い直し、少し黙る。

誰？

「大土居。おまえ言うなよ、誰にも」

早口でヒロシは言う。言ってしまった、と思う。頭や背中や脇に、冷や汗が滲むのを感じる。ええ、とヤザワが突然大声を出したので、ヒロシは首と手を振って、抑えるように指示する。ヤザワはうなずいて、またすぐに頭を振る。

なんでやろ？

「知らんがな。ウインドブレーカーのフードをこう、ふかーく被って、襟んとこも立ててるから口元も隠れててさ。一瞬わからんかったんやけど、目が合って」

大土居の様子を説明する、ヒロシの動作を見ながら、ヤザワは何かを思い出すように視線を上げて、またヒロシを見る。

それケニー。

「誰やねん？」

サウスパークの。

「ああ」

頂点まで上がった緊張感が、一気に崩れ落ちるような気がする。ケニー・マコーミック、と無意味にフルネームを言われて、さらに気持ちの床が抜ける。
異様な安堵感のようなものが押し寄せてくる。この二日間、このことは自分にとってとてつもないストレスだったのだろう、とヒロシは改めて思う。起きている時の九割方は大土居のことを考えていた。寿司を買いながら、自転車で信号待ちをしながら、メビウスの画集を眺めながら、しかしすべてに上の空で、大土居のことを考えていた。今日もそうだった。顔を洗いながら、走り幅跳びの順番待ちをしながら、ヤザワと話しながら。

「ケニーめっさ怖かったぞ」そう口にすると、さらに心の重しが軽くなるような気がする。本当に無責任なのだが、友達に言って良かったと思う。「おまえからものすごい打つって聞いてるしな」

4割。

「話しててちびりそうになるわ。やばいところで避けたけどな。あかんかったらすぐに逃げていった」

ヒロシは話しながら、目で大土居を探す。スーツを着た女の人に、また肩を揺さぶられて解放されているところだった。大土居は、やはり何度も頭を下げ、笑い顔を作り、しかし、女の人が去ると、徐々に普通の顔に戻って、回れ右をして野末やほかの友達のもとに帰っていった。

ケニーはおまえを狙ったんか。

ヤザワの言葉に、ヒロシは、いやー、どやろな、わからん、と首を振る。

あした以降は帰り道を変えろ。

ヤザワは、他人の危機管理には熱心なようで、ヒロシにそうアドバイスする。

「おまえに言われんでもそうする」

ヒロシがそう言うと、ヤザワはヒロシを指差して、変な目に遭いがち、と指摘する。

そういえば、小学生の時に、塾のあった建物のトイレで女の人が出産しているところに出くわした話をヤザワにしたなあ、と思い出す。ヤザワが自転車を盗まれておびき出され、ひどい目に遭ったことに巻き込まれたのも、そのうちの一つに入るだろう。

「でもおまえ由来の時もあるやん」

ヒロシの言葉に、ヤザワは真顔に戻って、悪かった、とヤザワにしては早口で言った。すぐさまそう言われると、ヒロシはばつが悪くなって、いやまあ、ええねんけどな、と手を振った。

大土居は、野末たちと一緒に、白線で仕切られたクラスのエリアに戻り、教室から持ち出した椅子に座って、次の種目の観戦をし始めた。トラックを指差して何事か言っている野末と話した後、不意に振り向いてこちらを見たので、ヒロシはうつむいてあさっての方向を向いた。

＊

十月の席替えで、ヒロシは教卓の正面の列の中ほどに移動した。最も目立ち、最もぼーっとできず、最も内職のやりにくい席なので、あと二か月この状態か、と落胆した。ヤザワは、窓側から二つ目の列のやはり中ほどで、大土居の一つ前だった。ヒロシは、背の高いヤザワが後方ではない席に座っているのを見るとはらはらするのだが、ヤザワ自身は、小学校の頃から大きかったので、黒板が見えないと疎んじられるのにはもう慣れたらしい。

ケニーは高専を志望している。

進路に関する三者面談の予備的なものとして、進路調査の書類を提出した日の帰りに、ヤザワが言った。

「ケニー賢いねんな。ていうか覗いたらあかんやろ、他人の進路の紙なんか」

後ろからプリントが回ってくるから、たまたま見えただけ。

「ほなしゃあないか」

ヒロシ自身の成績は、また行き詰まりの気配を見せ始めていた。今週受けた塾の小テストのすべての点が悪く、その直接の原因である大土居が、受かるのが難しいとされている高等専門学校を志望していると聞くと、複雑な感情を禁じ得ない。

夏以降、宿題をちゃんとやるようになって成績を上げたことによって、一度は、普通科という進路に絞ろうと決めたにもかかわらず、ここ数日はまた、でも美術の勉強もしたいなあ、などと揺れ始めていて、ヒロシの中では、それも大土居のせいだということになっていた。

仕方がないので、『ケニー』という隠語で呼ぶことにして、行動を監視している。遊び半分でのことだった。結局、ヤザワ以外の人間には、大土居に襲われたことは打ち明けていなかったが、その後はヒロシの身に何も起こっていないし、誰かが襲われたという話も聞かないので、あれは特に一貫した意思のもとに行われたことではないのだろう、ということになってきている。

いつかは注意せなあかんねやろか、とヒロシは思う。もうあんなことしたらあかんで、どんだけ勉強できても高専行かれんようになるで、と。塾からの帰り道は、ヤザワが言うように変更し、襲われた道の電柱には、こっそり『通り魔出没注意』と赤い油性マジックで書いた貼り紙を貼りに行った。明るい時間帯に、それが剝がされていないか何度か見に行っているのだが、まだ残っていた。そのうち、ビニール袋に入れて雨をしのげるものにバージョンアップしに行くつもりだ。

ヤザワと別れた後、今日こそちゃんと宿題をしなければ、と考えながら帰路につく。

もう一度、あの席次が上がった栄光の日々を取り戻したいと思う。しかし、頭の中はずっと混乱していた。なんで？　という言葉が一日に一万回ぐらいよぎる。それは、心底からの疑問という部分もあったけれども、半ば習い性になっていた。

目をつむってでも帰れそうな早い夕方の道をぼんやり歩いていると、電柱の陰から人が飛び出してきて、うわあっとヒロシは喚いた。また大土居だった。こいつは、電柱の陰から飛び出す以外の登場の仕方を知らんのか、と思いながら、同時に、クラブを引退したからこんな時間でも校外におんねんな、と妙に冷静に考えた。

「なんやねん……」

「あんたらさ」大土居は、野末ほど顕著ではないが、ヒロシより背が高かった。「私のことケニーって呼んでるやろ」

ばれていた。ヒロシは、ふへ、と笑いつつ、害意がないことを示すために両手を上げる。今日の大土居は、凶器のバットは持っていないようだ。

「人に変なあだ名つけてこっそり見張って喜ぶとか、女子か」

「悪かった」

どう考えても悪いのは大土居なのだが、ヒロシはなぜかそんなふうに言ってしまう。

確かに、楽しんでいる部分はあった。真剣に何とかしたいのなら、やはり学校か警察に届け出るべきなのだが、そうはしなかった。正直なところ、ヒロシはただ、問題を頭の中で放し飼いにしていたいのだった。本当に殴られてたらたぶん死んでいたのに。

「矢澤にはゆった？」

何を言ったと確かめられているかについては、ヒロシには反射的にわかった。

「うん、まあ」

大土居はうつむいて、唇を噛み、眉をひそめる。やはりというか当然というべきか、大土居にとって、バットで人を襲った事実は知られたくないことのようだ。

「ほかの人には？」

「いや、まったく」

「矢澤は口が堅い？」

「人から訊かれん限りは話さへんよ、なんでも」

ただし訊かれたらわりと丁寧に説明するほうなのだが、そのことは飲み込んだ。ヤザワには再度口止めをしておかなければならない。

大土居は、ヒロシの前に立ちはだかりながら、そのわりに、言いたいことがわからないという様子で首を傾げてヒロシを眺める。思ったよりヒロシの態度に手応えがなくて、少し戸惑っている様子だった。

「あのさ」

「なによ」

「もうあんなことしたらあかんぞ」

「わかってるわよ」

石でも投げつけてくるかのように、大土居は鋭く言う。わかってるんやったらええねん、とヒロシは力なく肩をすくめる。

「頭ええんやろ、実は」

「良くないよ」

大土居はそう言い残して、ヒロシの横を通り過ぎ、すぐに角を曲がって姿を消した。ヒロシは振り向いて大土居を見送りながら、ハア、と溜め息をつく。なんで？　というのは訊けなかった。けれども、とりあえず言いたいことは伝えたし、もう変なことはやらない感触はある。そのへんは信用できる人間のような感じがした。あくまでヒロシ自身の勘にすぎないけれども。

ヤザワにどう言うかが問題だな、と思いながら、ヒロシはまた歩き始めた。でも、言わないという手もあるよな、と思い返す。なんで自分はこう、いろいろと人に言ってしまうのだろうと思う。でもヤザワは自分が自転車の選手であることを言わなかったし、大土居は何の説明もないまま明らかに様子がおかしい。みんな心に何か隠し持っている。隠し持っている？　たとえば野末みたいな開けっ広げな人間でも？

再び、自分の考えていることは他人にばれていて、他人の考えていることは自分にはよくわからない、という思いに囚《とら》われ、不満に思う。どいつもこいつも隠し事がうまいのか、それともヒロシに隠し事がなさすぎるのか。そのことは何か、自分が深みのない人間であるかのような錯覚をヒロシにもたらす。

ごちゃごちゃと考えながら自宅に帰り着き、気が付いたら一切宿題をする気をなくしていることに思い至り、それを大土居や、果てはヤザワのせいにできないものかと思案した。その後、ベッドに寝転がって、どうして他人は自分に宿題を与えるのか、などとぐだぐだ思っているうちに、いつのまにかうとうとして、目が覚めたら、塾へ行くために起きる時刻になっていた。当然その日も、本当にやらなければいけないほうの宿題はできていなかった。

三者面談は、進路調査の書類を提出した次の週から始まった。母親は、塾で席次が二つ上がったんだから、もしかしたらもっといい高校に行けるかも、と楽天的にしていたが、当のヒロシ自身は、またじわじわとテストの点が下がっていることを自覚していたため、親子の間には温度差があった。なので、廊下で前の生徒とその親が出てくるのを待っている時間は苦痛で仕方がなかった。

「塾で二つ上がったっていうことは、クラスでは五つぐらい上がったってことやないの？」

「知らんよ」

「内申ももっと良くできるようなるんちゃうかしら」

「声でかいねん」

うんざりしながら、そう注意する。最近は、本当に母親の話を聞くことが辛くなってきている。受験もあるし、変な目には遭うしで、ヒロシには考えることがいっぱいあり、従ってもう、母親と話すキャパはない、というのが現状だった。春頃に、再婚するかも、と言っていた話はもちろん立ち消え、それから少しの間、婚活したいわー、などと言っていたが、それもなくなり、今はスマートフォンでできるドイツ製のシミュレーションゲームばかりやっている。それで別に不満そうでもない。ただ相変わらずよくしゃべる。

「あの高校の近くにあるつけ麺屋、やっぱりいいって。友達がミーツ・リージョナルで見たって」

「……………」

「つけ麺のために高校を選べとは言わんけど、重要なモチベーションの一つやわよね」

ヒロシが、もしかしたらその店に行ったという話をヤザワから聞いたことがあるかもしれない、と思い、はっとしたような素振りを見せると、どうしたん、何か思いついたん、とすぐさま母親は訊いてくる。何も、とヒロシは答える。ヤザワは、ときどき自転車で練習に行った先でその土地のごはんを食べたり、おみやげを調達してくる。先週は、神戸に行った、とナツメヤシの干したものをくれた。イスラム教の寺院でもらったらしい。なんで神戸にイスラム教の寺院があるのか、と疑問に感じたり、地理の教科書にたまに登場するナツメヤシを本当に見れて良かった、など、ヒロシにさまざまな感慨を残すおみやげだった。

担任の森野を交えた面談では、山田君は上の高校に行けなくもないですよ、という話になった。授業態度はとてもまじめで、それに見合う内申書を書くこともできる、ただ偏差値的にはとにかくボーダーライン上にあるので、試験に向けた本人の頑張り次第です、と。また、公立といっても、それぞれに特色もあるから、単純に偏差値だけではなく、どういうことに力を入れているのかを調べて、向いているなと思う学校を選択してください、とも言っていた。ヒロシが、どういうことって、どこを見たらええんですか？　と訊くと、森野は首を傾げて、まあ、どういうクラブがあるかとか、活躍してるか、とかかな、と返答した。美術に力を入れている高校に興味があるんだが、とは言えなかった。

面談が終わり、教室の戸を開けると、廊下には次の番の生徒と、その次の番の大土居とその母親がいた。三者面談は、親の都合もあるので、名前の順ではない。大土居は、ヒロシが出てくるのを見かけると、すぐに目を逸らしたが、その母親は、ヒロシの母親かヒロシ自身に向かって軽く会釈した。むやみに頑なな感じのする大土居と比べて、その母親は、穏やかそうな、優しそうな感じがした。色がものすごく白くて、黒目がちな、体の細い人だった。ヒロシの母親は、妙に満面の笑顔でその会釈に応えて、すたすたとヒロシに先立って廊下を歩いていった。

校門を出るところで、あの子はどんな子？　と訊かれた。あの子って？　と毎度自分の視点からだけの母親の話にいらっとしながら訊き返すと、さっき廊下におった子、と母親は言った。ヒロシは、乱暴者、と言いかけて口をつぐみ、べつに、ふつう、と答える。母親は、そうか、とうなずき、やはりすたすたと歩いていく。歩くのが速い。ヒロシは、自分の身長がまだ母親を追い越していないことにふと焦りを感じる。

「あのお母さんは受け付けんわ、私」

「はあ？」

なんで一目見ただけでそんなこと言うねん失礼な、と続けたかったが、母親の話があまりに突然で、顔を歪めることしかできなかった。

「いやべつにいいけど」

「ええんやったらひどいこと言うなよ」

「それはまあね」

ヒロシは、つい数分前にその場にいた女たち——母親、森野、大土居、大土居の母親——の中ではいちばんましだろうと単純に思う。なんにしろ、年のいった女ってすぐにこういうことを言い出すよな、と嫌悪感を覚える。

母親は、さすがに悪いと思ったのか、それからは変な話をしなくなった。ヒロシは、そういえば大土居が以前、自分の父親も亡くなった、という話をしていたことを思い出し、ならば夫を亡くした者同士、共感し合える部分はあるんじゃないのか、と不思議に感じる。先ほどは切って捨てたものの、改めてそのことについて母親に訊いてみたいと思ったけれども、信号待ちで、よし、晩ごはんは豚しゃぶにしよう！　などと一人で言い出した母親を見ると、結局その気も失せてしまった。

*

十月に入って二週目のホームルームの時間に、文化祭の班決定が行われた。最初、三年はすべて展示をやるということで決まっていたのだが、模擬店をやりたい、だとか、バンドをやりたい、という声が続出したので、それぞれに希望を募ってクラスを分割し、その中で更に班分けをしたところ、ヒロシとヤザワは、野末、大土居、増田という連中と一緒に展示物を作ることになった。

他の二人はまだしも、野末が展示をやりたいというのは意外だったが、ヒロシとヤザワに組もうと言ってきたのも野末だった。その態度が妙に粛々《しゆくしゆく》としている、というか、下手に出ようとしてよけいにあやしくなっているようなところがあって、ヒロシは、何か裏があるに違いない、と考えたものの、三人のうちの誰かがヤザワを好きだとか、その程度の理由しか思いつかなかった。野末は、ほかの二人には相談せずにヒロシとヤザワを誘ったようで、大土居はかなり嫌そうな顔をして、机をくっつけにやってきた。増田はいつもどおり、後ろに退いて静かにしていた。

班が決まり次第、何を作るかについての話し合いに入ったのだが、展示をやりたいという希望で集まった五人の人間から出る意見は細く、熱がなかった。おそらく、全員がそこそこ真面目なので、ジオラマ、だとか、モザイク、などと意見自体は出る。しかし、それを話している当人にあまり思い入れがなさそうなので、説得力に欠ける、という消極性がどうしても拭えなかった。ヒロシは密かに、増田に対して、おまえこういうの得意やねんから早く何とかしてくれよ、とせっつきたい思いに駆られたが、当の増田は、意見をいちいち書き取って、少し膨らませるだけの役目に徹しているようだった。

何をやるかについての話の内容があまりに薄いので、先にテーマを決めようか、と方向を転換し、そちらはすぐに『リサイクル』で決まった。リサイクルで何かを作るというと、割り箸だとか、缶だとか、ペットボトルだとか、素材についての意見が活発に出始めたが、それで何をするというのを当人が考えずに言うので、すぐに議論は行き詰まった。

そうやって、テーマ以外は何も決まらないまま、とにかく今週中に、という期限だけを作ってホームルームの時間は解散になった。机を離しながら、野末が、作る場所は決まってるんで、大きいものでもいいよ、とヒロシとヤザワにわざわざ言ってきたのが謎で、どこで？　と訊き返すと、さわの家の八畳、と他人の家を堂々と指定したのが、更に変だと思った。やっぱり、野末がヒロシとヤザワに声をかけてきたことに裏があるのは確実なのだ。大土居は、そうやって一見勝手なことを言っている野末の真横にいたのだが、まったく何の反応も示さなかったので、自宅の部屋を貸すのは了解済みのことのようだった。

放課後、裏庭の掃除をしながら、そのことをヤザワに話すと、それはそやけど、理由がわからん、と首を傾げていた。

「なんやろ、なんか、ケニー呼ばわりの件でどつき回されたりするんやろうか」

そんなことで？

「女はわからん」

大土居は特にわからん、と思う。ヒロシは、よくしゃべる母親と、そこそこ密に関わらされてしまうことによって、女の人の思考に少しは詳しいつもりでいたのだが、大土居は母親とはぜんぜん同じところがないし、1．ヒロシへの通り魔行為、2．すぐに監視に感づいて怒る、3．文化祭のために部屋を提供する、という一連の物事にも、脈絡があるようでないような、ないようであるような感じがする。考えられるのは、人の目の届かないところに、気に入らないヒロシとヤザワをおびき出してボコボコにする、という物騒な筋書きだけである。ただ、大土居に嫌われている自覚はあるのだが、野末や増田に関しては心外なので、そこもよくわからない。

単に誰かがおまえのことを好きなんかも。

ゴミ袋の口を結びながら、ヤザワが言うと、ヒロシは目を丸くして、はあ？　と首を突き出した。

それはないか。

「ないやろ」

おまえはあるかもやけど、という言葉は、自分のプライドのために取っておく。自分とヤザワでは、どちらが男子として有りなのかは、悲しいことだが一目瞭然である。ただそれを不満には思うまいとヒロシは思う。ヤザワがもう大人に見えることに関して、ヤザワ自身に罪はないのだし、ヤザワにもだいぶアホなところがあることを、ヒロシは知っている。

まあ、組むことになってしまったし、成り行きに任せるほかはないのだ、と思う。どうして野末が近付いてきた時に、いや、我々は君たちとは作業をしない、と言えなかったのか、と考え、あーでも無理かなー、と思い返す。野末は野末で、何か有無を言わせない雰囲気を持っていたのだった。なんというか、いつになく切羽詰まったような固い笑顔を見せて。

不吉だ、と思いながら、ヤザワとともにゴミ捨て場に向かう。ゴミ袋の山に、同じくゴミ袋を放り上げながら、傍らに積み上げられているわら半紙を目にする。それはヒロシの身長ほどにまで重なっていて、片手でめくって確認すると、授業で使うプリントや、テストの問題用紙や、保護者に渡す書類が主な中身だった。どれも、日付がおととしよりも前になっている。

かみ。

ヤザワはほうきをゴミ捨て場の所定の場所に立てかけながら、重なった書類を指差す。

「そやな、大量やな」

ヒロシは、社会のテスト用紙と思しき紙を一枚取り出して、印刷を眺める。たぶん森野が作ったもので、手描きの地図に妙に味があるような気がする。

「チュニジアは何気候でしょうか？」

地中海性気候。

ヤザワの答えを聞きながら、ヒロシは、そのテスト用紙を四つに折りたたんで、ズボンのポケットに入れる。

正解は？

ヤザワが訊いてきたので、ヒロシは、たぶんそれであってるけど、ちゃんと調べたほうがいい、と律儀に答えて、ゴミ捨て場を後にする。

中間テストがやばい。

ヒロシについてきながら、唐突にヤザワが口にする。今まで、学校の成績のことについてなんてほとんど話し合ったことがなかったので、ヒロシは少し驚きながら、そうか、とうなずく。ポケットの中のプリントをさわりながら、何かが浮かび上がってきそうだったので、中間テストの話はそれ以上追及しないでおくと、ヤザワも何も言わないでいる。

二人はそのまま、無言で教室に戻り、あいさつだけをして別れた。ヤザワのやばい話も興味があるにはあったので、明日ちゃんと訊こう、と思いながら家に帰った。

廃棄された大量の紙を見てから、少しずつ形になってきた案を、塾の授業中にまとめて、おおまかな企画書のようなものを作り、次の日の放課後の話し合いに提出した。廃棄されていた不要なプリント類をつなげて壁紙を作り、そこに外国の風景や部屋の様子を描いて、その前で写真を撮ってもらうのはどうか、という案は、ヒロシ自身にもあまりいいものかどうかはわからず、なんとなくおずおずとした意見になってしまい、ただ増田だけが、ああ、なんとなくわかる、と本人にしか理解できない回路で精査して合点がいったのか、のろのろとうなずいていた。野末は、それ、場所取る？　時間かかりそう？　ということばかり気にしていて、大土居は、その隣で首を振っていた。それは、野末が変なことを言っているのは重々理解しているのだが、何かのしがらみがあって口が出せない、という様子で、ヒロシは、あまり興味を持たないほうがいい、と自分に言い聞かせるのに苦労しながら、場所は取るやろうし、時間もかかるかな、と野末の望みどおりの見積もりを伝えた。

どうして野末が場所と時間にこだわるのか、ということについては、その週末中ずっと考えていたのだが、答えは出なかった。とにかく、大土居に関係しているということはなんとなくわかるのだけれども、大土居の家で作業をすることがどうしてそんなに重要なのか予想もできなかったし、ヒロシが夜道で襲われたことと関係があるのかどうかにも、考えが及ばなかった。

なので、月曜になると、ヒロシはほとんど自分の企画したことを忘れていたぐらいなのだが、増田はちゃんと覚えていたようで、放課後の話し合いでは、国立民族学博物館に行ってきた、と自宅で印刷した写真を回してきた。

これ、どこにあるの？

「万博公園」

ああ。

ヤザワは、興味深げに、書き割りのリビングを背景に、所在無げな表情で親指を立てているおじさんとおばさんを眺め、一人うなずいていた。増田の説明によると、ガーナでは、絵に描いた背景の前で写真を撮る文化があるのだという。おじさんとおばさんはぜんぜん知らない人で、その場で捕まえたそうだ。山田君がゆうてたんてこういうことよね？　と言われると、ヒロシはそんな気がしてきて、ああ、そう、そう、とうなずいていた。

これは場所も取るし時間もかかるな、と野末が最終的な判断を下し、ヒロシの班は、廃棄プリントで作ったリサイクル壁紙の展示、ということで決定した。担任の森野に案を持っていくと、へー、なんか立体の案がよく出てたのに、なんでこれにしたん？　と訊かれた野末が、場所も取るし時間もかかるから、とそのままのことを答えていて、ヒロシははらはらしたのだが、へー、大きくて丁寧なことをやりたいんや、と森野がものすごくポジティブに言い換えていたのでそのままにしておいた。大土居は相変わらず、まったく何も口出しせずに、硬い表情をしていた。

ガーナの書き割り背景は強烈にカラフルだったが、なるべくお金をかけないという学校の方針に従い、壁紙はモノクロで統一することで決定した。増田は、ほかにもいくつか資料を集めてきていて、特に、詳細な西洋風の部屋や、窓から見た森の景色の様子が、黒の油性ペンだけで室内の白い壁に描かれた作品が、他の女子二人の目に留まっていた。イギリス人の女性アーティストによるものだという。まっすんはこういうのできるん？　という野末の言葉に、増田は肩をすくめて、ここまでのはできんけど、やり方を真似したら二割ぐらいはそれっぽいのができるんちゃう？　と真面目に答えていた。

増田は、ほかには、山水画みたいなものを描いてもいいし、単に模様を描いてもおもしろいだろう、と何かのスイッチが入ったように説明し続けた。最初の提案をしたヒロシ自身よりもよく考えている様子で、ヒロシは、あまりに増田に任せきりにするのもなんだと思い、写真はヤザワが撮るから、となぜか請け負ったりした。ヤザワは、そんなヒロシの行動に、何か感情を見せるでもなく、ただうなずいていた。

大土居は、やることが決まったんやったら明日からでもうちの家使ってもいいから、とだけ口を挟んだ。まるで、大土居自身はぜんぜん文化祭の展示に関わるわけではなく、単にそれを発注するだけの側にいると自分を見做《みな》しているように見えて、ヒロシにはますます不可解に思えた。とにかく、作業を大土居の家でやることが大事なようだった。

ヤザワは、増田が探してきた資料に密かに感心したようで、話し合いの後、ヒロシを情報処理教室へと誘った。べつに家に帰って一人で調べてもいいのだろうけれども、感じたことをすぐにヒロシに言いたい様子で、ヒロシは、塾の宿題をしなければならなかったが、ヤザワがパソコンを操作している時にやればいいか、とついて行った。

増田が持ってきた記事のページはすぐに見つかり、アーティスト自身のサイトでより詳細な作品も参照することができた。ヤザワは、エメラルドグリーンの大きな四角いコンテナのような、プレハブのようなものの壁一面に描かれた木々や草の作品にいたく心を動かされたようで、自然を描くのもいい、とヒロシとモニタを交互に指差しながら言った。

「おまえが描いてみたら？」

絵はあかんから。

「おれが下描きするからなぞったら」

首を傾げて、考えとく、と答えるヤザワを眺めながら、ヒロシはなんとなく、「場所を取り、時間がかかる」という野末による奇妙なコンセプトの文化祭の展示は、そこそこ軌道に乗せていけるんじゃないか、と感じた。

ほかには、増田の言っていたとおり、山水画や、モノクロの雪景色を眺めたり、出来心で、狩野芳崖《かのうほうがい》の『岩石』を描くのはどうか、と参照して、やっぱり絶望したりした。一通り絵や写真を探した後は、ヤザワが勝手にいろいろ見るのを横目に、塾の宿題をしていた。英語だった。関係代名詞を使った作文がずっとうまくできないので、フランス語をやっているヤザワにならもしかしたら手助けしてもらえるかもしれない、と隣を見ると、ヤザワは何か夢中な様子で、モニタを眺めていた。なんだろう、と覗くと、鼻にピアスを付けたインドの女性の画像が映し出されている。花嫁衣装を着ているようだ。女性も服も装飾品も、ありえないぐらいきらきらしている。

ヒロシは、手元の宿題のことが一瞬で頭から吹っ飛ぶのを感じながら、もっとないのか、もっとないのか、とヤザワを急かし、二人ともそれとは口にしないが、ものすごい美人の画像を堪能した。

すばらしい。

ヤザワの言葉に、ヒロシは、うむ、とうなずく。完全に、当初の目的である文化祭の展示の資料収集から道をはずれてしまっていた。

ヤザワとヒロシは、更に美女画像を探すべく、そのページの他のリンクを開く。今度は一転して、モノクロの暗い顔の女の人たちが、やはり全体的にじゃらじゃらとした物を身に着け、目を伏せたり、睨むようにこちらを見ている画像がたくさん出てくる。二十世紀前半に撮影された、北アフリカのユダヤ系の女性たちの写真のようだった。二人のテンションは下がったが、目を離せないものも感じた。顔にさまざまな模様を描いているのが印象的だった。とりあえず、北アフリカのチュニジアやモロッコのあたりのことを「マグリブ」というらしい、ということは学んだが、高度すぎて試験には出なさそうだ。

塾で授業を受けている間は、花嫁衣装のインドの女性の姿を思い出せる限り落描きしていたので、やはり今日も関係代名詞についてちゃんと考えることはできなかった。帰りは、久しぶりに大土居にバットで襲われた道を通って帰ることにした。ヒロシが貼った、『通り魔出没注意』の貼り紙はもうなくなっていて、大土居が取ったのか、それとも周辺の住民に剃がされたのかと考えた。大土居に関しては、ますますわからないことが増えている。ただ、もう怖いことはしないと約束したので、そこは信用しよう、信用したい、と思う。

　コンビニで何か買おうにも、何も食べたくないし飲みたくなかった。なら何をしたい、ということもなく、陰鬱な月曜の塾の帰路を急いだ。情報処理教室でヤザワと見た、マグリブの女の人たちの写真の中の誰かに、大土居は似ている、と唐突に思う。いちばん美人というわけではないけど、印象に残る誰かだった。

　そのことはヤザワに言わないようにしよう、と決める。どうして都合の悪そうなことは言ってしまうのに、そんなどうでもいいことは言わないでおこうと考えるんだろう、とヒロシは、自分のことながら不思議に思った。

＊

　大土居の家は、ヒロシやヤザワ、おそらく増田や野末の家よりも学校に近かったので、作業場所として定められたのだ、と当初は理解していたのだが、学年の最初に配られたクラスの住所録を見ると、野末の家が学校により近いということがわかって、ヒロシはますますよくわからなくなった。なんとなくの感触でしかないが、むしろ野末の家族のほうが、誰でも好きに来て勝手に帰ったらいいじゃない、などと言いそうなイメージがあるのに、なぜ大土居の家じゃないといけないのだろう、と疑問に思ってしまう。ちなみに、野末と大土居は、小学校の頃から仲が良かったはず、とヒロシは思い込んでいたのだが、大土居は中学一年の時の転校生だった。クラスが違っていたので知らなかったが、そういえばそういう話を聞いたような気もする。言うなれば、大土居は、その程度の印象の女子だった。

住んでいるマンションは、比較的新しかった。作業場として通されたのは、玄関のすぐ脇にある八畳の和室で、部屋の真ん中に大きな座卓が置かれている以外は、たんすぐらいしかないがらんとした部屋だった。壁に沿って難しそうな本が何冊か横に積まれていた。大土居の親の職業は知らないが、家には誰もいなかったり、母親だけがいたり、姿は見せないが男の声が聞こえたり、日によってちがった。父親はすでに亡くなっている、と大土居から聞いた覚えがあるので兄でもいるのかもしれないと思っていたが、その存在について大土居が口にすることはなかった。

遅くまで作業に使ってくれていいから、と大土居はヒロシとヤザワに言った。何時まで？　と試しに訊くと、夜の十一時ぐらいまで、となんだかこちらの気が引けるようなことを言うのがますます不可解だった。塾に行っているヒロシや、自転車のトレーニングに行かなければいけないヤザワは、そんな時間まで大土居の家に詰めていることは無理だったが、野末や増田は本当に、遅くまで大土居の家にいるらしく、展示のための作業だけではなく、宿題やテスト勉強や、文化祭の読書感想文用の本を読んだり、ただだらだらしゃべったりしているようだった。

それこそ、大土居の家に通い始めた当初は、そこにいる人間の半分ほどが文化祭向けの作業ではなく、中間テストの勉強をしている始末だった。特に、ヤザワの言う「やばい」という話は、結構切羽詰まったことのようで、因数分解についての非常に初歩的なことを質問しては、大土居を困惑させていた。その場でヤザワに勉強を教えられるのが大土居しかいない、という状況も、どうにも末期的だった。うすうす感づいていたが、皆わりとばかのようだった。

ヤザワ自身は、大土居に勉強を教えてもらうことについて意に介さなかったが、大土居がヤザワを苦手なのはすぐに見て取れた。隣には絶対に座らないし、視線も合わさない。大きな座卓の向かい側に座り、学校でもらってきた廃棄処分のプリントを貼り合わせる作業をしながら、ぼつぼつとヤザワの質問に答えている様子は、ぎこちないとしか言いようがなかった。

大土居には、かなり年の離れた妹がいて、母親から言いつかり、ヒロシたちにお茶を持ってきたりした。襖を開けて、お盆を床に置き、ちゃんとヒロシたちにお辞儀をしたのが印象的だった。

「お父さんは?」

「まだ」

「そう」

あ、いるのか、父親、とヒロシは思う。大土居の母親は再婚したのかもしれない。どのみち確かめるわけではないのだが。

大土居は、妹を手招きして呼び寄せ、そのわりには、増田の方へと軽く押しやり、自分はヤザワが解いた問題の採点を始めた。その間ヤザワは、大土居がやっていた、廃棄プリントの貼り合わせの作業を引き継いでいる。ヒロシは、塾の宿題をやったり、そちらで煮詰まったら展示の作業に手を出したり、どっちつかずだった。増田は、大土居の妹を隣に置いて、資料を見ながらスケッチをし、大土居の妹は、増田が与えたコピーの冊子のようなものに、色鉛筆でぬり絵をしていた。ちらと覗きみると、ミュシャの絵のぬり絵のようだった。野末は、読書感想文用の本を買いに行くと言って、出かけていた。何の本だかは知らないのだが、公立図書館では予約が入りすぎていて借りられない、と文句を言っていた。ちなみに、ヒロシはまだ本を決めていない。本を読むのもその感想を書くのもそんなに苦痛ではないので鷹揚にしていられるのだったが、野末にとってはかなりの一大事なのか、中間テストや文化祭の準備以上に、読書感想文に頭を悩ませているようだった。

ミュシャのぬり絵に少し飽きた様子の大土居の妹が、増田が持ってきて座卓の上に置いてあった、あんことマーガリン入りのテーブルロールの袋に手を出そうとすると、大土居は、だめ！　と少し大きな声を上げる。

「なんで？」

「あんた昨日も私に隠れてお父さんにおやつ買ってもらってたやん」

「それは……」

「あかんよ。歯もちゃんと磨きや」

妹が、助けを求めるように増田を見ると、増田は肩をすくめて少し笑うだけにとどまる。増田にはとても慣れているようだ。

「ちっさい妹さんがおるんやなあ」

と見たままのことをヒロシが言うと、大土居は何か神経質な顔つきを見せて、しかしすぐに我に返ったように肩を緩める。

「一ねんせいです」

「名前はかえで。全部ひらがなで」

妹と大土居は、ほぼ同時ぐらいに口を開く。大土居はヒロシやヤザワの座っている側から、できるだけ離すように、妹を片腕で後ろに追いやろうとするが、かえではヒロシに向かってはにかんだように笑いかけてくる。ヒロシはどんな顔をしたら良いかわからず、とりあえず小さく手を上げる。ヤザワは、自分が大土居の妹の視界に入っているということにはまったく気付かない様子で、紙を貼り合わせている。

「お兄さんたちはなんていうなまえですか？」

「山田と矢澤」

ヒロシに代わって大土居が、これ以上はないというぐらいの素っ気なさで答える。かえでは、そうなんですか、とうなずいて、大土居の顔を見上げ、何かを察したように座卓の端に寄り、ぬり絵を再開する。そしてすぐに、せい子ちゃん、この字なんて読むの？　とぬり絵の下のキャプションを指さして増田に向かって顔を上げる。すると大土居はそちらを見て、つばきひめ、と訊かれてもいないのに答える。

この子は少しも大土居に似てないな、とヒロシは思う。顔もそうなのだが、おそらく性格がまったく異なっている。年齢自体がぜんぜん違うからそういうものなのかもしれないが、それを加味してもかえでと大土居は似ていない。もちろん増田にも似ていないのだが、他人のはずの増田と姉妹であると言われたほうがむしろしっくりくる。そのぐらい、増田とかえでは親しくしている。

ヤザワは、作業が何か一段落したのか、ものすごく大きなため息をついた後、おもむろにテーブルロールを鷲掴みにして、もそもそと食べ始める。大土居が、一応全部あってた、とヤザワの側に答えを書いた紙を滑らせると、ヤザワは会釈して、中間テストは四〇点は取りたい、と低い目標を呟く。ヒロシも数学は危ないので、いっそ一緒に大土居に教えてもらおうかと思うのだが、どうにも心を許せないものを感じて、隣でヤザワが教えられているのを見守るにとどめる。ヤザワは、すぐに二つ目のテーブルロールを摑んで、湯呑みからお茶を飲む。あぐらをかいて座卓に肘をつき、勉強と作業に疲れてぼんやりした目をして、ほとんど自分の家のように振る舞っている。増田も、お茶のおかわりちょうだい、などとかえでに言いつけていて、あまり遠慮はしていない様子だった。

ヒロシだけが異常に緊張している。だが不思議なのは、大土居もまた、油断のない顔付きで廊下の方を見たり、かえでに目を配ったりしていることだった。大土居は、ヒロシの次ぐらいか、同じだけ身構えているようだった。野末がいたらまた違ってきそうなのはなんとなくわかるのだが、それにしても変だ、とヒロシは思う。

女子と関わることの浮き足立つ感触は、根本的にはある。けれども、利用されている、という感触は拭えなかったし、その内実も見当がつかないので、不安がうきうきを覆い隠していた。

かえでは、ぬり絵の途中で、母親に呼ばれて部屋を出ていく時も、ちょこんとお辞儀をして出ていった。行儀のいい子、という以上に、何か妙に人懐こいところのある子供だった。性別が違うから当然かもしれないが、自分は絶対ああじゃなかった、と思う。

というか、この部屋でぐだぐだしている全員が、まったくかえでと性質を違えている。ヤザワと増田は、他人の顔色は放っといて好きなことをするし、ヒロシと大土居は用心深い。野末はよくわからないが、あれは人懐こいというのともまた違っているような気がする。単に思ったことをすぐ言ってしまうので、裏表を作れず、そういうタイプに好感を持つ人間を惹《ひ》き付けているだけのことのように思える。

短い着信音が鳴り、携帯を確認した大土居は増田に、難波で読書感想文の本買えたってさ、と言う。増田は、それはよかった、と短く答える。

「自分ら、何の本のこと書くん？」

ヒロシの言葉に、大土居と増田は顔を見合わせる。増田は、わからんけど、誰かの画集の解説文の感想を書くと思う、とすぐに答えて、スケッチに戻る。ヤザワは、『華麗なるギャツビー』か『白鯨』かすごく迷っている、と答えて、三個目のテーブルロールに手を出す。もう今日は、勉強もしないし、展示のための作業もやらないという様子だった。

大土居は、一瞬だけヒロシの目を覗くように見た後、すぐに逸らして、ミュージシャンの人の本、と曖昧な答えを返した。誰の？　とヒロシは言い募りかけて、まともに答えてくれそうにない気がしたのでやめる。

なんていう距離なんだろう、とヒロシは思う。大土居の家の座卓は、中学校のプールかバスケットボールのコートのように広く感じる。同じ部屋にいなければ、そんなふうに感じることもないのに、どうして自分たちがここに呼び寄せられているのか、改めて不思議に思う。

ヒロシの前に、半分にちぎったテーブルロールが回ってくる。文化祭の展示のためにもらってきたわら半紙の上に置かれている。食べきれんから、とヤザワが言う。ヒロシは、こいつほんまに勝手やな、と呆れながら、あんことマーガリンのテーブルロールを口に入れる。

でもべつに、そんぐらいでええのにな、と思う。増田が、何か興に乗っているのか、体は引いているけれども首は突き出している、という妙な姿勢で絵を描いている横で、大土居は、くそ真面目な顔つきで紙を貼り合わせていた。

＊

中間テストの二日目と、塾が休みの水曜が重なったのは、小さな僥倖《ぎょうこう》だったとヒロシは思う。テストの日は早く帰れることだけが救いなのに、塾のある日に実施されると、午後からの長い時間を、塾の開始時刻まで持て余すことになる。絵を描いたり、ただ寝たりしたらいいじゃないか、とも思うのだけれど、これから塾があると思うと、そのどちらもが存分に楽しめず、中途半端なものになってしまう。もちろん、宿題や予習をするのがいちばんいいのだが、塾で多大な精神力を使用するのを考えると、家で勉強をすることでそれが温存できなくなることは良くない、などと本末転倒なことを思う。心の配分が難しいのだ。これは、自転車の試合で数十キロ以上を走ることもあるらしいヤザワに、体力という面からの意見を求めてみたいと常々思っているのだが、顔を合わせるとどうでもいいことしか考えつかなくなるので、いつも訊けずにいる。

そのヤザワが心配していた中間テストは、本人比において「けっこうできた」とのことらしい。大土居の家で文化祭の準備をしながら、いろいろ教えてもらったおかげだという。ヤザワは見栄を張る人間ではないので、おそらく本当なのだろう。それでもたぶんヒロシのほうが成績は良いのだけれども、堂々と「できた」と言われると、それに比べて自分は、という気分になる。

ヒロシ自身については、だいたいいつもと同じ様子だった。よく考えたら、中一の時からその実感が変わっておらず、それでいいのか、と今更ながら焦りを感じたりする。九月に成績が上がったと思えたのはいったい何だったのだろう。比較的ちゃんと宿題をやっていたからか。あの時に落ち着いて宿題ができていたのは、単に九月の席次に反映される八月の生活が、夏休みで、暇で、ずっと家にいて、悩むことがあんまりなかったからかもしれない。

じゃあ今の状況はその対極やないか、とヒロシはアルミ鍋の中にカットネギのパックをまるごと投入しながら思う。そして、箸でネギの山をかき分け、まだ丸い形を保っている黄身にそっと突き刺す。進路といい文化祭といい、考えることが多すぎる。

チキンラーメンをずるずるとやりながら、めったに見ることのない昼のワイドショーを眺める。今日も文化祭の準備はやるらしいのだが、テストの後に、学年全体での進行の報告会のようなものがあるらしく、増田と野末がそちらに出かけているので、ヒロシが大土居の家に出かけるのは十五時という予定になっていた。べつにすぐに行っても良かったのだが、ヤザワも十六時までトレーニングに行くと言うし、今行ったら大土居と二人きりになってしまうので、昼飯を食べに、ということにして、ヒロシはいったん家に帰った。

ラーメンは、体感では三分で食べ尽くしてしまうように思える。これだけでは腹が減るかもしれない、とすぐに麺が残り少なくなってしまったアルミ鍋を眺め、ふと悲しい気持ちになる。ヒロシはよく食べるけれども、どうにもその分だけ背が伸びるということがない。もともとでかかったヤザワは、まだ伸びているらしいというのに。母親と父親は、どちらも小さいというわけではないので、いつか十人並みになるだろう、とは考えているのだが、その日を待つのがこんなに辛いとは思わなかった。

やはり物足りないまま、アルミ鍋に口をつけてスープをすすっていると、市内の女子高校に潜入、というような企画がテレビに映し出される。ヒロシは、女子校という未知の世界への思い入れを差っ引いても、めしの時ぐらい進路については考えたくない、ということでテレビのチャンネルを変えようとするけれども、グラウンドでラクロスに興じる生徒たちが目に入ると、釘付けになってしまった。目元にプロテクターをして、武器を振り回して走り回っているのが良い、と端的に思った。ラクロスというと、何か金持ちのお嬢さんが運動という名目で行う遊びのようなイメージがあったが、その女子校のラクロス部はかなり真剣に活動しているらしく、すらりとしたひっつめの部長の女子は、プロテクターを外して汗を拭きながら、今年は全国大会に出ていいところまで行って、将来的にはアメリカに留学したい、というようなことを言っていた。

強《し》いて言えば行きたいのはこの高校、などと思いながら、ヒロシはスープを飲み干し、アルミ鍋を流しですすいで、水を一杯飲む。気が重いが、文化祭の準備のため、出かけなければならない。テレビを消して、リュックを背負う。私服で大土居の家に行かなければいけないのがいやだなあ、と漠然と思う。そういうところを見ている女は、「見ている」と公言して男を威圧するものだが、見ていなさそうな女もやっぱり見ているので、油断がならなくて不自由だと思う。

大土居の家に行く前に、おやつを買うためスーパーに寄ることにする。大土居はお茶を出してくれるし、増田はいつも何かを持ち込んでくるので、今日ぐらいは自分が持って行こう、と気を遣う。手が汚れないように、あまり買わない個別包装のクッキーを手に取って、なんでこんな高いものを、と理不尽な気持ちに襲われたものの、もう別のものに変えるのも面倒だったので、とりあえずレジに持っていく。

昼間のスーパーに行くこともめったにないので、浮ついた気持ちで駐輪場に戻ると、見覚えのある制服姿のショートカットの女が、変な色の自転車を停めていた。ヒロシは一瞬、制服に見覚えがあるのか、女に見覚えがあるのか迷ったが、すぐに女はフルノだとわかった。

少しの間ためらったのち、知らないふりをするのもなんなので、なあ、と声をかけると、フルノは驚いた様子で顔を上げて、うわ山田か、と顔を歪めつつも、安堵したような顔をする。

「なんでまたこのへんに。イケア？」

「いや、べつに。大阪港の方に行ってたから、ついでにこのへんも流して帰ろうかなあと思って」

ヒロシは、大阪港か、いいよな、と感慨深くうなずく。フルノは、どうかな、お金ないから海遊館も行かれへんし、と肩をすくめる。

「てかおまえ、学校は？　帰り？」

祝日でもない週の中日に、フルノが制服でうろうろしているということの違和感に気が付いたヒロシがそう言うと、さぼり、とフルノはけっという様子で顔を背《そむ》けた。

「おもんないらしいけどさあ、行っとけよー学校」

とヒロシが自転車の鍵を入れてスタンドを蹴ると、フルノも、だってさあ、と言いながら、一度はめたチェーンを外して、自転車を駐輪場の出口へと向ける。七月に会った時に自慢してきた変な緑色は、汚れているわけではないのだが、より妙な色になったように見える。

「ほんまにいややねんもん。なんかもう、めんどくさくて」

二年の時に友達になった女が、三年になってうざくなってきたのだという。グループでいる時は、フルノの見た目や性格を軽んじて周囲の笑いを取ったり、フルノが先に親しくなった別のクラスの女の懐《ふところ》に隠れて入り込もうとするくせに、二人でいる時は、フルノだけが真の友達だというようなことを強調してくるらしい。それに乗ってやらないと、今度はグループ内での貶《おとし》めを始める。それも、周囲にはやり過ぎと思われない程度に、じわじわと。

それは痛いな、と思いつつも、でもべつに友達作ったらええやん、と言うと、三年の二学期から新しい人間関係なんか作れるか！　とフルノは本気の様子でヒロシの考えの浅さを指摘する。

「ほんならもうぼっちでもええやん」

「あんたそれぼっちになったことあってゆってんのか」

「いやまあ、小学生の時はあるけど……」

「そんなん何も言う権利ないわ」

小学生の時と今なんか、別の人間なんと同じやん、とフルノは断じながら、首を振って自転車を押し、ヒロシの前に出る。男よりも襟足がすっきりしたフルノの後ろ姿を眺めながら、それと似た制服を、さっきテレビで見かけたことを思い出す。

「おまえんとこの上の高校、ラクロス部あるとこなんちゃう？」

「ある。まあまあ強い」

「いいなあ。めっさかっこ良くないか？　試合とか見に行かへんの？」

フルノは、大仰に眉をしかめてヒロシを振り返り、ちっと舌打ちをする。その様子を見ながら、ヒロシは、もうこいつはありえないほど学校が嫌なんだな、と理解する。

「ていうかあんたは何してんの？」

「おれはテストがあったんで今日は早いねん。そんで今から文化祭の準備しにクラスのやつの家行くんで、差し入れ買いに来た」

「何それ楽しそう」

「そうでもないで」

ヒロシは、大土居ほか女三人のあやしさについて、フルノに洗いざらい打ち明けたくなる衝動を抑えながら、低く言う。フルノは、いや、楽しいよ、楽しいはず、と何もわかっていないのに、むやみにうらやましがる。

ヒロシが曲がらなければいけないところまで自転車を押した後、フルノは、ほな玉造《たまつくり》でガラシャ像見て帰るわ、と手を上げる。ヒロシは、おまえまあ楽しそうやんけ、という言葉と、学校行けよでも、という忠告を同時に思い浮かべながら、どちらも言わなかった。

フルノが渡ろうとする前に、目の前の道路の信号が赤に変わったので、なんとなく手持ち無沙汰になったヒロシが、そういや番号、と口にすると、そやね、とフルノはリュックから携帯を出して、番号を早口で読み上げる。ヒロシは、もう一度言ってもらって自分の携帯に登録する。フルノは、山田のはいつか連絡くれたらその時登録するわ、と言う。

フルノが去っていった後、ヒロシは回れ右をして、女でなくて良かった、と思いながら、いや、男同士でもくそめんどくさいことはあるか、と考え直す。ヤザワとつるんでいるのは、たまたま学年の最初に席が前後になったからだけれども、めんどくさくないということも大きな理由だった。ヤザワは、ときどきぼんやりし過ぎていてヒロシに迷惑をかけたりするが、ヒロシの持ち物と自分の持ち物を比べてどうこうぬかすということがなかった。

サドルに乗って車道に出ながら、そういえばフルノにヤザワのことを言い忘れた、と気が付く。七月に会った時にフルノが探していた自転車の選手とは、おそらくヤザワのことなのだが、普段はほとんどヤザワの校外活動について話をしないので、忘れてしまっていた。

メッセージ送ろかなあ、と思ったけれども、フルノがこれから長い時間自転車に乗って家に帰ることを考えると、途中で携帯を見させるのも忍びないのでやめておくことにした。それに、ヤザワよりガラシャやろ、と思ったのだった。ガラシャ像の場所をもっとちゃんと聞けば良かった、と少し後悔しながら、ヒロシは、大土居の自宅のあるマンションに向かって重いペダルを踏んだ。

＊

中間テストの結果はすぐに出た。ヒロシの成績は、一学期の期末テストのそれと比べてほぼ横ばい状態だったが、ヤザワは上がった。ヤザワは興奮した様子で、三年になってからの定期テストの成績表をヒロシに見せながら、たぶん１・５倍ぐらい良くなっている、と説明したのだが、ヒロシは、学年の定期テストの成績表を遡《さかのぼ》って全部見せてくるような人間は初めてなので、むしろそのことにはらはらして、一緒に喜ぶとか嫉妬するという気にはならなかった。気をよくしたヤザワは、これからは練習はそこそこにして文化祭の準備をがんばる、と決意していた。ならおまえは今まで文化祭の準備のほうがそこそこだったのか、という問いかけはしまって、ヒロシは、がんばれ、ととにかく言った。

そのヤザワは今、自転車の修理に出かけている。リアディレイラーの調子が良くないので、と言うのだが、リアディレイラーが何かはヒロシにはよくわからない。でもできるだけ早く作業をしに行く、と一応自分の決意表明については覚えているようだったので、早く来い、とヒロシは思う。

土曜日の午後の三時、大土居の家の広い和室には、今は野末とヒロシだけが座っている。家主の大土居は、妹のかえでをどこかに迎えに行っている。増田は、地元の図書館で資料を探してから来るという。野末は読書感想文用の本を読んでいる。読書も作文も苦手なので、ヒロシのように提出の前々日に読んで前の日に作文を書いて、というわけにもいかず、まだ三週間も先の文化祭に向けて、少しずつ咀嚼《そしゃく》することにしたらしい。その計画性そのものはヒロシも評価できる。

「『孤独に勝たなければ、勝負に勝てない』らしいよ山田」

野末は呟く。

「そうか」

こういう流れのやりとりは、今日ここに来てから三回目だった。たぶん十分ぐらいは余裕で過ぎているると思うのだが、そこから一向に進んでいない様子だった。

「わっかるわー」

あぐらをかいて前髪をゴムでくくっている野末は、感じ入ったようにゆっくりと首を振る。ときどき靴下のゴムをぱちぱちさせたり、立て膝になったりする。午前中に、引退した部活を手伝ってきたらしく、上下ともジャージを着ている。落合博満の本を読むことを勧めたのは大土居らしい。本なんか読みたくないの！　べつに今までの自分の日本語で不自由したことなんかないし！　と野末が荒れ狂っていたところ、そういう本があるらしいので、それならのっすーも興味を持って読めるんじゃないか？　と助言したそうだ。

最初は、そうなのか短い時間かもしれないが野末と二人きりなのか、とヒロシは浮き足立ちもしたのだが、今は、おれがおまえを好きだった時間を返せ、と思ってみても過不足ない感じになってきている。べつに、野末が休日なのにジャージ姿で、前髪を変なふうに結わえているからそう思うのではなくて、ヒロシの前ではそういう佇まいでいていい、と思われていることが軽く絶望的なのだった。

正面に座っている野末の手元の本を少し覗き込むと、目次をじっと見ているようだった。どうにも本文に入りあぐねている。

「とにかく、最初から読んでみれば？」

「わかってるよ」

野末はふてくされたようにページをめくる。ヒロシは少し傷ついたものの、それを取りなすように、メンディングテープで紙をつなげる作業を続ける。今日から絵を描いていくつもり、と増田は言っていた。ヒロシもそろそろ描かなければいけないのだが、図案がまだ決まっていない、と先延ばしを宣言していた。自分でもだめだと思う。

残り少なくなっていたメンディングテープを使い果たしてしまったので、部屋の隅に集められている作業用の消耗品の山のところに這っていく。新品のテープを箱から出しながら、積み上げられた本のいちばん上に、『病んだ魂』というタイトルの本が置かれていることに気が付いた。ニルヴァーナの伝記の本だった。よもやこれについて書くのか大土居は、とヒロシは首を振りながら、自分はもっとライトな感じの本にしようと決める。本当は、かなり真剣に、頭の中の本棚から本を吟味していたのだが、自分より真剣そうな人間がいるとふとやる気が冷めてしまうのを感じる。

もしかしたら自分はそういうところがだめなのかもなー、と思いながら、ヒロシはメンディングテープを座卓の上に置くだけ置いて、足を伸ばして首を振る。野末は顔を上げて、ヒロシの様子を少しの間眺めて、おもしろいよこの本、今度貸そか？　などと途切れた集中力のままに言ってくる。おれが落合の本読むわけないやんか、と反論したくなりながらも、ヒロシは、貸してくれるとしてもいちばん後でいい、と無難なのか考え過ぎなのかよくわからない答えを返す。

　それからすぐに、大土居とかえでが増田と一緒に帰ってきて、続いてヤザワもやってきた。ヤザワは、どこで買ってきたのか、コーヒー豆のホワイトチョコレートがけの徳用袋をリュックから出してどさっと座卓の上に置き、部屋を見回したかと思うと、重なった本の山を指差して、カート・コバーン、と言った。一瞬、冷たい空気が流れた後、大土居は訝しげにヤザワを睨みつけ、しかし一切合切無視を決め込んで、怒ったように、皿の上にじゃらじゃらとコーヒー豆を流し込んでいた。ヤザワも、返答がなかったことをまったく気にしていない様子で、カフェインのかたまり、などと言いながらコーヒー豆をつまんで、作業を始める。かえでは、すぐに興味を示して手を伸ばしたが、あんたには刺激が強いからだめ、と大土居に止められていた。

　増田は、表紙にマカロンで作ったお城が印刷されている、やたら少女趣味な洋書を一同に見せながら、とりあえずはこういう感じのやつを一枚描いてみようと思う、と言った。ヒロシは、本を回してもらいながら、パステルカラーしか使われていない誌面に胸やけを催しつつも、めくるうちにだんだん慣れてくるのを感じた。

「そんで山田君は何描くん？」

　増田が事務的な口調でそう問いかけてくると、ヒロシは少しうろたえる。

「まだ決めてないけど……」

「一応私は、こういうヴィクトリアン趣味っぽい室内と、あと、ハワイの海水浴場みたいなんと、ピラミッドとか描こうと思ってる」

「はあ、ピラミッドを」

あれ、なんかべたなもんで攻めるつもりやな、と思っていると、ピラミッドの中ね、と増田は付け加える。

「中か」

「外観のほうがいいかな？」

「いや、中のがいいと思う」

じゃあカタコンベは？

ヤザワは、期待するような目付きでヒロシの方を向いたが、増田は、ちょっと怖いかも、と首を捻る。

怖い？

「画像を探したことがあるけど、こう、どくろとか骨が、本当に隙間なく、なんていうか、爪楊枝の入れ物を上から見たみたいな……」

「うわ、それいや、やめて。やめや、山田」

野末は、落合の本でヒロシを指しながら、顔を歪めて首を振る。増田は逆に、自分で話していて興味を覚えた様子で、でも、そういうのも悪くないかも、と言う。

「あかんよそれ、ただでさえさあ、黒一色の背景って暗いし、描く人らも根暗な感じやねんから、明るい、きれいなものがいいよ」

「でもみんな怖いもんけっこう好きやん」

私は嫌いやけど、と付け加えて、増田は退かずに反論する。ヒロシは、『根暗な感じ』と言われたことがややショックで、何か言い返すどころではなかった。

怖いのはいい。

「えー何よ矢澤。あんたが余計なこと言うからさあ」

「一枚ぐらいそういうのがあってもいいと思うよ」

いい。

「よくないよ、きもいとか言われてほかのんまで変なふうに言われる」

「山田君はどうなん？　興味ある？」

描いたらいい。

「描くなよまじで」

三人の人間からやいやい言われながら、ヒロシは、現実逃避のために大土居とかえでの様子を確かめる。かえでは小学校の宿題のようなことをしていて、黙々と紙をメンディングテープでつなげている大土居は、ときどき顔を上げながら、議論の様子をうかがっている。

野末が、それよりも田中将大とかイチローを描け、そのほうが人気が出る、と言い出すと同時に、廊下の側の引き戸が強く叩かれる音が聞こえた。大土居は立ち上がって戸を開き、しゃべっていた三人は口をつぐむ。

紗和ちゃん、もっと静かにできんのか、という男の声が聞こえる。口調は静かだが、怒りの波長のようなものを含んでいる。すんません、と明らかにふてくされたように斜めに立って、大土居は言う。

「文化祭の準備があるのはわかるけれども、なんでうちでばっかりやることになってんの？　よその家はそんなに狭いの？　それともうちはなめられてんの？」

そんなことないっすよ、と大土居は答える。やはり兄でもいるのだろうか。それにしても二人の態度はよそよそしい。それも、仲の悪いきょうだいのよそよそしさではなく、他人のそれのように感じる。仲裁に入ってきてもおかしくない大土居の母親も、外出しているのか、今日は一度も見かけていない。

なおも苦情を大土居に言い募る男の声が、何か記憶の領域に触れてくるのを感じる。聞き覚えがあるのだった。

「かえでちゃんの教育にも悪い」

「根拠あるんですか？」

「君はひどいな」

ヒロシは、壁際に寄せられている材料を取りに行くふりをして、引き戸の向こうの廊下に立っている男を確認する。さっと手足から血の気が引いて、心臓が重く鼓動するのを感じる。大土居が話しているのは、ヒロシが大土居にバットで襲われた夜に、コンビニにいた男だった。口を開けて廊下の側を凝視していると、大土居の肩越しに、男と目が合った。二十代とは思えないが、まだ若いと言えなくもない、細身の男だった。ヒロシはすぐに目を逸らして、もともと座っていた場所に戻る。

おとうさん？　とかえでがそちらの方に行こうと立ち上がるのだが、なぜか増田が腕を摑んで首を振っていた。

「玄関の靴見たら、男も上がり込んでるやないか。どういうつもりなん？」

男の声自体は穏やかなのだが、言っている内容もふくめて、その底流には何か粘着質なものが貼りついているような印象をヒロシは受ける。ヒロシの正面に座って、口を開けて目を眇めてそちらを見ていた野末は、よっこいしょ、と何かわざとらしいほど事も無げな様子で立ち上がって、うちのせいなんすよ、すみません、と大声で言いながら引き戸のところに歩いてゆく。

「ほんとは私んちで作業する予定やったんですけどお、弟がなんか病気んなって。うつしたらあかんし、そんで大土居さんとこ借りることにしました。おじゃましてます」

それにうち貧乏やから、この家より狭いしね、と野末は腰に両手をやって首を傾げる。頰が上がって、にやっと笑っているのがわかる。弟が病気というのも、まったく耳にしたことがない言い訳なので、おそらく嘘なのだろうと思う。野末は班を組んだ当初から、大土居の家で作業をするということを主張していた。

「できるだけ静かに作業するんで」

大土居も、野末が加わったことで勢いを得たかのように、つっけんどんに言う。男が、それに納得してうなずきでもしたのかどうかは、ヒロシの場所からは見えなかったのだが、大土居の言葉には返答せず、かえでちゃん、こっちおいで、と口にする。かえでは、増田の顔と廊下の方を見比べて、どうしたらいい？　せい子ちゃん、と言う。

「あんたが決めなさい」

大土居は鋭く言う。母親の物言いでも父親の物言いでもなく、間違いなく、昔友達の家などでよく耳にした姉の言い方だとヒロシは思う。姉を持ったことはなかったが、自分は持たなくて良かった、と思えるような、厳しい口調でもあった。

ヒロシはふと、そういえば自分には弟がいるのだ、ということを思い出した。その場で送電線のように張り巡らされている緊張と考え合わせると、あまりにもどうでもいい事実のような気がしたが、それでもヒロシは、父親が亡くなった時に斎場で見かけた、母親違いの小さい弟の姿を、頭の中で再生せずにはいられなかった。

自分とあの子が一緒に暮らしていたら、あんなふうに話しかけたりするのだろうか、とヒロシは思う。

かえでは、大士居と廊下にいる男の顔色をうかがうように、もぞもぞと迷ったあげく、ここにおる、と言う。

「お姉ちゃんらの邪魔になるよ」

「邪魔にはなりません」

増田が言う。ヒロシが今までに聞いた増田の声の中で、もっとも大きい声だった。玄関の靴の話をされた時に、一瞬だけ腰を浮かしたヤザワは、何かを察したのか、コーヒー豆を口に放り込んで、作業を再開している。ヒロシは、作業は自宅で一人でもできないことはないし、そんなに言うんなら帰りますよ、と言うべきなのだろうか、と考えそうになっていたのだが、ヤザワの様子を見ると、そうする必要もないように感じる。

「そこがおもしろくなくなったらすぐにおいで」

廊下にいる男は、ゆっくりと含めるようにかえでに呼びかける。かえでは、困ったように眉を下げて、しかし微かに、二者の間で揺れることの快さのようなものを頰のあたりに滲ませながら、部屋の中と廊下を見比べる。増田は、硬い表情で、男の声がする方を見ている。ヤザワは、うつむいてテープを引っ張りながら、おもしろくなくなったらすぐにおいで、と微かな声で男のものまねをした。ヒロシは笑ってしまいそうになる。

これからは黙ってやります、すみませんでした、と事務的に言いながら、大土居は引き戸を閉める。野末は、ため息をつきながら、座卓のところに帰ってくる。

「義父」

大土居は、計画通りにつなげた最初の一枚目の壁紙を開きながら、簡潔に言う。

「ああ」

「そんで、怖いのはやっぱりやめようよ」

大土居は、立ち上がって壁際に寄り、頭の上に腕を伸ばして、つなげた紙を床に向かって垂らす。縦に九枚、横に六枚に貼り合わせられたわら半紙の壁紙は、陰鬱だが妙に味わい深い色合いでもある。やっぱり、黒一色で描いたほうがいい、とヒロシは思う。でも、ちゃんと描き込む部分とそうでない部分を判断して描いていかないと、写真に撮った時に何を描いているのかわからなくなるから難しいよな、とも思う。

久しぶりに、そんなことを考えた。増田の描いたものと比べられるかもしれないけれど、それはそれでいいと思えた。

とりあえず、モン・サン・ミッシェルを描こうかなと思う、と言うと、それはいい、とヤザワと増田が賛成した。野末は、何それ、怖くない？　と言った。かえでは、ふと柔らかくなった雰囲気を感じ取ったのか、とにかくにっこり笑っていた。ヒロシは、べつにいちいち笑わなくていい、と発作的に言いそうになったが、かえでは自分の身内ではないのでやめておいた。だいいち、女どもにくっついているかえでに自分が口出しすると、どんな不興を買うかわかったものではない。

それからは、遅くまで黙りこくって作業をした。途中で弁当を配達してもらって夕飯を食べたのだが、その時もあまり誰も話そうとしなかった。それが何か、大土居を助けることにつながっているような雰囲気があって、部屋にいる人間は、まるで工場で働いている人のようにてきぱきと作業した。かえでもおとなしく宿題をして、それが終わってしまうと、部屋から本を持ってきて、座卓の横で読んでいた。

増田は、座卓の約半分を占拠して、大土居が完成させた無地の壁紙に、ティーカップとポットと、ケーキがのせてある皿が挟まった金属のカゴのようなものが置かれたテーブルと、くねくねした縁飾りのついた背もたれの椅子と、暖炉を鉛筆で描いた。壁紙の花柄の模様は、資料の中からかえでに選ばせていた。今度絵の描き方を教えて、とかえでは増田に言っていた。増田は、私下手やしおもんないよ、と神妙な顔つきで返答していて、ヒロシを不思議な気持ちにさせた。

その日の成果は、わら半紙をつなげた壁紙の下地が四枚と、増田が完成させた下描きが一枚分で、大土居の義父が注意してきたことによって、逆によく捗《はかど》ったようだった。野末は、自分たちはよくやった、というようなことを言いながら、壁紙の枚数を増やしてもいいんじゃないか、と提案してきた。もっと時間いっぱい使って、作れるだけ作ろう、とのことだったが、ヒロシは、その「時間いっぱい」という表現に、より長くここにいなければならない、という義務感を感じ取った。きっとそのことと、大土居の義父は関係があるのだ、ということも、直感的にわかった。

帰り道で、そのことをヤザワに言おうかと思ったが、信号待ちをしている時に、フジワラから、文化祭の日はいつなんだ、というメッセージが来たので、話題はそちらに流れた。十一月の二週目の土曜日、と答えると、ほな行くわ、というだけの返事が返ってくる。フジワラ文化祭来るんやって、と自転車で前を走っているヤザワに言うと、それはよかった！　とゆっくりとした大きな声が返ってくる。

フジワラ君とこはいつやろうか？

「きいとくわ」

ヤザワがフジワラの中学の文化祭に興味を持つのは意外で、興味深くもあった。その日は家に帰ってから、ベッドに寝転がって『B砂漠の40日間』をめくりながら、壁紙に何を描こうかということをずっと考えていた。それは、自分が以前何を描きたかったかを思い出す作業でもあって、むずがゆいような、つたない愉楽にひたるような、いろいろと後ろめたい時間でもあったが、同時に、何か自分の中で眠っていたものが、少しずつ体を起こし始めるような感触もあった。

小学校の頃に描いていたものは、本棚と本棚の間の隙間にしまったまま、見返さないようにしている。下手くそだった、と思う。それでも絵を描くことが好きで、話を作ったりすることも好きで、頭の中には、誰にも何にも干渉されない強固な世界があった。今よりももっと体が小さく、他人との関わり方を知らなかったヒロシの小学校での境遇は、決して恵まれたものではなかったけれども、それでも今より強かった、と思う。その時間を取り戻したいような、でももう取り戻せないような、そんな気分になりながら、今はがんばって文化祭の作業をしよう、と思う。とにかくそこから始めるのだ。

風呂に入ってからも目は冴えていて、もう考えるのも疲れたんで寝たい、という頃合いに、間が悪く腹が鳴った。面倒なのでそのまま寝てしまおうと目をつむるのだが、ほとんど胃が体全体に広がってしまったような感覚に陥るぐらい、空腹に支配される。昨日どうやって寝たかすら思い出せない。眠気はどこからやってくるのか。胃は眠くならないのか。

ああもう！　と悪態をつきながらベッドから降り、真っ暗な台所で冷蔵庫を開けたものの、まったくろくな物が入っていない。生姜《しょうが》のチューブとか、なんだかよくわからないものの佃煮とか、ほうれん草のおひたしとか、そのままでは食べられないか、もしくはヒロシが嫌いなものばかりで、失望しながら冷蔵庫を閉じる。そういえば、インスタントラーメンは数日前に食べ終わってしまった。

自分の部屋に戻ったヒロシは、意を決してウインドブレーカーを着込み、財布と家の鍵を持って外に出る。腹が減った、という本能に支配されすぎていて、何時かは見ていなかった。自転車に乗りながら、コーヒー豆が原因か！　と思い出して、ヤザワに文句を言いたくなる。なんでそんな変なものを持ってくるのか。もっと無難なものは思いつかなかったのか。しかもお徳用って。

塾帰りにからあげを買うコンビニまで走る。これから冬に向かって寒くなる、ということが、服の中に忍び込んでくるような夜中だった。そういやこのへん通り魔出るんやっけ、貼り紙見たぞ、あ、それはおれが貼ったんか、などと愚にもつかないことを考えながら、自転車に乗ったまま、車が一台も駐車されていない駐車場へと入っていく。コの字をひっくり返したような車止めの鉄パイプには、若い女が座って雑誌のようなものを読んでいる。その隣には女の子供がいて、じっとおとなしく座っている。親子だろうか。旦那が中にいて待っているんだろうか。それにしても女は若そうだ。女と女の子供は、自転車をその傍らに停め、ヒロシは女の顔を覗き見て口を開けた。

大土居とかえでだった。

声をかけようとしたが、かけられなかった。何を言ったらいいのかわからなかったし、ヒロシに気付かれることが大土居にとっていいことなのか悪いことなのかも見当がつかなかった。

顔を見られないように姿勢を低くして、とりあえず自動ドアのマットを踏み、実は店の中に両親だとか親戚がいる、実はヒロシのように何かを買いにきたのだが、夜風が気持ちいいとかでぼうっとしている、実はこれから出かけるところで、タクシーかなんかを待っている、実は、実は……、と考える。三番目は特にありえないと我ながら思う。

上の空の面持ちで、その実頭の中は洗濯機のように動かしながら、ヒロシはさして広くないコンビニの通路をさまよう。そうだ、自分は腹が減ってたんだ、と惣菜のケースの前に行って、からあげがあることを確認し、しかし回れ右をして、そのコンビニのプライベートブランドのおかきやクリームサンドなどを手に取って、ついでに真後ろの棚にあった、黄色い背景に赤いポットの絵が描かれている紅茶の箱も摑み、レジへと向かう。ばら売りのからあげを五つ注文して、箸を一膳とナプキンをもらう。袋の中に紅茶の箱が突っ込まれるのを眺めながら、なんでこんなものを買った？　と思う。あまりにも地に足が着かず、頭の中が散らかっていて、今なら、おまえはサルだとか八十歳だとか言われても信用してしまいそうな気がする。むしろそれを望む。

たぶんそうだろうと思っていたが、コンビニの中に大土居の両親や親戚のような人はいなかった。だから、大土居とかえでは、二人だけでコンビニの外にいるというわけだ。こんな晩秋になりかけの夜中に。出入り口で振り向くと、壁の時計は二時を指している。ヒロシは首を振りながら、いなくなっていますように、と思い、その半秒後に、いなくなっていませんように、と思う。車止めの鉄パイプの方を見ると、やはり大土居が座っている。その隣で、今度はかえでが本を読んでいる。増田が借りてきたマカロンで作ったお城が表紙になっている洋書だった。又貸ししたのか。だめじゃないか増田。

「どないしてん」

短い間だが、胸の内で百周ぐらい逡巡した後、ヒロシは声をかける。大土居は、熱のない半目でヒロシを見遣り、口を開く。

「べつに」

「家帰れよ」

「ほっといてよ」

「おかしなやつに絡まれるぞ」

大土居はいやな顔をする。まるでヒロシ自身が不当に絡んでくる人間であるかのような、眇《すが》めた訝しげな目で見てくる。あのなあ、とヒロシは抗議したくなる。自分は腹が減ってここにいるだけなのだ。それがなんでおまえに注意を促さなければいけないのだ。

勇気を出して。

「うちで茶あ飲んでいくか」

そんなことを言ってしまうけれども、ヒロシは実は紅茶の淹《い》れ方を知らない。三分待つらしいということしか知らない。緑茶ならなんとかできるが、なんで今日に限って紅茶を買ってしまったのか。判断力が鈍っているのか。そうなんだろう。

おでん

大土居は、ヒロシをじっと見て、やがて微かに鼻で笑う。まるでヒロシが、そんなものは淹れられないということを知っているかのように。

大土居の傍らに座っているかえでは、ひどく不思議そうにヒロシを見上げてくる。寒いのか少し震えている。そういえば、ヒロシも小学一年の頃は寒がりだった。制服の短いズボンがものすごくいやだった。知っていることや考えるべきことが少なかったので、暑さだとか寒さが本当に大事なことだった。

おまえは勝手にしたらええけれどもその子がかわいそうやんけ、とヒロシは思いながら、そのことは口にしないでいる。自分にはほかにもっと考えていることがあるような気がした。かえでのことを持ち出して茶を飲めというのは、なんだか卑怯なことだと思えた。どうして自分はそんなことを思うのか、理屈はわからないのだが。

かえでは何も言わなかった。自分の快適さのためには、年上の人間にわりといろいろ訴えそうなタイプの女の子だと思っていたのに、そうでもなくて、どうも意外だった。大土居には頭が上がらないのかもしれない。

大土居は、しばらくかえでの肩口のあたりを見下ろした後、うち、お店やってるっけ？ と問うてきた。ヒロシは、なんで知ってるんやろうと思いながら、うんとうなずく。

「ほんなら、お店の方におらせてもらえる？」

大土居は、軽く眉を寄せて、申し訳ないのか、ヒロシに頼みごとをする自分に腹を立てているのか、その両方なのかという顔つきでそう言ってくる。ヒロシは、どこか他人事のようにうなずく。

ヒロシが歩き出す前に、悪いし、何か買っていくわ、と大土居がコンビニに入ろうとしたのだが、ええよべつに、と言ってそれをやめさせた。どうせ金持ってないやろ、と思ったのだった。大土居は、そうか、とため息をついて、ヒロシについてくる。

夜中の道で、自分の1メートルほど後ろを、大土居とかえでが連れ立って歩いてくるのは、すごく変な気がした。連れといえばそうだし、そうでもないとも言えるし、微妙な距離だった。それこそたちが悪くて退屈してる人間に絡まれたらどうするのか、と思うと、ヒロシは気が気でなくなり、とたんに早足になったが、大土居は間隔を保ったますたすたとついてきた。

店のシャッターを開ける。店には、祖父が仕事をする時に座っている椅子のほかに、近所のおっさんなどがしゃべりに来るために何脚かパイプ椅子があるので、それを探していると、かえでが立て続けに大きなくしゃみをしたので、やっぱりこの子には店寒いんちゃう？　上にあげたほうが、とヒロシは提案する。

「でも、しゃあないやん」

何が仕方ないのかわからないのだが、大土居は頑なに一線を譲ろうとしない。

「しゃあなくもないやろ」

ヒロシはうーんと考えて、困るけどおれの部屋貸すかー、と思い付き、提案する。大土居も、腕を組んでうつむき、だいぶ長い間考え込み、じゃあ、ものすごく悪いけど、と顎を引いて、かえでをヒロシの方に軽く押す。かえでは、呆けたような顔で、ヒロシについてくる。

通る所に次々電気をつけながら、かえでを後ろに伴って、すり足で家の中を急ぐ。母親に見つかったら何を言われるかわからない。怖いと言うよりは、説明が面倒くさすぎる。今はその行為に費やせる気力がない。

狭い階段を少しずつ上ってくるかえでを見下ろしながら、電気の光が漏れている祖母の部屋の引き戸を軽く叩く。祖母は宵っ張りなので、だいたい夜中の三時頃までは余裕で起きて、韓国ドラマや古い映画を見ている。今日も、昼に録画した二時間ドラマを見ていた。船越英一郎の火災調査官のやつだった。

「あのさ、布団余ってない？　合物《あいもの》の。秋冬とかの」

祖母は、座椅子越しにヒロシを振り向き、あるよ、と言いながらゆっくりと立ち上がった。階段を上りきったかえでは、祖母からは見えない、ヒロシの部屋の引き戸に張り付いて、ヒロシを不安そうに見上げる。

「寒くなってきたな」

あくびをしながら祖母は言い、押し入れから出した布団を圧縮袋ごと押し付けてくる。

「そやな、ばあちゃんも気を付けて」

祖母は、ヒロシの言葉に何かやましさを察知したのか、どうかな、と不敵に言って引き戸を閉める。こういうところがあるから、わりと祖母は苦手である。

ヒロシは、自室の電気をつけて、布団を圧縮袋から取り出し、適当にしてていいから、とかえでに言う。

「適当って？」

当然のごとく訊き返され、ヒロシは頭を掻きながら、寝ててもいいし、起きててもいいし、と答える。

「寝ていい？」

「いいよ。床でもいいし、よそのうちの布団の中入るのはきもいやろから、敷き布団の上にそのまま寝転がってもいいし」

そうしてもいいし、しなくてもいいし、どちらでもなくてもいいし、とヒロシは言葉の上でたくさんの選択肢を与える。かえでは眠いのか、しばらくきょとんとしていたが、ありがとうございます、ととりあえず言った。ヒロシは、もう本人のやりたいようにさせるしかない、と割り切ることにして、なんでもええから静かにしとって、トイレは一階の廊下の突き当たり、と言い残して、自分の部屋を出る。

いろいろとややこしすぎる、とうなだれながら、細い階段を降りる。どうしてあんなことを言ってしまったのか。説得して家に帰すべきじゃなかったのか。

台所を通り過ぎながら、そうだ茶だ、と思い出し、流し台の電気をつけて、電気ポットでお湯を沸かす。食器乾燥機から自分のマグカップを取り出し、食器棚から予備の使っていないカップを持ってきて、両方に沸いたお湯を注ぐ。そして、赤いポットの絵のティーバッグを放り込んで、お湯が先なのか葉っぱが先なのかと突然不安に襲われる。

頭を振って、どうしてこんなに襟を正さなければならない、と理不尽な思いにもやもやしながら、マグカップを持って店に行く。大土居が何かリラックスした様子を見せていたらきっと腹が立つだろう、と見積もっていたのだが、大土居は硬い面持ちで、祖父の作業台に両手をついて、ヒロシが用意したパイプ椅子に、背筋を伸ばして座っている。店の中を見回したりもしない。

どうぞ、と作業台にマグカップを置く。大土居は、首を突き出すようにして頭を下げて、カップを手元に引き寄せる。ヒロシは、ティーバッグの糸の部分を手持ち無沙汰にぐるぐる回しながら、祖父がいつも座っている事務椅子に座る。ぎいぃ、と軋《きし》む音を立てるのが、異常に恥ずかしい気がしてくる。大土居は、微動だにせず、カップの中を凝視している。まるでそれに毒が入っているのかいないのか思案しているかのように。

「ニルヴァーナの話でもする？」

沈黙に耐えかねてそう言うと、大土居は口を閉じたまま、鼻息だけで軽く笑う。大土居は、あの分厚い本を読んで、文化祭のための読書感想文をもう書いたのだろうか。あれを貸してくれ、と思う。実際貸してもらえそうな見込みがあるのは、野末の落合元監督の本だったが。

「自慢やないけど、おれは小学生のときから知ってた。一か月ぐらい入院してる時期があって、その時の担当の看護師さんが音楽好きな人で、いろいろ教えてくれてん」

大土居は、何度かうなずいて、ヒロシの話を聞く。ヒロシは、座持ちするならこの際聞いてもらっていようとそうでなかろうと関係ないや、と思いながら、話せることを思い出そうとする。

小六の時に入院したのだが、なんとなく、あのぐらいから、集中力がなくなってきた、と思う。小学生の頃のヒロシは、現実に三割生きて、残りすべてを自分の考えている物語や描きたい絵に費やしていたのだが、その幸福なバランスが、だいたいその頃に崩れ始めたのだ。いや、今もそんな感じなら完全に痛い奴なのだが、それでも、当時の集中力だけは取り戻したいと思う。自分のやっていることや考えていることに対する信頼と言い換えてもよい。

今は何もかもが不確かだ。しかも、今現在対峙している大土居は、ヒロシの最近における不確かさの集大成のような存在で、ヒロシは改めて、なんでこんなことをしているんだ、と思う。どうして塾の帰りの夜道で自分に殴りかかってきたのか、一切問いもしないで。びびりすぎてないか。お人好しすぎやしないか。

「あんた洋楽聴くん?」

「そやな」

「珍しいな」大土居は、何か頃合いと見たのか、ティーバッグを三周ほどさせて、カップに口をつける。「まあ私も、たまに聴く。数がありすぎて何から手を付けたらいいかわからんけど」

「バンドが結成された場所とか、歴史とか、系統が同じほかのバンドとか考慮せなあかんのがなんか、しんどいよな。せなあかんことはないんかもしれんけど」

「したほうがいいんちゃう」大土居は、音を立てないように注意深く、カップを作業台の上に戻す。「ときどき、自分との距離感でおかしくなりそうになるけどな。これ、私のことやんと思いながら、それでいて、国も時代も性別も違ってる」

ヒロシは、大土居の言っていることを正確には理解できなかったが、大筋はぼんやりとわかった。大土居からはだいぶ遅れて紅茶を口に入れると、ちょっとびっくりするぐらいまずかった。

「わかるなあ、とか思うんや?」

「たまに思うよ。意味わからんともよく思うけれども」

大土居のほうのはまずくないのか、平然とした顔で飲み続ける。同じように作ったのになあ、とヒロシは不思議に思う。

「ニルヴァーナのほかに何聴くん？」

大土居は、両肩を上げて首を振る。

「そんなに詳しくないから」

「そうか」

なんとなく、深追いするのは良くないと思ったので、ヒロシはそこでやめる。大土居は、ヒロシと何も共有したくないのかもしれない。ひけらかすのが嫌いなタイプなのかもしれない。けれどヒロシは、あまり残念には思わなかった。そこで自分が追及をやめられたことのほうに価値があるような気がした。

それでも、所在ない時間は手におえないほどあったので、文化祭の作業でもする？と訊くと、ああ、と大土居はうなずく。ヒロシは、好きなもん食うとけ、と思い出したようにコンビニの袋を大土居に渡し、文化祭の作業の道具を取りに、再び自室に戻る。電気はついたままで、かえでは布団を頭からかぶって、床で丸くなっていた。かわいそうな気もしたけれども、なんだか変な寝相だったのであまり悲愴感もなかった。

寝る前に少し下描きをすすめた壁紙と、学校のゴミ置き場でもらってきたいらないプリントの束と、幾つかの作業道具を持って、自室の電気を消す。胃が身を捩《よじ》るように収縮して、そうだからあげを食わなければ、と思う。自分で淹れたまずい紅茶に気勢を削がれている場合ではない。

紙の束を渡すと、大土居は、ここ使っていいんや？　と改めて作業台を指す。ヒロシは、うなずいて、古いんでちょっとでこぼこしてるかもやけど、と大きなカッティングマットが置かれた頑丈な机を軽く叩く。

「おじいさんがここ使ってんの？」

「そやな。いろいろ、頼まれごとをやったり」

そっか、と大土居はうなずいて、少しの間、作業台の周囲に置かれた立体の折り紙を眺めた後、裏紙を一枚取って、慣れた手つきで貼り合わせ始める。ヒロシは、事務椅子に座ったまま手を伸ばして、大土居の近くに置かれているコンビニの袋を取り、からあげの入ったパックを出して、箸を割る。

「食う？」

大土居が首を振るので、その中にいろいろ入ってるから、と袋を大土居の方に押し戻す。

からあげは冷めていて、期待したほどはうまくなかった。やはり作りたてに限るんやろうなあ、と思いながら、ヒロシはあっという間に五つ食べ終わってしまう。

腹が落ち着いたら、途中まで描いたモン・サン・ミッシェルの絵の続きに手を入れ始める。世界には、こんなにおもしろいところがあるのに、自分の町はつまらない、と思う。これが、大土居の言う、距離感でおかしくなりそうという感覚なのだろうか。でも純粋に飽きたのかもしれない。昔はヒロシも、自分の住んでいる町が大好きだった。

紙を数枚つなげ終わった大土居は、コンビニの袋の中を物色し、うにせんを出して袋を開ける。その様子を見て、ヒロシはなぜかとても安堵する。気を許してくれたような気がする、というよりは、大土居自身が、もうそれほど緊張していないように見えることに。いつ帰れるかわかりもしない時間に、よその家や場所にいることはつらい。

大土居は、うにせんをぽりぽり食べながら、やはり何とも思っていない様子で紅茶を飲む。眠そうにも見える。ナプキンで手を拭いて、祖父が作った十面体の折り紙にさわろうとしてやめたりしている。ヒロシは、もうあまり大土居のことは気にせずに鉛筆をすすめる。こいつは思ったよりどうということもないのかもしれない。そんなに警戒すべき人物というわけでもないのかもしれない。自分のことを悪く思っているわけでもないのかもしれない。

どのぐらいうにせんを食べたのか、またナプキンで念入りに手を拭いた後、大土居は作業を再開する。かなり慣れてきた様子で、工場の人のように手早くテープを引き出し、迷いのない様子で貼り合わせている。

「前にさ、あんたをバットで叩きそうになったこと、あれは悪かった」

静かな大土居の謝罪に、ヒロシは、うん、とうなずく。やっとか、などと茶化《ちゃか》しても良かったのだろうが、それは本心ではないし、うなずくだけにとどめておいた。

「間違えたのよ、義父と」テープを切る鋭い音が、語尾に重なる。「あの人、かえでのおやつはいっつもあのコンビニに買いに行くからさ。でもまあ、あんたと義父では背格好違うし、今となると、なんで間違えたんやろと思う」

ヒロシはとりあえず息を吸う。放っておいたら、自分はそれすらも忘れてしまうような気がした。脈拍が、耳の横で鳴っているように重く強く聞こえる。

「でも、間違えて、あんたがよけてくれて、それで良かったのか。そうやなかったら少年院とか入ってたんかな私」

「たぶんな」

「それはいややし、実際困るわ」

大土居は手を止めて、魚が水面に空気を求めるように、ぼんやりと上を向く。

「野末が寂しがるで、増田も、クラブの子も」

大土居はヒロシを見て、無理やりのように口角を上げる。そしてやがて、平たい表情に戻って、片目を細める。

「これから言う話を、絶対に想像しんといてくれるかな。自信がないんやったらさ、あんたは部屋に帰ってくれていいし、私は明るくなったらすぐにかえでを連れてここを出る」

ヒロシは、大土居の方から目をそらして、せえへんよ、と言う。大土居は、大きなため息をついて、カップから紅茶を口に含む。

長い猶予《ゆうよ》があった。もしかしたら、話すのはやめるのかもしれない、とヒロシが思いかけた頃合いに、カップを作業台の上に置いた大土居は、何度か迷うように深くまばたきをして、首を振り、やがて意を決したように話し始める。

「義父はかえでに触ってる」体が硬直する。ヒロシは、作業台の隅に置いてあったドリルビットのセットに焦点を合わせて、小さく息を吸い込む。「母親が仕事で、私が部のことでおらん日に、あの子が昼寝してたら、義父が布団の中に入ってきたって言う。風呂で写真も撮られた。どちらも二回ずつぐらい」

想像するな、とヒロシは口に出して言いそうになる。大土居は、また深く呼吸し、カップに口をつけてすぐに置く。

「私は最初の頃、突然部屋のドア開けられたり、風呂の時にわざと脱衣所の隣の部屋に居られたこととかある。どっちも、驚いてるふりしてものすごい怒鳴り散らしたから、それ以来何もないけど。かえでは私の部屋で寝るようになった。私は、足元んとこにバット置いて寝てる」

一呼吸置いて、のっすーが聞いたら怒るかもしれんから、バットのことは言ってないけど、と大土居は、自嘲するように歪んだ笑いを浮かべながら付け加える。

ドリルビットのラベルには、MADE IN CHINAとある。これを作った工場は、中国のどこにあるのだろうと思う。ここ数年はどの作業場も中国とやりとりしてるから、おまえは中国語をやれヒロシ、と祖父は言う。社会の地理の授業によると、中国には言語がたくさんあるらしい。祖父の言う通り、中国語をやろうと思い立った時もあったが、そのどれをやればいいのかわからない、という入り口でヒロシは折れてしまった。中国は漢族含め五十六の民族がある。そのこと自体はとてもおもしろいと思う。

このドリルビットを作ったのは、中国のどの言語をしゃべる、どの民族の男だろうと思う。十代後半の女性の可能性も考えたけれど、工具を作っているのは男のような気がする。どんな男だろうか。彼には家族がいるのだろうか。子供のことは好きだろうか嫌いだろうか、距離を測りかねているのだろうか。

「かえでのことは三回ぐらい母親に言ったけど、まともに取り合ってくれんかった。義父はかえでをすごくかわいがってて、血が繋がらないからこそ親子がうまくやっていくのは大切なことやない、とか言う。それと同じことを、手を替え品を替え言う。写真に関しては、日常的に撮ってるし、まだあの子は小さいから問題ない、ってさ。でも、このことは絶対に他人に言うなって言われた。でも私は、のっすーにもまっすんにもあんたにも言ってる。だから、私が殴りそうになったことをあんたが矢澤にちくった時に、あんたを責めきれんと思った」

　でも、このことは矢澤には言いなや、と大土居は頭を少し低くして、ヒロシを睨みつける。一番怖い角度で、ヒロシは否応なくうなずく。そして、なんでこいつはこんなにスムーズにおれを怖がらせるのだろうと思う。そうすると、逆にあまり怖くもなくなってきた。

「かえでは、確かに最初は義父になついてた。でもそれは、寂しがりっていうか、自分にかまってくれる大人と一緒におりたいっていう願望があの子にあるから。半年前まで幼稚園に行ってたような子供やしな。義父はそれを利用して、ベタベタして、かえでの人生に侵入しようとしてる。かえでは、だんだんそのことがわかってきて、怯えてて、でも、義父には怖くてそれを見せられんでおる。母親には、ばれたら嫌われるって言う。だから怖いことは全部私」

　大土居は、心底疲れたようなため息をつく。作業台の上に両腕を置いて、頭を下げる。もう帰れ、そして寝れ、と言いたくなる。けれどもすぐに、大土居は帰ったところでよけいに面倒な思いをするのだ、ということを思い出し、自分に置き換えて愕然とする。

　斎場で見かけた、母親違いの弟のことが頭をよぎった。自分ならどうするだろうか。まだ小さい彼が、親にも口止めされるような不当な暴力に晒《さら》されているとして、自分は何かやるだろうか。

いやいやながら。たぶん、いやいやながら。しないといけないことだから。そこから逃げたら、たぶんまともな大人になれないから。一生後悔するから。

「たまにむかつくよ」頭を伏せたまま、大土居は呟く。「あの子は、義父が怖いくせにいい顔もする。母親とも無難にやってる。私一人ぴりぴりして、怒って、あほみたいと思う時がある」

あの子は、二番目のお父さんの子なん？　と少し疑問に思っていたことを訊くと、大土居は、うなずくでもなく、首を振るでもなく顔を上げ、答える。

「あの子の親父は、私らと住んだりすることはなかった。奥さんおったから。母親は、それでも結婚できると思って産んだらしいけど、あかんかった」

でもべつに、母親がかえでをかわいがってないわけではないよ、と大土居は言う。事実なんだろうとヒロシは思う。なんとなく、自分の母親が寝ている家で、よその家の母親が変だという話をするのは気が進まなかった。そんなことを知るときっと、ヒロシの母親は調子に乗るからだ。いや違うおまえはおまえなりにおかしい。

「そやから、あの子はなんか置いていかれたような気分にずっとなってる。それで、親を怒らせるような都合の悪いことを言えんでおる。私は、とりあえず友達作れよ、ってずっと言ってる。私が、親おかしいとか思っててもやってられてんのは、のっすーとかまっすんとか、クラブの子がおるおかげやから」

「あの子には、おまえがおってよかったんちゃうか」

ヒロシがそう言うと、大土居はびっくりしたように目を見開いて、やがて首を傾げ、変な、はぐらかすような笑顔を浮かべる。不真面目を装う。おもしろい顔だった。誰か、ハリウッドの俳優が、演技について突っ込んだインタビューを受ける番組で、さんざん司会者に誉められた後にこういう顔をしているところを見たことがある。おっさんだった。

ふと、大土居の母親はこういうふうに振る舞うのだろうか、と思う。おそらくそうではないような気がする。それはいいことだ、とヒロシは唐突にまくし立てたくなった。おれの母親は絵が下手で、画家はダヴィンチとフェルメールしか知らない。子は親に似ない。似たくないから。それで当たり前だ。

「どやろ、けっこう怒るし、嫌われてんで。なんか、都合のいい時だけ頼ってくるし」

「それは腹立つな」

「腹立つよ。年離れてて良かった」大土居は、頭の後ろで手を組んで、軽く伸びをする。「それで、文化祭の作業をうちでやれるようにってことになってん。夏休みの後、のっすーに話したらさ、ほんならずっと家におったたって、義父がかえでに近づかんようにあたしらで見張ろうやってことになって。男おったほうがええかもな、って話になって。でも班組めるような男子もそんなおらんし、そしたらのっすーが、山田はいろいろ頼みやすそうやし、矢澤も来るやろうって」

「あー」

都合いいなあ、と思う。情けない気はするけれども、でも、都合良くにだって使ってもらえないのも寂しい。だから、総体的には、自分が簡単そうな人間に見えることは良かったようにヒロシには思える。

「でも、文化祭が終わったらどうなんのかなあ」大土居は、片腕で頭を抱えて、軽く首を振る。まるで、テストの問題が解けなかったことを嘆く生徒のように。「口実がなくなったら、それこそ母親は、義父が気に入ってないっていう理由で人呼んだらあかんって言いそうやし、そうなったらかえでを外に連れていくしかないけど、私かって受験勉強あるしなあ」

「学童保育とかあかんの？」

「必要ないって。平日は、だいたい母親か義父か私の誰かが家におるから」

大土居の親は、二人共が図書館の司書であるという。休みが平日なので、だからよけいにかえでの身の置きどころについて気を遣うのだそうだ。せめて全員が一度に土日に休むとかなら、もう少しらくだったんじゃないか、と大土居は言う。

「どないしたらええんかわからんわ」

大土居は溜め息をついて、再びうにせんを食べるのを再開する。ヒロシはうーんと腕を組んでうつむいて、かえでから義父を遠ざける方法について考える。

遠くに逃げろよ、と言いたくなる。大土居一人では心もとないかもしれないので、自分も一緒に逃げるのはどうだろうか、と、本当に一瞬、全力の真剣さで考えたのだが、それでどうなるのか。高校に行けないじゃないか。高校に行かなかったら、仕事とかもないんじゃないか。健康保険とかどうなるんだろう。病院にも行けない。病院に行けなくてインフルエンザとかになったらどうなるのか。大きな怪我でもしたら。そのまま死ぬのか。なんなんだ。自分たちが大人じゃないせいで。

「警察にもゆってんけどな」

「けーさつ？」

「児童相談所に言うべきなんかもしれんけど、介入できんかったたっていうニュースばっかり見るからさ。ほんまのところどうなんやろ」うにせんを食べ終わった大土居は、袋をたたんで結ぶ。「一応、警官がうちの家に来た。でも間が悪いんやけど、私が学校行ってる昼間に来よって。母親、うちの中学生の娘には不安定なところがあって、って追い返したって。それが昨日のことで。今日、母親が仕事から帰ってきてから、そのことを私に言ってきた。それでもう、あかんなあって思って、なんか出てきてもうたわ」

胃痛がする。呼吸も、できているのかいないのかよくわからない。大土居の母親に電話をしたい、と思う。それは正しくない。

「……このままうちの家おる？　しばらく」

ヒロシが言うと、大土居は、軽く首を傾げて目元をしかめ、口元だけで笑う。

「そんなことってできる？」

「わからんけど……」

「ごはんとかどうする？　二人分余計に作ってもらう？」

「そうなるか」

「ここの家からこっそり受験する？　受験の書類に、親が突かなあかんはんこは盗みに行ってさ。先生に何か言われても、すんません家帰られへんのですよって」

誰だってまともに生きていきたいと思う。けれど自分たちには、独力でそうするためのツールが、まだ与えられていない。

大土居もヒロシも、黙りこんでしまう。作業も話も続けられなくなる。ただじっと座っているだけだった。

最近寒くなった、とだしぬけに思う。もうそのぐらいしか、確信できることがないかもしれない。こうだ、と、自分の知性と力と立場で言い切れることが、そのぐらいしか。

「助けるよ」

何も届いてはいないかのように、大土居は黙って、動かずにいた。そういうものだろうと思った。誰かに信じてもらうことは、きっととても難しいことなのだ。

「わからんけど、助ける」

大土居は、ヒロシの言っていることがわかっているのかいないのか、目を逸らしたまま、ふてくされた小学校高学年が、親や教師をいなすように、軽く何度もうなずく。なあ、真面目に聞けよ、と強く言いたくなったが、言わなかった。大土居が大土居なりに真面目なのはわかっていた。

文化祭が終わったら、もう一回母親に言ってみようと思う、それであかんかったら、田舎のじいちゃんばあちゃんに相談するわ、と大土居は、散らかったものを無理やり引き出しに落としてしまいこむように言って、作業を再開し始めた。ヒロシは、大土居が決めたその一連のことの中で、自分がどんな役割を果たしたらいいのかわからないまま、そうか、とうなずく。

それからは黙って作業をした。ヒロシは、作業台に乗っかるようにして下描きをし、大土居は紙をつなげ続けた。ヒロシは、それぱっかりでは飽きてくるんじゃないか、と思ったので、清書するか？　と油性ペンを渡そうとしたのだが、あんたのはまず矢澤にやらしたったらいいやん、と首を振った。

ほかに、レディオヘッドを聴く、と大土居は言っていた。二枚目のやつが好きだと。あとは？　と顔を上げると、また思い出したら、と大土居は答えた。

その話をしたところで、ヒロシの記憶は途切れていた。いや、ちょっとだけ休憩、と、紙をどけて作業台の上に頭を伏せたところまでは覚えている。そのまま眠り込んでしまったのだった。頭の中に、墨汁といろいろな色のマーブリングを盛られたような重い感覚だけが残っていた。

起きると、ひどい疲労感で、しばらく体を動かせなかった。頭を置いていた右腕がしびれて、痛い痛い痛い、と言いながら、上半身にすっぽり被せられていたひざ掛けのようなものをめくると、祖父が作業台の上にトーストののった皿を置いていた。するとすぐさま、小さい手が伸びてきて、一枚取っていく。マーガリン切れとったわ、と祖父が言っている。マーガリンなくていい、と聞き覚えのある子供の声が聞こえてくる。焼けたパンの香りに、口の奥が締め付けられるような気がする。ほかにも、焼いた玉子とコーヒーの匂いがする。

「起きたんか」

「うん」

「ヒロシも食うか」

夜更かしの祖母は、おそらくもう十何年も祖父の朝ごはんを作っていない。あの人は、夜中までテレビを見て、午前中は寝ていたいのだ。なので、朝の八時半に店を開ける祖父には、最低限の朝食の準備を教えこんだらしい。祖父は、特に文句も言わず、淡々と毎朝自分の朝食を用意する。

すんません、と大土居が言いながら、昨日紅茶を飲んだカップにコーヒーを注いでもらっている。そこのにも、とヒロシが自分のカップを指差すと、祖父は黙ってそこにポットを傾ける。

店の電気はついていない。通りからの光だけでじゅうぶんに明るい。余分に用意した朝食を摂《と》りながら、祖父は何も言わなかった。大土居とかえでとヒロシも、黙っていた。食べるものも飲むものも、またたく間になくなってしまった。もともと一人分しか用意する習慣のない人が作った「余分」なんて、そのぐらいのものなのかもしれない。

朝一番の客が来るのと入れ替わりに、大土居とかえでは、それぞれに礼を言って、店を出ていった。若いのと中年の間の微妙な年頃に見える女の客は、ダクトテープを買いに来た、と祖父に説明していた。話が要領を得ないのだが、家のどこかが水漏れを起こしたようだ。

使えそうな在庫をあてがい、勘定をしてもらって、客を返すと、祖父は作業台の上に散らばった食器を片付け始めた。

「あの子、友達か」

「そやな」

ヒロシは、文化祭の関連のものはひとまずおいて、食器を台所に戻しに行くことにした。電気のついていない、光の差さない居間を横切りながら、さっきまで家にいたのは誰なんだろう、と考えた。大土居だと頭ではわかっているのだが、今まで知らなかった人、昨日出会った人のように思えた。

文化祭の道具を取りに行き、歯を磨いて部屋に戻ると、カーテンを閉めて、ほとんどベッドに倒れ込むようにして寝転がった。脳がレモンみたく搾《しぼ》られるような意識の混濁の中で、また会えたらいいということだけを少し考えて、ヒロシはすぐに眠った。それが誰にかはわからなかったし、夢も見なかった。

＊

「工場の社員旅行か」

そう。

「それはしゃあないな」

ヒロシは、パーティションの最後の一枚を、息を切らしながら、階段の上まで持ち上げ、注意深く廊下におろす。ヤザワも、ヒロシに力がかかり過ぎないように、上部を支えたのち、こわごわと手を離す。

「どこ行くってゆってたん？」

山口県。秋芳洞《あきよしどう》。

「いいなあ。鍾乳洞《しょうにゅうどう》かあ」

同じことゆってた。何回も。

ヤザワは、廊下を行き交う生徒を避けるように、パーティションを隅に移動させて、後ろ歩きで引っ張る。ほかのものよりキャスターの回りが悪いようで、一階を押して歩いている時も何度も止まった。文化祭の前日だからか、窓の外は夜なのに、昼休みのように生徒たちがそこらじゅうをうろうろしている様子がなんだか不思議に思える。ヒロシも塾を休んだ。

残念やけど、って。

「口だけでもそう言ってくれるんやったらええやん」

写真撮りたかった。

「おれも会いたかったなあ」

ヤザワは、文化祭にフランス語の先生とその娘さんを誘ったそうなのだが、娘さんは職場で旅行をするのでその日は来れないのだ、と断ったらしい。ごくたまにヤザワが、美人だ、と断言するその娘さんを、ヒロシはすごく見たいと思っていたのだが、だめになってしまった。

「文化祭終わったら、作った壁紙を何枚か持って帰って、そんで写真撮らせてくださいよってゆったらえんちゃん?」

キャスターが立てるがらがらという音に負けないように、ヒロシは声を張り上げながらパーティションを押す。

それはわざとらしい。

ヤザワの言い返す声が聞こえる。

「でもさあ、高校からあっち行くんやったら、フランス語習うのももうすぐ終わりになるやん」

高校には行かないで海外に行きたい、だとか、不意に写真専門の学科のある高校を探し始めたりだとか、いろいろふわふわしたことを考えていた様子のヤザワは、自転車部から引きがある関東の高校に進学をすることに決めたらしい。高校はとにかく出ておいて欲しい、と親に強く言われたという。ヤザワの母親は、連休や土日のいくらかは、厳しい車移動に付き合って一緒に関東方面に行くなど、ヤザワの学校外の活動にすごく熱心なのかと思っていたけれども、それだけに賭けているというわけでもないようだ。

そやから、やめる前に自分の気持ちを言う。

ヤザワが、ゆっくりと、かなり大きな声でそう言ったので、ヒロシは少し驚く。対面を歩いてきていた別のクラスの名前も知らない女子が、ぎょっとした様子で立ち止まる横を、ヤザワとパーティションとヒロシが通りすぎてゆく。その女子が、かなり長い間じっとしたままだったので、ヒロシは肩越しに彼女の顔を見て、誰かを思い出そうとするけれども、一度も同じクラスになったことがないのか、やはり名前はわからない。背が小さくて目立たない女子は、ヒロシたちが運ぶパーティションをじっと見ている。

だめもと。

「まあな、けっこう年上やし」

ヤザワの言葉に応じながら、ヒロシは、キャスターのある下部を再び持ち上げ、パーティションを傾けて、教室の後ろの出入り口を目指す。ヤザワは、両手で上部を支えながら、パーティションを教室に運び込む。いつもの教室は、片側に机と椅子が寄せられ、ヤザワとヒロシが体育館から運んできたパーティションで約半分に区切られている。増田と大土居は、図書室で借りてきた白いカーテンを、個人の荷物棚や黒板に掛けているところで、野末は、受付用に残した数個の机に陣取って、結局前日まで長引いてしまった読書感想文と格闘している。

最後に残った一番手前のスペースにパーティションをはめこみ、教室の後方から、机と椅子が寄せられた前側を完全に見えないようにすると、野末は、原稿用紙から顔を上げて、おおっという声をあげた。

「なんかぜんぜん生活感なくなったな」

地味でいいから、白っぽくしよう、というのは、増田の提案だった。盛り上がってない感じに、疲れない感じに。

「人がいっぱいおるのがしんどい人向けみたいな」

増田はそう言いながら、職員室でもらったダブルクリップでカーテンの端をまとめて、生徒が授業を受けている痕跡を完全に隠す。

「プリンタも貸してもらえた？」

ヒロシがそう訊くと、増田はうなずく。

「ちょっと前のインクジェットがあるから、持って行きって。ただ、カートリッジが黒しか余ってないから、印刷の時の設定に気をつけろっていうのと、あと、光沢紙はお金かかるから、コピー用紙使いなさいって言われた。間違えて注文して余ってる質のいいやつがあるから、あとで取りに来てって森野先生が」

増田は、隅に置かれていたノートパソコンを、野末が使っている机の横に置きながら答える。大土居も、プリンタを持ってその後ろに続く。

紙の大きさはハガキのにする。

「そうやね、それがいいね」

ヤザワの言葉にそう答える増田の口ぶりは、自分たちよりもずいぶん年上に思える。

ヤザワは、受付の椅子を持ちだして、カーテンで隠された荷物棚の上に畳んで置いてあったわら半紙の壁紙をその上に置き、パーティションの前に移動する。

　壁紙は最終的に、ヒロシが三枚、増田が四枚下描きを描いて、全員でそれを清書し、昨日完成した。野末の希望通り、場所を取って時間がかかる作業だった。五人の人間が油性ペンを持って同じ部屋で作業をすると、気持ち悪くなる奴が出てくるということもよくわかった。ヤザワは、最初の一時間はものすごく楽しそうにヒロシが描いた森の中の様子を、下描きの上からなぞっていたのだが、根を詰めすぎて途中でへとへとになり、最後のほうは部屋の隅で寝ていた。おまえ、試合で暑いとか雨降ってるとかもっと厳しい環境の時とかあるはずやのになんやねん、とヒロシが言うと、これにはまた違うしんどさがある、とヤザワは釈明した。

　縦方向のものが望ましい、と当初話してはいたが、結局ヒロシが描いた森の中の絵とモン・サン・ミッシェルは、横向きの絵になった。もう一つは、滝を描いた。山水画っぽく描こうとして、墨を使ってみたものの、紙が波打ってしまって扱いにくくなったので断念し、油性ペンで描いた。画面の三分の一ほどを占める、滝の手前を飛んでいる鷹《たか》がすごくいい、と増田に誉められたのだが、なんだか変な感じだった。増田は、イギリス風の室内、ピラミッドの中、雪原、東京スカイツリーを描いた。

　ヤザワは椅子に上がり、ヒロシが祖父からもらった養生用テープで、壁紙の上部をパーティションの裏側に貼り付けて垂らす。野末は立ち上がってその前に回り、おおーと拍手をする。野末は、紙の貼り合わせが苦痛だったり、鉛筆の線をまっすぐなぞったりすることができず、しかも読書感想文がぜんぜん書けない、という三重苦で、文化祭の作業に関してはかなり戦力にならなかったが、比較的内向きな集団の中で、唯一物事の感想をすぐに言うので、貴重な存在ではあった。

ヒロシも、ヤザワが取り付けた壁紙の前に行く。増田の描いた雪原だった。樹氷の写真を参考にしながら、かなり熱心に取り組んでいたその絵を、ヒロシは密かにいいと思っていたが、増田は、失敗した、よくない、と言っていた。

「縦方向のやつはパーティションに四枚ぐらい貼れそう。そんで横方向のやつは、教室の後ろの方に貼ったらいい。たぶん一枚しか貼れんけど、お客さんの希望によって入れ替えていけばいいんちゃう。でも、ほかにこういうのもありますっていうのがわかったほうがいいから、見本作ろか」

野末は、半分になった教室をうろつきながら、いろいろと即断する。それ以外の連中は、特に意見もせずに、それぞれの作業をしながら適当にうなずいている。

「あ、山田君とさわさんは、手が空いてたら森野先生のとこに印刷用の紙を取りに行ってくれる？　何枚あるかようわからんねけど」

増田がノートパソコンから顔を上げて言ったので、ヒロシと大土居は、少し顔を見合わせて、前後に並んで教室を出る。

いきなり現実に引き戻されるような気がする。といっても、文化祭の準備よりも、大土居と二人でいる時間のほうが明らかに短いのだが、それほど、大土居といる時にヒロシは、現実に対応する力を使っているのかもしれない。

あれからどうなったのか、と訊いたほうがいいような気がするし、でも差し出がましくも思える。振り向くと、大土居は、浮かない顔で、暗い窓の外を眺めたまま、のろのろと歩いてくる。

「大丈夫か？」

「大丈夫」

大土居は、腰に両手を当てて、首を捻りながら、ヒロシを見ないようにしている。

「なんかあかんかったら言えよ」

「言う」

なんかってなんやねんボケ、と自分に対して思うけれども、そうとしか言えないのも事実だった。その「なんか」を言い当てるような人間にも、自分はなりたくないと、ヒロシは漠然と願った。

階段を降りて、職員室に到着すると、森野が顔を上げて手招きする。厚さを間違えてんやんか、と森野は言いながら、足元にあるフィルムで包まれた四角い紙束を持ち上げて、ヒロシに渡す。千枚入りの包みには、エンゼルフィッシュの写真が印刷されている。見るからによさそうな紙だった。二包みあるようで、森野は大土居にも渡そうとして、あ、でも二つも使わんか、とまた足元に戻す。

「準備順調？」

「わからんけど、まああちゃう」

森野の問いにヒロシは答えて、包みを抱え直す。何も持たされず、無駄足だった大土居は、手持ち無沙汰な様子で、持とか？　などと訊いてくるが、ヒロシは首を振る。

職員室を出ながら、正味のところ、自分と大土居ではどちらが力が強いのだろうと思う。背も大土居のほうが少し高いし、ボールも遠くまで投げられるし打てるはずだ。ヒロシは、握力は強いほうだと自分で思っているのだが、大土居のそれは知る由もない。

廊下の暗い窓の外を眺めながら、力とはなんだろうと考える。自分よりもいろいろと強いはずの大土居は、変えようもない家族の条件に頭を悩まされている。文化祭の準備も、かえでと常に一緒にいることも、その場しのぎでしかないことをわかりながら、それでもそうすることしかできない。

わからんけど、やっぱりじどうそうだん所？　ああいうのって子供自身が訴えれたっけ？　一回やなくて何回も言うとかしたら違うんかな？　などとついつい首を捻りながら、無言で並んで歩いていると、大土居が大きなため息をつくのが見えた。

「明日も文化祭やなくて、文化祭の準備やったらええと思う」

「うん」

「楽しいとかっていうのとはまた違うけど、すごい気が紛れるしさ」

「紛れるか」

大土居は、背筋を伸ばして、ヒロシの体越しに、窓の外を見る。L字型の校舎の、対角の窓が黄色く輝いている。誰かがそこをせわしなく横切っていく。

「明日さ、母親が出勤なんやけど、突然義父がうちにおることになって」

「ああ」

「かえでを学校に連れてくるわけにもいかんし」

朝、一緒に家を出る時に、かえでが言ってきたらしい。土曜日はどこへも行かない？と義父に訊かれたのだそうだ。行かない、とかえでが答えると、そうか、じゃあ二人でお留守番やろうね、と義父は言ったという。

「土日は出勤のことが多いのに……」

大土居は、顔を歪めて、何か気晴らしでもするように、ヒロシの手から紙の包みを掠《かす》め取る。そして心持ち早足になって、ヒロシの前に歩み出る。

「誰か預かってくれる人おらんの？」

「どやろ、小学校の友達の家にでも行ってくれたらええんやけど、なんかおらんのよな、あの子、がっつり遊ぶ感じの友達が」

「そうなんや。珍しい」

「幼稚園が校区のと違ってたっていうのもあんねんけど。なんか、年上とばっかりうまくやろうとするっていうか」

「周りの子より大人やねんな」

ヒロシはそう言いながら、そういえば友達がおらんやつおったなあ、と思い出す。フルノだった。厳密に言えば、友達がいないというよりは、学校がつまらない人間なのだが、あいつはどうだろうか、と思う。

「だから学童入れろって母親に言うんやけど、必要ないの一点張りでさ。あの子はしっかりしてるからって」

「あのさ、よその学校のやつがおんねんけど、そいつに見てもらうのどやろ?」大土居の話を遮ってヒロシが言うと、階段を登りかけていた大土居は、肩越しに振り返ってヒロシを見つめる。「小学校の時に塾一緒やった女子やねんけど、たぶん明日も暇やと思う」

暇すぎて、都島区に住んでんのに、こっちの方まで自転車で来て、イケア行ったり玉造に細川ガラシャの像を見に行ったりしてる、と説明すると、大土居は、変わった人やな、と理解できない様子で首を振る。

「変わってるけど、まあ危険人物ではないと思う」

「そっか、じゃあもしよかったら」

大土居はうなずいて、階段の踊り場に差しかかる。ヒロシはそこで、紙の包みを大土居の手から奪い取り、今度は先に歩く。

「帰ったらすぐに連絡とって、いけるかあかんかったか知らせるわ」

もしあかんかったら、うちのじいちゃんにでもみてもらえば、とヒロシが言うと、大土居は後ろで、短い乾いた笑い声をあげた。

教室に帰ると、廊下に机を出して、増田がボール紙に貼りつけた看板を出しているところだった。カリグラフィーのくねくねしたアルファベットの書体で書かれている内容は、英語でもないようだ。教室の受付には、相変わらず野末が座っていて、シャープペンシルを手に、原稿用紙を睨んでいる。それでもなんとか、一字一字手を動かしている様子なのが意外だった。ヤザワは、デジカメを手に、パーティションに掛けられた壁紙の前を行ったり来たりしていた。

せ・い・し・ん・て・き・に・た・い・へ・ん・ゆ・う・よ・う・な・ぎ・じゅ・つ・だ・と・お・も・い・ま・す。

ヤザワはカメラの画面を顔に近付けたり離したりしながら、唱えるように言う。野末は、そうか、そうか、と言いながら、原稿用紙を字で埋めてゆく。あまりにも読書感想文を書けなさすぎて、ヤザワが口述で代筆をしているのだった。ヒロシは呆れながら、紙もらってきたよ、見本作ろう、と言う。増田が教室に戻ってくる。大土居が、カッター取ってくる、と壁紙の前を横切ると、ちょうどヤザワがシャッターを切る音が聞こえた。

　ヒロシが紙を取りに行っているうちにヤザワが撮影した壁紙のデータを、パソコンに移して、プリンタで印刷する。悪くはなかったけれども、壁紙が白黒とはいえ、やっぱりカラーで印刷できたほうがおもしろいかもな、と思う。

「何これ、さわが真っ黒」

　パソコンを操作する増田の隣で、モニタを見ていた野末が、笑いながら画像を指差す。光のかげん。

「わからんけど、これ欲しい。印刷してもらっていい？」

　ヤザワの言葉を少しも理解しようとする様子もなく、野末はそう頼んだ。いらんやろ、どう考えても、そんなん、と大土居は首を振っていた。

＊

　ヒロシが店番をしていた午前中は、文化祭の開始から三十分ぐらいは静まり返っていたものの、そのうちぽつぽつと人がやってきては、喫茶店かと思った、とか、あんまりリサイクルっぽくないね、だとか、ヤザワに向かって、最近の中学生はほんとに背が高いね、などと好き勝手なことを言いつつ、壁紙の前に立って写真に撮られていくようになった。どう見ても中学生の子供がいるとは思えない、趣味でやってきたと思しきおじいさんは、地味やけど全部よう描けてますね、と、受付に座っているヒロシに声をかけた。人気があったのは、やはり東京スカイツリーで、べつに興味ないけれども、イベントやから、と描くことにした増田の割り切りに、ヒロシは口にはしないが感心した。

昼前になると、準備などが一段落した生徒たちが大勢来るようになり、文化祭を見に来た親に借りた携帯やデジカメで、好き好きに自分たちの写真を撮っていた。客がそれぞれ勝手にやるので、暇になったヤザワに、親は来る予定？　と訊くと、繁忙期やから、休日出勤、と言っていた。

「大変やなおまえのおかん。普段はおまえを関東に連れてったりせなあかんしなので、高校からはそっちへ行く。

「一人暮らしすんの？」

親戚おるから。離婚した父親のほうの。

「あー」

ヒロシもヤザワに、親は来るのかと訊かれたが、わからん、と答えた。本当にわからなかったのだった。今日が文化祭である、ということも言っていないかもしれない。家に大土居が来た日以来、なにか言われるんじゃないかと避けがちになっている。祖父がそのことを母親に言ったとも考えにくかったが、母親は、ものすごく勘が悪いようで、局部的に鋭いところもあるので侮れない。

フジワラ君は、いつ来る?

「昼って言ってたけどなあ。一時まで店番やでとは伝えてある」

ぜんぜん知らない人に、写真は何枚ご入用ですか? すみません、モノクロしか無理です、などとえんえんと言っていると、慣れないことをしているせいか、簡単に腹が減ってくる。もうすでに十一時の時点で頭がぼんやりしていたので、正午になると同時に、耐え切れなくなってヤザワに留守番を頼み、パーティションの裏で、朝コンビニで買ったおにぎりを食べることにする。

フルノとは、登校する前に、大土居にバットで殴られそうになった道の近くのコンビニで待ち合わせをした。少し早めに家を出て、通学路で大土居と合流してかえでを拾い、大土居を先に学校に行かせて、フルノに引き渡した。大土居は、見ず知らずの他校の女子が、なんの事情の説明もなく小学生を預かってくれるものだろうか、と心配していたが、フルノは案の定暇で、かえでを迎えに、また都島区から変な緑色の自転車でやってきた。よく考えたら、自転車で来るならありえないほど朝が早かったんじゃないか、とヒロシはあやまったものの、いや、走りやすかったから良かった、とフルノはヒロシの傍らのかえでを見遣った。あんまり合いそうにもない二人なので心配だったが、フルノはフルノで小学一年の女子の世話をするということについていろいろ考えてきたようで、午前中は図書館に行き、昼過ぎに中学の文化祭を訪れ、その後イケアに行く、と言っていた。またイケアか、とヒロシが言うと、イケアしかないやんかここは、と反論されたので、ヒロシは、そやな、と同意するしかなかった。

　おまえんとこの文化祭はどうなん、と訊くと、終わった、おもんなかった、とフルノは即答した。ヒロシは、都島ってどこ？　とかえでに質問されて、毛馬桜之宮《けまさくらのみや》公園の近く、とより混乱させるような答え方をしているフルノを見ながら、女もいろいろやな、と少し考えた。学校が死ぬほどいやなフルノと、家でものすごくまずいことが起こりつつある大土居と。たぶんフルノのほうがましなんだろうとは思うけれども、学校だって過ごす時間は長い。大土居は、親がおかしくてもやってられんのは友達がおるから、というけれども、フルノが友人関係を放棄してもやってられるのは、家族が寄り添い合っているからとかだろうか。

　そうでもない気がする、とヒロシは、パーティションの裏側で、誰のかわからない机に腰掛け、おにぎりと一緒に買ってきたスポーツドリンクを飲みながら思う。それでもフルノは何とか生きている。自転車という楽しみを見つけたからかもしれないし、ほかにも面白いことがあるからかもしれない。何にしろ、完全な生活はない。むしろ、変なことばっかりでも、何とかやっていくやつは少ないものでやっていく。そのことをべつに誇りもせず。

人来たから、手伝って、とヤザワがパーティション越しに覗き込んできたので、ヒロシは飲み食いしたものをビニール袋に突っ込んで、受付に戻る。同じ学年の女子がけっこういて、ヤザワに何枚も写真を撮ってもらっている。離れたクラスの、大人っぽい女子のグループで、展示してある壁紙すべての前でポーズをとるなど、楽しそうだった。

一通り、ヤザワのカメラで撮影してもらうと、今度は自分たちの携帯やデジカメで撮り合ったり、ヤザワに撮ってもらったりしていた。ヒロシは、ヤザワのカメラのカードをノートパソコンに挿《さ》して、流れ作業のように女子たちの画像を印刷する。かなりたくさんあったので、どこまで印刷したかわからなくなっていると、よー、山田よ、と頭の上から声がした。フジワラだった。

「なんなんこれ、おまえが全部描いたん？」

フジワラは、教室に貼ってある裏紙の壁紙を一つ一つ指差しながら、目を丸くして訊いてくる。

「いや、三枚はおれで、ほかはクラスの女子」

「そっかー。でもすごいよな。ようやってんなー。好きやわ」

フジワラが教室を見回す様子を眺めながら、こいつはもしかして、普通に絵が好きなんじゃないか、とヒロシは今更改めて思う。いくら新聞屋に券をもらったからといって、興味がなかったら、展覧会になんか行かないだろう。

「そら良かった。おまえも写真撮ってもらう？」

「ヤザワに？　忙しいみたいやからまだええよ。後の方で、すいてたら」

フジワラは、まだ女子の面倒を見ているヤザワを振り返る。そして首を捻る。

「ああいうのってリアじゅう？」

「どうかなあ」

あいつはあいつでいろいろあるらしいで、と言いながら、印刷の作業に戻ろうとして、ますますどこまでやったかわからなくなっていると、今度は野末が、替わるよー、と受付にやってきた。肩からは、どこでもらってきたのか、空き缶で作ったショルダーバッグをぶら下げている。バッグはけっこう大きくて、A４は余裕で入りそうだ。ヒロシが、小学校の時の友達のフジワラ、と一応紹介すると、野末は、あーあーあー、と何の合点がいったのかまったく不明なままうなずいて、同じ班の野末ですー、とにたりと口角を上げて、ヒロシを受付の椅子からどかすように肩のあたりを払ってきた。

「おもしろいカバンですね」

「部の後輩がくれたんですよ。カルピスソーダばっかり飲むのは苦労しました、って」

フジワラの言葉に、野末はそう答えながら、タッチパッドに指をやる。「これ、印刷してんの？　あとどれ？」

「それがなー、印刷し終わったやつ見んとわからん」

そう言いながらヒロシが大量の紙が出ているプリンタの排紙トレイを指差すと、うわ、これ見るんや、無理、と野末はさっそく顔を歪める。

「大土居と増田は?」

「まっすんはお母さん連れてそのうち来ると思う。さわは、スカウトのおばちゃんと廊下でしゃべってる」

「スカウト?」

「あんたソフトうまいし、うちの高校にどう? みたいな。まあ、スカウトっつったってクラブの顧問の先生やけどね」

「へー」

「うちね、奇跡的にブロックで準決勝まで行ったんすよ」

平静を装いつつもにやけてしまうという気配で、フジワラに向かって自慢する野末を眺めながら、ヒロシは、ほんまにうれしかったんやなあ、としみじみ思う。

「まあ私はまっすんとさわを待って作業の続きをするから、あんたらは好きに回ってよ」

自分ではあくまでややこしい作業は請け負わないと決め込んでいる野末は、気を利かせているつもりの様子で、ヒロシとフジワラを出入り口に追い立てるように手をはらはらと振る。ヒロシは、ヤザワの方を振り向いたものの、まだ女子に捕まっているので、あいつに後で、適当に探してって言っといて、と野末に言付ける。

　フジワラを連れて廊下に出ると、階段のところで大土居が中年の女の人と話しているのが見えた。そういえば、体育祭で大土居に話しかけていた人だとヒロシは思い出す。女の人はやはり、活《い》き活きと何か思うところを伝えているようで、かなり熱心な勧誘をかけている印象を持った。

　好きに回るっつったってそんなに見るもんもないねんけどな、と言いながら、とりあえず体育館に向かう。途中でいくつか、別のクラスの展示を覗いていったのだが、校舎を描いた教科書通りのモザイク画や、それっぽくしてあるけど付け焼刃な感じの書道アートよりは、自分たちの出し物のほうが渋くないか？　とヒロシは口にしないが誇る。

　体育館では、女子しかいない演劇部がズラを被ってポワロに扮し、アガサ・クリスティの『ナイル殺人事件』をかなりはしょってやっている途中だった。ヒロシは、ＢＳで『ナイル殺人事件』を観たことがあって、本当にミア・ファローがかわいかった、ということを思い出し、しばしぼんやりしてしまった。入り口でもらったプログラムによると、演劇の後はダンス部が踊り、最後は吹奏楽部が五曲演奏するらしい。クラブとは関係のない個人のバンドの演奏は、午前中ですべて終わったようだった。劇、終わりまで見ていく？　とヒロシが訊くと、フジワラは、どっちでもいいけど、運動場のＰＴＡのバザーでじゃがバタを配ってた、と言うので、体育館を後にする。

運動場に出ると、校舎の屋上に大きなクジラのようなものが見える。クジラや、とヒロシが指差すと、フジワラは、あれはクジラやないで、遊《ゆう》ちゃんらしいで、と言う。学校の備品倉庫から、昔の青いゴミ袋が大量に見つかったので、二年のどこかのクラスが、全員で海遊館のジンベエザメを作ったそうだ。あれはけっこう手強いな、とヒロシは思う。

「文化祭が終わる一時間前になったら、中に入れるらしい」

「へー」

PTAのバザーのテントは、科学部がバーナーで作ったべっこう飴を配っている横で、ひたすらじゃがいもを提供していた。ただでくれるというので、ものすごく長い行列ができていたのだが、特にやることもないので並ぶことにする。

おまえんとこの学校でやってた野球部全員消す手品とか、クラスまたいで三十三間堂ごっことか、園芸部のひょうたん演奏とかのほうがおもろかったな、と、先週行ったフジワラの中学の文化祭についてヒロシが言うと、そうかなー、何やってたんやろって感じ、とフジワラはあくびをしていた。

少し離れたところから、あ、藤原！　という声がしたので、そちらを見ると、フルノがかえでを連れてじゃがいもの列に並びに来るところだった。フジワラは、よー久しぶり、と手を上げる。

「その子どないしてん」

「山田のクラスの子の妹。頼まれてあずかってる」

「ふーんお疲れ」

フジワラがまったく事情に対して深入りしてこないことに安心しながら、ヒロシは、大丈夫？　とかえでに訊く。かえでは、おもしろいよ、と平たく言う。フルノは、あんたら、一年の子がやってる流しそうめん食べた？　めっちゃおいしいで、とうきうきした様子で、ヒロシとフジワラの後ろに並ぶ。フジワラは、食ったよー、うまかった、とうれしそうに話に乗る。

「知らんわ。あるんやそんなん」

「あと、家庭科部がごはん炊いてた。わさびと醤油と海苔だけで食べんねんけど、うまかった」

なんか地味すぎて人おらんかったけど、おいしかったよな、お茶飲めたし、とフルノがかえでに同意を求めると、かえでは、うん、とうなずく。二人はそこそこうまくいっているようだった。かえでの面倒を見ることによって発生した支払いは、後で大土居に請求することになっているのだが、今のところまったくお金は使っていないという。

「あんたのクラス行って、大土居さんにも会ってきたよ。ええ人やった」

「そうなんや」

「ええ人でもないの？」

フルノが不思議そうにそう言うのと、ええ人、という老《ふ》けた言い回しがおもしろくて、ヒロシは笑ってしまう。

「こっちの中学のほうが良かった」

「そうかなあ、あんまり良くもないで。だいたい学区違うし」

一学期の終わりに、ヤザワがさんざん嫌がらせをされたことを思い出すと、ヒロシは自然に顔をしかめてしまう。ヤザワを陥《おとし》いれた人間はわかったものの、それに便乗した連中の一人ひとりの顔は見えないままだった。

「高校さあ、受験しようと思って」

フルノは、スニーカーの土踏まずの部分で運動場の砂を集めながら、どこかばつが悪そうに言う。

「なんでなん、おまえ私立やし、簡単に高校行けんとちゃうん？」

もったいない、もったいない、とフジワラはしきりに言うものの、フルノは首を振って、べつにもったいなくもない、と否定する。

「今から勉強て、大変やん」

「でもいいわ。やるわ」

フルノの決意は固いようで、ヒロシもフジワラも、それ以上は口出しできなかった。

「中学生は、みんなじゅけんするもんなんやないんですか？　おねえちゃんもよう『じゅけん』ていいますよ」

かえでが、妙にしっかりした口調で話に入ってくる。

「中学にもいろいろあんねん。私は小学六年で受験して中学入ったから、中学の時は受験せんでよくなってん。いわば、苦労の先取りみたいなもんやな」

「そうですか」

正しいのかそうでないのかよくわからない説明に、ヒロシとフジワラは顔を見合わせたものの、完全におかしいというわけでもないので黙っていることにする。

「あんたかって五年後とかの話やから、他人事でもないねんで？」フルノはそう言いながら、かえでの顔を覗き込んで首を傾げる。「でもまあ、小学生で塾になんか行くもんやないわ」

「行かんかったらおれらも知り合わんかったけどなー」

フジワラは、笑いながら列を詰める。ヒロシは、フルノのどこか生き生きとした様子に、何か自分の知識を教えたり、世話をする対象があるのはいいことだ、とぼんやりと思う。大土居にとっても、妹の存在は厄介だが、大きな意味もあるのだろう。

この後、隣の科学部でべっこう飴とソーダをもらって、イケアに行って文化祭の終わりまで時間をつぶす、とフルノは言っていた。イケア近いん？　とフジワラが訊くと、自転車では近いけど、歩きやとけっこうかかるんちゃう、とフルノは答えた。

「あのじてんしゃはやいんですか？」

かえでがそう言いながらフルノを見上げると、フルノはにやっと笑う。

「めっさ速いで」

「色変やけどな」

ヒロシが言うと、かっこいいですよ、あれ、と珍しくかえでが反論した。ヒロシは、ほなそうかもな、と簡単に折れて、じゃがいもをもらう番がやってきた。

フルノとかえでの二人と別れてからは、図書室に行った。三年全員の読書感想文と、感想を書いた本を同時に展示しているとのことで、国語担当の教師たちの力作だった。ヒロシは、アルフレッド・ベスターの『虎よ、虎よ！』の感想を書いた。小説がおもしろいので、逆に感想を書くことに無力感を感じて、あらすじを書いてやっつけた感のある作文になった。閲覧スペースの隅っこには、一般の来場者に混じって、ヤザワが座っていた。

「昼食った？」

ヒロシが訊くと、ヤザワは、そうめん、と答えた。フジワラは、付け合わせにしそと梅干し選べてうまかったよなー、でもこれから寒なるから、今年最後のそうめんやわー、と残念そうに言う。時計を見ると、教室を出てきてから一時間ぐらいが経っていて、その間じゅうずっとこいつは女につかまってたのかなあ、とヒロシはぼんやりと思う。

フジワラは、うろうろと動きまわって、落合の本ある！　とげらげら笑っていた。ヒロシが、それ、おれのクラスにおった受付の女子のやで、と言うと、あのアルミ缶のバッグの人？　とフジワラはますますおもしろそうに読書感想文の原稿用紙を取り上げて読む。

「……実際的な身の処し方についての記述は、落合元監督が歩んできた生半可ではない仕事の、ちょうぶつ？　ええと……」

たまもの。

「そうか。賜物と思われる……、しっかりした文章やん」

「それほとんどこいつが書いたようなもんやし。あの女子はヤザワが言うのを書いただけやで」

「へー。ヤザワは作文うまいねんなあ」

実は小説家になりたい。

「またそんなんか」

最近、やっとやりたいことを自転車に絞ったのかと思っていたのだが、そうでもない様子だった。ヒロシは、少し迷って、野末の原稿の近くに置かれていた、大土居の感想文を手に取る。何か覗き見をするような感覚があって後ろめたかったのだが、目に入ったのは「おもしろかった。カート・コバーンの胃痛を治せたら、人生も音楽も変わってたんだろうか」という平淡な一文で、ヒロシは少し安心して原稿用紙を机の上に置いた。本はやはり分厚かった。

ヤザワは、読書感想文と一緒に展示してあった、校内新聞の一年分をまとめたファイルを手に、玄関ホールでやってる展示の投票で一位になったら、府下の中学文化祭展に出展するらしい、と言う。ヒロシが、そんなんやってんや、と訊き返すと、やってたよ、おれはべつに何も見んとおまえんとこのに入れたけど、とフジワラが答える。

そこで勝ち進むと十二月に東京で大会がある。

「知らんかった」

「おれんとこもやってた。三十三間堂が一位になってたな。むっちゃ難しいとこ受験するやつとかは、めーわくとか言ってたけど」

自分も展示の一人だったフジワラは、ちょっと誇らしげに言う。ヒロシは、それにひっかかったら、もう少し、野末の言う、「場所を取って、時間がかかる」ことができるのだろうか、と思う。大土居の家で。

それを考えつくと、居ても立ってもいられなくなって、小走りで図書室を出ていく。どないしてーん、とフジワラとヤザワがついてくるのがわかるけれども、ヒロシは止まらずに、人ごみを掻き分けて廊下を進み、階下の玄関ホールを目指す。時間的にも内容的にも、八割方が終了した印象のある文化祭の空気は、どこかおっとりとけだるく、ヒロシだけが急いでいた。

人がまばらになってきたホールに到着すると、ヒロシは展示物の投票箱を目指して走り、傍らの投票用紙に、自分の学年とクラス番号と展示内容を書いて箱に突っ込む。フジワラは、フルノとあの女の子にも入れてもらえばよかったなー、とのんきに言いながら、「お一人一票でお願いいたします」という箱の上の貼り紙を眺め、ヤザワは、ヒロシに倣《なら》って用紙に記入する。

二票入れただけでは不安だったので、ヒロシは周囲を見渡して、午前中にヤザワを捕まえていた、クラスが遠い女子たちのグループを発見し、あのさあ！　と後先考えずに話しかける。五人いた。

普段ならありえないことだった。彼女たちとヒロシでは、中学生として属しているヒエラルキーが違った。彼女たちはヒロシより大きかったし、高校生と付き合っているような女子もいた。

「壁紙やったクラスの人間やねんけどさ、よかったら票入れてよ」女子たちは顔を見合わせる。言い様のない圧力が胸の中で膨らむのだが、ヒロシはとりあえずめげずに言葉をつなぐ。「長いことといはったし、楽しかったたんやったらさ」

ぜひ。

ヒロシの意図を理解しているのかどうかわからないけれども、ヤザワもそう言う。女子たちは、ヤザワを見上げた後、ヒロシを見下ろし、お疲れ、とあいまいな笑みを浮かべながら箱の方にやってきて、用紙に記入し始めた。

ヒロシは、何か大きな労働をやり遂げたような疲労を感じながら、よし、帰る、と回れ右をする。フジワラは、ホールの時計を見て、そろそろ遊ちゃんの中に入れる時間かなー、などと言っていたが、ヒロシは何も答えずに、のろのろと階段を上る。

「屋上行こうよ。遊ちゃん遊ちゃん」

フジワラが、ちょっとうきうきした様子で話しかけてくるのだが、ヒロシは、おれはいい、と答える。結局、ヒロシはクラスに戻り、フジワラとヤザワはそのまま屋上に上がっていって、遊ちゃんの中に入りに行くことにした。

受付の野末は、何が気に入ったのか、まだアルミ缶のバッグを肩から提げていて、あーそうっすね、じゃがいもは食い損ねましたね、などと来場者と雑談をしている。大土居は、壁紙の見本を見せながら何か説明していて、増田はカメラを手に、フロアの真ん中に突っ立っている。ヒロシは、中年女性の二人組の来場者が、受付を離れたのを見計らって、野末に話しかける。

「野末さ」

「うい」

「展示の投票入れた？」

「入れた入れた。ああそうか、あんたらに言うの忘れてたわ」野末は立ち上がって、お客さーん、と先ほどまで話していた女性たちに声をかける。「玄関ホールで展示の投票あるんですけど、忘れんといてくださいねー」

東京行きたいんですよねー、と続ける野末の声は、どこか乾いていて、緊張していた。

「あーもう忘れてたー」

野末は、アルミ缶のバッグを叩きながら、どすんと椅子に腰かける。

「遊ちゃんは見た？」

「見た見た。あれがライバルやな。ていうかさ、学校も投票のこと言うの遅すぎやねん。最初から言われてたらもっと死ぬ気でやるやん？」

顔をしかめて腕組みをする野末を見ながら、ヒロシは、こいつはやっぱり文化祭の作業の延長について考えてるんだな、と思う。

「ジンベエザメでもマッコウクジラでも作るわよ」

「でかさで勝負すんのは難しいよな」

「するわよ」

野末は、なぜかヒロシに向かって敵意をむき出しにする。読書感想文にわずらわされていたため、作業自体への貢献度はお世辞にも高いとは言えないのだが、文化祭の作業の根底には、野末の妙に強固な意思があったように思う。野末がそうしようと言わなければ、ヒロシはそれに加わらなかったし、大土居の家の部屋が使われることもなかっただろう。

「おまえ、受験どうすんねん」

なんとなく、ふと気になって訊いてみると、野末は肩を一瞬だけ上げて、昨日の夕食のおかずについて話すように言う。

「行けるとこ行く」

ヒロシは、そっか、そうか、と何度かうなずきながら、パーティションの奥に入って、いちばん近かった椅子に座り、朝から肺に詰めっぱなしだったような気がする空気を吐き出した。

＊

投票の集計の結果は、週明けすぐに玄関ホールに貼りだされた。一位に選ばれたのはジンベエザメの遊ちゃんの展示で、ヒロシの班は二位だった。「なかに、入れるのが、よかった」と子供の字で書かれたコメントを読みながら、それはな、そうやな、とヒロシは納得した。遊ちゃんとの間にそれほど開きはなく、三位に対しては大差をつけていたことがやや救いのように思えたけれども、べつに競いたかったわけではなく、文化祭の作業をし続けることが大事だったので、あまり意味はなかった。

「遊ちゃんの中、おもしろかったんや」

結果が書かれた紙を見上げながらそう呟くと、ヤザワは、うん、とうなずく。

「でも、一回みんなを中に入れて潰してるやんか。どうやって府の展示に出すねん？」

作り直すって。

「最初から？」

最初から。

それで、もうやりたくない、しんどい、という生徒が出てきて困っているそうだ。ヒロシは、大土居の家を使ってええんやったら手伝うのに、と言いかけてやめる。

中学生らしい、っていう理由が多かった。

詳しい集計結果を印刷した校内新聞を読んだというヤザワは、教室に帰る階段を上りながら説明する。

「何そのわかりにくい理由」

たぶん、言ってる本人も、わかってない。

「ほんならもっともらしいこと書くなよー」

見当違いなことにヒロシが腹を立てていると、ヤザワは笑う。

壁紙は、班の人間で分けることにした。野末がスカイツリー、ヤザワはモン・サン・ミッシェルと森と雪原、大土居がイギリス風の室内、残りは増田とヒロシがそれぞれの担当分を持って帰った。

大土居の家は、最後に作業をした文化祭の前の木曜日のままになっていたので、週が明けてヒロシの塾が休みの水曜日に、班の全員で片付けに行くことにした。べつに、家から持ちだしたりしたものなどは、後で大土居に持ってきてもらったらいいし、おそらく、片付けに五人は必要なかったのだが、それでも誰も反対しなかった。結構散らかしたまま出てきたから、かなりあの義父に言われてんやろうな、とヒロシは思っていたが、大土居はそのことは口にせず、ただ野末の、作業がなくなったらなくなったで寂しくなるなあ、という言葉に軽くうなずいていた。

放課後の四時から始めて、六時ぐらいまでだらだら片付けていた。充満していた油性インキの匂いは消えていたが、心なしか空気が、メンディングテープの裏の接着剤で重くなっているような気がした。かなり量があった裏紙の貼り損じは、増田が持って帰ることにした。女三人の会話をそれとなく聞きながら、部屋中に散らばっていた道具を座卓の上に集めて整理していると、増田は美術科には行かない、という話が耳に入ってきた。え、なんで？　と野末が訊き返すと、自分でもちゃんとわからんけど、今は行かへん、と増田が答えていた。

「え、だって一日中好きなことばっかりしてられんとちゃうん？」

「そんなことないと思うわ」

大土居は相変わらず、高専に行くと言っていた。深い理由はないそうだが、とりあえず、大学に行くか行かないかでそんなに悩まずに済むような気がするから、とのことで、わかるー、と野末は言っていたのだが、おまえはそうでもないやろ、とヒロシは口に出さずに突っ込んだ。

目に見える部分を片付けて、作業を始める前の状態に戻した後も、なんとなくそわそわして、全員で畳を百円ショップで買ってきたペーパータオルで拭いたりした。自分たちが立ち去った後、大土居が家族に何か言われたりするのは良くない、という気持ちは一致していたように思う。

中学生なりの、最大限の気遣いで拭き掃除をした後、完全にやることもなくなって、解散となった。野末がなにか言いたそうにしていたが、大土居は、落ち着いた様子で、じゃあまたあした、と班の連中を送り出していた。

野末と増田はうちに帰り、ヤザワはそのままトレーニングに行った。ヒロシは、今日は暇だな、と明日の塾の宿題もやっていないのに思いながら、大土居の家からのやや長い帰路を家へと向かった。もうあそこに行くこともないんだろうな、と思うと、なんだか不思議な感じだった。それほど頻繁に、大土居の家に行っていた。

あんなに床掃除をがんばったのは、小学校低学年以来のことで、やったらやったで気持ちよかったので、自分の部屋でもしてみようか、などと気楽なことを考えながら、やはり、これからのことが気がかりだった。助けるといっても、自分はどうしたらいいのか。何か大土居の役に立ちそうなことを調べて、そのことについて情報を流せばいいのか。

そう思いつくと、ヒロシは家に帰ってパソコンを立ち上げるのも待てなくなり、歩道の端に寄って、携帯を探すためにリュックを歩道に下ろして中を探り始める。携帯はあったのだが、なんだか様子がおかしいと思う。ガードレールの上に、中身を一つずつ置いていきながら、大土居の家にペンケースを忘れたことに気が付いた。掃除が終わって、余った道具を分ける際に、油性ペンをしまうために座卓の上に出して、そのままにしてしまっているはずだ。

いやでも明日持ってきてもらえばいいじゃないか、と回れ右をいったんは止めたものの、違う違う、今日は塾が休みだから絵を描くんだ、だから油性ペンがいる、と別の自分が押し切ってくる。ヒロシは、ガードレールの上に出したものをリュックの中にでたらめにしまい、大土居の家のある方へと小走りで戻る。携帯で調べ物をする件は、頭から消えていた。

マンションのホールの入り口で、インターホンを押すと、大土居が出た。

「どちらさまですか？」

苛立ったような声で訊いてくる大土居に、ヒロシは、インターホンのパネルに備え付けのカメラを覗き込みながら、ふでいれ忘れた、と言う。誰だよ、なんだよ、断れ、という義父の声が、少し遠くから聞こえる。ヒロシは息を呑みこむ。緊張で、手足が冷たくなる。

「山田か。入って」

大土居は、ほとんど聞こえないような小さな声でそう言い、入り口のドアが開いた。同時に、スピーカーからは、うちには必要ないです、帰ってください、という空々しい大声が聞こえる。

エレベーターは、一〇〇階まで続いているように感じた。手足が冷たいのは変わらず、胃まで痛くなってきた。自分たちが、大土居の家で作業をしていたことは正しかったのだろうか。そのことが大土居の立場を悪くするほうに持って行きはしなかったか。改めて後悔しながら、けれども、そうするぐらいしかできなかったのだ、と思う。あれはおそらく抗議だったのだ。大土居の両親への。

通い慣れた通路を歩き、部屋の前で止まると、ドアの向こうから、言い争う声が聞こえてくる。ドアホンのボタンを一度鳴らしたが、応答らしきものはなかった。ヒロシは、やけくそになって、何度もボタンを押してみる。ドアも叩いてみる。声を出す。

「すみませんどうしたんですか、何かあったんですか、そんなに怒鳴り合ったりなんかして！」

右隣の家のドアが、チェーンを付けたまま開いて、中から女が顔を半分だけ出す。ヒロシはかまわず、ボタンを押して、ドアを叩き、大土居の家族を侮辱するようなことを言い続ける。

「どないしたんですか？　おじさん、そんなに大声出して！　娘さんに何かしたんですか？」

チェーンが外される音がして、隣室の女がドアを開ける。年はいっている。ヒロシの母親よりはかなり上で、どちらかというと、祖母の妹ぐらいでちょうどいい、という年齢に見える。

「友達？」

女がそう尋ねてくるので、ヒロシはうなずく。

「ちょっと前に、警察が来たんよね」女は訝しげに、大土居の家のドアを見つめる。「でも奥さんが追い返してた。あれ、ほんまになんかあったんかしら」

ヒロシは、それには明確に答えずに、首だけ傾げる。女は、ドアを完全に開け放ち、廊下に出て、ヒロシの様子を見ている。

やっと、ドアホン越しに、大土居の母親の声が聞こえてくる。

「帰ってください。取り込み中なんで」

「いやあの、忘れ物をして」

「あした、紗和に学校に持って行かせるから」

「いや、どうしても今日必要なものなんですよ」

「何？」

「説明してもわからへんと思うんで、ちょっとだけ中入れてください。お願いします」

入れてあげたら！　と右隣の家の女は、少し大きい声を上げる。家の中の声が、ややおさまり、ドアの錠が回される音がする。玄関には、大土居の母親だけが立っている。廊下の向こうをしきりに振り返りながら、早く探して、帰ってください、とヒロシを和室に追い立て、引き戸を閉める。ヒロシは座卓の上に放り出されていたペンケースを掴み、自分たちできれいにしたばかりの畳の上に座って、深呼吸する。

すぐに、引き戸の向こうから大土居の母親の声が聞こえてくる。

「見つかりました？」

「すみません、まだです」

「早くして」

「すみません」

とにかく中には入ったけれども、自分は何をすればいいのか。大土居と二人で、どう告発すればいいのか。そもそもそれは受け入れられるのか。

引き戸に耳をつけて、廊下の気配を窺う。大土居の母親は、おそらくまだ廊下に立っている。早い足音が聞こえてくる。まだおんの？　と男の声が、母親を責め立てるように言う。近い場所でドアを開ける音がして、帰らせろよ、と指示する。引き戸が突然開いて、ヒロシはとっさにペンケースを座卓の下に滑らせる。大土居の母親が言う。

「もういいから帰って」

「いやいやすみません。もうちょっとで思い出しそうなんで」

「非常識やないの？　先生に言うよ？」

そう責めながら、大土居の母親の体は大きく斜め後ろに揺れる。乱暴に肩を摑まれて押しのけられ、大土居の母親よりはかなり年下に見える義父が、引き戸を開け放って現れる。

「それ」

義父は座卓の下を指差して、ヒロシを威圧するように顎を上げる。

「なんでしょう？」

「どうせもう見つかってるんやろ。帰れよ」

そもそもさ、なんでおまえこいつ中に入れたん？　と義父はたまりかねたように大土居の母親を振り返る。声は小さい。何かを抑えているようにも見える。ごめんなさい、と母親はあやまる。頭弱いんと違うか、という罵りは呟きぐらいの微かさだったが、針で刺すような悪意を含んでいる。ヒロシは、義父が文句を言うために後ろを向いている隙に、ペンケースを更に向こうへと押しやる。

向かいの部屋のドアが開いて、大土居が出てくるのが見える。なんで君うそついてこいつ家にあげたん？　母親は阿呆で娘は嘘吐きとかさ、どうかと思うわ、などと、義父は大土居を責め立てる。

「特に君は救いようがないよ、前は家出するし、そうかと思ったら、自分のかわいい妹を、見も知らんよその学校の中学生に一日連れ回させるとかさ、かえでちゃんも迷惑やろうし、それって誘拐よな。警察に突き出すぞ？」

最後の言葉は、なぜかヒロシの方を見ながら義父は言った。ヒロシは首を傾げる。どうすればいいのかについて考える部分はとっくに煙を上げていて、自分がサルになったように感じる。もうサルでいい。サルに人間の脅しは効かない。

「家から出ていってもらってもいいし。それとも君がなんとかすんの？」

義父は、ヒロシの顔を覗き込むように首を突き出す。ヒロシは、人ってこういう時に唾を吐きたくなるんだな、と思う。

「あんたが出てけよ」大土居の声が聞こえる。義父に隔てられて姿は見えないが、外の廊下に立っている。「お母さん、何回言ったらわかってくれんの？　こいつかえでに触ってる。かえでが言ってた」

「ほらまた嘘、嘘ばっかり」

義父の悪態の後に、一呼吸の空白を置いて、母親が口を開く。

「人前でやめなさい、そんなこと」

こめかみに、冷や汗が滲むのを感じる。咳払いをしたかった。ペンケースの中の物をかたっぱしから投げつけ、奇声を上げながら座卓をひっくり返して、廊下の壁の間に挟んで圧《お》し付けたいと思った。よその家の父親や母親を。

「安心して生活できない」大土居の声は上ずっていた。「お願いやから話を聞いて」

大土居の話の内容に対して、母親はじっとしている。とても冷静に見える。小さいため息をついて、母親は静かに答える。

「じゃあ訊くけど、私を安心させてくれるのは誰なの？　寄りかからせてくれるのは？」

数秒の沈黙の後、ばたばたという足音と、無造作に靴を履く乾いた音が聞こえた。ドアが閉まった。大土居が家を出ていった。

寒気がして、気が遠くなる。これからどうするのか。特に親しくもない同級生の家に取り残されて。力にもなれず。

親たちは無言で、大土居を追いもせずに、緊張を緩めた様子で動き始める。大土居の部屋のドアを閉める音がする。ヒロシのことはもう忘れてしまったのか、それとも開き直って、ヒロシが何を見聞きしてどこでどう言おうと嘘をついているということにするつもりなのか、帰れとも言ってこない。

何事もなかったように生活に戻ろうとする物音の中で、お母さん、という子供の声が聞こえる。かえでだった。ヒロシは、膝立ちになって、引き戸から顔を出す。

「お母さん」

どうしたの、かえでちゃん、と義父は立ち止まるものの、かえでは頭を反らしてそれを無視し、母親の後ろ姿を追う。母親は、かえでの声など聞こえないかのように素通りして、廊下の奥の部屋へと戻ってゆく。一瞬振り返ったかえでに向かって、ヒロシは何度もうなずき、手振りで、かえでに話を続けさせようとする。

「お母さん、わたしはこの人といたくない。この人はこわい」義父が、壁際に後退《あとずさ》る。

「きもちわるい。わたしのことを好きって言うけど、たぶん好きな人にやることじゃないようないやなことを、わたしにしようとする」

奥の部屋のドアノブに手を掛けたまま、大土居の母親がその場に座り込むのが見えた。義父は、壁に縫い付けられたように動かないでいる。かえでは、話が通じたのかどうか判断しかねる様子で、母親の方を向いたまましばらくじっとして、やがて母親の肩に手を触れて、お母さん、と呼びかける。大土居の母親の動きは、ただ軽くうなだれるにとどまる。

「あのさ」ヒロシが声をかけると、かえでは振り返る。「大土居を、探しに行こ」

ヒロシの言葉に、かえでは迷うように母親とヒロシを見比べた後、ヒロシのところにやってくる。ヒロシは、部屋の隅からペンケースを拾い上げてリュックに突っ込み、かえでを伴って大土居の家を出る。

通路には隣の家の女と、その夫と思しき初老の男がいて、二人で何やら話し合っている。

「どうやったん？」

女が声をかけてくるので、ヒロシは肩をすくめて首を振る。

「児童虐待なんですか？」

神妙な顔つきの男のほうが、おずおずといった口調で訊いてくるので、ヒロシは軽くうなずいて、隣の部屋の前を通り過ぎる。前から私、旦那の下の子に対する態度がおかしいって言ってたやんか、という女の声が聞こえる。

かえでを連れてエレベーターで一階に降り、マンションの外に出ると、植え込みの縁に、大土居と、いつの間にやってきたのか、野末が座っていた。大土居は、両膝に肘を置いて頭を抱えていた。

「うち、帰れそう？」

大土居ではなく、野末がそう訊いてくる。ヒロシが首を振ると、ほなしばらくうちにおったらええわ、と野末は大土居の肩を叩いて、かえでを手招きした。

＊

次の日も、大土居は普通に登校していて、ヒロシは拍子抜けした。本当に野末の家に世話になることになったようだったが、どうも詳しいことが訊けなかった。野末がついてるんやし、と自分が口出しするのはおこがましいことのようにも思えた。女子を助けるのは女子だ。基本的には。

五時間目の社会の授業の次の休み時間に、森野が大土居と話した後、ヒロシを呼んだ時は、さすがに何か説明があるのかと一瞬期待したのだが、遊ちゃんをもう一度作る二年生のクラスを助けに行ってくれ、と全然違うことを申し付けられた。なんでおれが、と反論すると、遊ちゃんを作ったクラスの生徒には、月末に開催されるという、府下の中学文化祭展のための作り直しに疲弊している人間が数人いるらしく、ならば少しの間だけ、投票で二番目に選ばれた班の生徒を貸し出してもらえないだろうかと、遊ちゃんのクラスの担任に頼み込まれたのだという。

ちょっとの間だけやから、ほんまにごめんやけど、お願い！　と森野に手を合わせられていると、ぜひ手伝いたい、とヤザワがヒロシの後ろで言ってしまったので、助っ人に行くことになった。それでその週の放課後はすべて、大土居を捕まえて話を聞く機会が潰れた。

まったく知らない二年生に紛れて、青いゴミ袋に埋もれながら、待つのも大事だ、とヒロシは自分に言い聞かせていた。というか、大土居が普通に学校に来ているだけでじゅうぶんじゃないのか、前とそんなに変わったところもないし。

ヒロシが手伝った二年生たちは、一通りの感謝はしてくれたし、自分たちよりむしろ、ヒロシの班の壁紙のほうが良かった、と始終気を遣って持ち上げてくれた。ヒロシは、なんだかばつの悪い思いをしながら、その言葉を受け取り、けんきょやな、きみら、というヤザワの他人事のような評を聞いていた。

大土居と学校の外で出くわしたのは、日曜の午後に塾で実施された模試の帰り道でだった。ヒロシが大土居にバットで殴られかけた、あのコンビニの近くの。ヒロシがからあげを食べながら歩いていると、大土居から声をかけてきた。おー、と手を上げると、大土居は軽くうなずき、少し離れてヒロシの横に並んだ。

「先週はいろいろ迷惑をかけてごめん」

妙に改まって大土居が言うので、ヒロシは、べつに何も、と答える。何も、ということはないのだが、何か大きなことをしたというわけでもない。大土居の家に忘れ物を取りに行っただけだ。

「野末んちおるん？」

そう訊くと、大土居は、そう、と答えて、でも今日から家に帰る、と付け加える。

「お母さんが森野先生に連絡を取ってきたんで、三人で話し合った。森野先生には、全部は言ってないけど……」

義父は出ていったそうだ。そうか、とヒロシがうなずくと、でもまあ、わからん、と大土居はうつむく。母親は、ただ、大土居とかえでに家に帰ってきて欲しい、『娘たちと折り合いが悪かった』義父は、いったん実家に帰ってもらうから、と森野と大土居に訴えたという。

「折り合いが悪い？」

そんなもんやないやろ、とヒロシは思うのだが、大土居は首をすくめて、苦々しげに笑った。

「母親は、何もなかったみたいに振る舞って、言い訳すらない。ただ、もうあんなふうに出ていかんといて、心配で死にそうになるからって」

で、ときどきさめざめ泣いてる、と大土居は地面を蹴る。

「私が悪かったんかなあ、と思ってしまうこともある」

大土居の言葉に、ヒロシは目を丸くして立ち止まる。先に行ってしまった大土居は、不思議そうな顔をしてヒロシを振り返る。

「それはないわ」ヒロシは再び歩き始める。今度は早足で。「ないやろ」

大土居を抜かして少し前へ出る。大土居は何も言わなかったし、どんな表情をしているかもわからなかった。自分がする程度の肯定は、きっと野末や増田だってするだろうし、かえでも大土居に感謝しているだろう。だから大土居にとって必要なものでもない、とヒロシは思う。それでも、自分の言うことが、少しでもいいので何かの上乗せになればいいと願った。

帰り道が分かれる交差点に差しかかるところで、大土居は再び話し始める。

「かえでがさ、山田のおじいちゃんのトーストがおいしかったって、何回も言ってた」

おねえちゃん作って、とか言うからさ、作れよ自分でそのぐらい、と思う、と大土居は続ける。

「うちのおばあはん、宵っ張りで起きるの遅いからな、夜中にずっとテレビ見てるねん。そうしたいがために、じいちゃんに朝飯の作り方を教えてん。極悪やろ」

ヒロシの言葉に、大土居は微かな笑い声をあげた。ヒロシはなぜだか、このまま何も言わずに走り去りたい思いに駆られる。

「よく聴くバンドとか、思い出した」少しの沈黙の後、大土居は口を開く。「シガー・

ロスと、エイミー・マンと、エイジアン・ダブ・ファウンデーション」

ヒロシは大土居を振り向いて、大土居の話が、自分たちがしてきた会話のいったいどのあたりにつながっているのかについて記憶を辿った。

「また出てきたら言うわ」

大土居が渡るほうの信号が青になる。片手を上げて、大土居は去ってゆく。どのバンドもアーティストも、名前を知っているだけだった。

今日は髪を結っていないのか、とヒロシは改めて気付いて、でも、そのことはもう言えなかった。大土居の家の側の車道を車が走り始め、自分が渡る側の横断歩道の信号が青になっても、ヒロシはその場に立ち尽くしていた。

4

駅に行くために、一週間ぶりぐらいに自転車に乗ったのだが、三ブロックほど走ったところで耐えられなくなり、いったん家に戻って、手袋と耳あて付きの帽子を引っ張り出してきて装備した。終業式が終わってからは、ずっと徒歩での塾と家の往復なので、自転車で走ることが予想以上に寒くなっていて驚く。

元日の朝の大通りは静まり返っている。家の近くには、車で乗り付けるような大きな神社はないし、会社が多いせいだろう。ヒロシは、あまり行かないJRの駅を目指しながら、高校に行ったら、毎朝これが普通になるんよなあ、とぼんやりと考える。中学に徒歩で行くわずらわしさよりは好ましかったが、寒い時期はいやだなあ、と思う。小学生の時も、自転車で駅に出て、環状線に乗って塾に行っていたのだが、かなりだるかった。

正月であろうとヤザワはトレーニングに行くようで、待ち合わせは駅だった。さらにフジワラを加えた三人で、大阪天満宮に行く。大学一年のフジワラのねえちゃんが、高校三年の正月に初詣に行ったら第一志望に受かったらしい。

ヤザワと合流して、満員の環状線に乗ると、いきなり腹が減った。ヒロシの家のおせちは、毎年毎年、祖母や母親や母親の妹が集まって作るので、彩りや品数はちゃんとしていて見た目はいい。しかし実際は、かまぼこぐらいしかうまいと思えるものがなく、ヒロシはほとんど口にしないのだが、今日はもうちょっと食べてくるべきだったと思った。その話をすると、ヤザワはつらそうに首を振って、朝から鯛の子を見てしまった、と言う。あの細かくて密集したぶつぶつの卵と、それが収まっている肌色の袋が、本当にいやなのだという。数の子もたらこもししゃもも同じ理由で嫌いだが、色味は鯛の子がだんとつで不快らしい。いくらはどうか、と訊くと、いくらは好き、といきなり語調が変化した。あのぐらい粒が大きければ大丈夫だとヤザワは話し、ヒロシは、新年から現金な奴だと思った。

大阪天満宮という駅では降りたことがない、とフジワラに言うと、じゃあ環状線はいちばん後ろの車両に乗って、大阪駅で降りたらそこを一歩も動くな、と指示された。言われた通りにして大人しくしていると、間もなくフジワラがやってきた。昨日の夜は、山岳部の部員たちで本町に鐘つきに行ってきた、というフジワラは、少しだけ疲れているように見えたものの、おおむね元気にヒロシとヤザワを引率した。一度駅の改札を出て、地下街を通り、またべつのＪＲの駅を目指したのだが、フジワラはよくこれだけすらすらと地下を歩けるものだな、とヒロシは思う。フジワラによると、クラブでいろいろなところに行くので、乗り換えには慣れっこなのだそうだ。

「ほんまは山登って初日の出見たかったんやけど、塾がなー」

残念そうにフジワラは言う。山岳部が強い高校に行くために、けっこうちゃんと勉強をしているらしい。フジワラとヒロシは、中学受験をするための塾で知り合ったのだが、本当に、あの時の不真面目さ、危機感のなさというのはいったい何だったのだろう、としみじみ話した。そしてなぜ、公立中学は試験なしで入れるのに、公立高校は無試験で行けないのか、という、議論し尽くされた感のある話題について、再び文句を言った。おかげで年末年始に観られた目ぼしい番組はオールザッツ漫才だけだ、とフジワラは言う。今年も五時間以上、最初から最後まで観たらしい。ヒロシとヤザワも観た。フジワラは、高校で大阪離れたらオールザッツ観れんようになるやんか、どうすんねん、とヤザワに訊き、ヤザワは、おかんに録画してもらう、と答えた。

大阪天満宮の駅に到着した時点で、すでにすごい人出だったので、お詣りをスムーズにすませることは諦め、天神橋筋商店街に向かう人ごみの中で、銀シャリとかまいたちと天竺鼠《てんじくねずみ》とさらば青春の光と学天即ではどれがいちばんおもしろいのかという結論の出ない議論をした。ヒロシは、さらば青春の光とか天竺鼠を見ていると、たまに笑うを通り越してびっくりする、と言い、フジワラは、話に上がった五者を、二極化していて、かまいたちが比較的中庸である、みんながもう少し有名になれば、関西のお笑いはとても懐《ふところ》が深いことになるであろう、と分析した。どうもねえちゃんが言っていたらしい。ヒロシが、ねえちゃん彼氏おんのか？　と訊くと、おらん、とフジワラは素早く言い切った。

人の動きについて行き、神社らしきところに導かれたものの、境内のことはよく知らないので、人の流れに流されるままになっていると、本社ではない小さな社《やしろ》をいくつも経由することになった。どれも、明らかにメインの神社ではなかったのだが、せっかくだから、といちいち小銭を置いてお詣りしているうちにヤザワは小銭をすっかり使ってしまって、フジワラに分けてもらっていた。本社の付近は、参拝客でごった返していた。変に本社の前のスペースが広い分、人の動線がめちゃくちゃで、わけもわからず突っ立っていたら、どこに流されていってしまうかわからないなと思っていると、フジワラが、はぐれたら、入ってきたほうの鳥居で待ち合わせしよう、と声を張り上げて提案した。返事をしようとすると、茶色い動物の毛のコートを着た女の人に足を踏まれ、承諾の声はギャーという悲鳴混じりになった。女の人は、ごめんなさぁい、と非現実的なまでに鼻にかかった声で謝罪し、連れの、真っ黒なダウンを着た金髪で角刈りのいかつい男がヒロシを一睨みした。ヒロシが固まっていると、こっち、とヤザワがダッフルコートの肩のあたりを摑んで、本社の方向に無理やり引きずっていった。

「あんなコート着てる人、ほんまにおったんや」ヤザワがうなずいたのかどうかはわからなかったが、ヒロシは話を続ける。「いろんな人がおるな」

男も女も、年寄りも赤ちゃんも、金持ちそうな人も金を持っていなさそうな人もいる。自分たちは高校受験だが、中学受験をする子供も、大学受験をする人間もいるだろう。学校に行けば、集団を見ることはいくらでもある。でも、これだけいろいろな種類の人間を一度に見る機会はなかなかない。

結局、フジワラがヤザワのリュックのストラップを掴み、ヤザワがヒロシの肩口を掴み、と連なって、なんとか本社の前に辿り着き、賽銭《さいせん》を投げた。二人が、かなりスムーズにお祈りを始めたので、ヒロシは焦って拍手《かしわで》を打つものの、すぐには何も出てこない。そして、ああそうや受験や、と思い出して、合格させてください、とその場から押し出されそうになりながら、膝に力を入れる。

できれば友達もみんな合格させてください。塾のやつとか、クラスの悪くないやつも。みんなが幸せになればいいとかやないけど、落ち込んでるとこは見たくないし。知り合いぐらいのやつでも、行きたいところに行ければ。

そこまで考えて、どうも八方美人すぎるような気もしたので、いやでもおれはもっとがんばりますし、優先めで、と付け加える。

知り合い、と頭の中で口にしながら、大土居のことが一瞬頭をよぎる。あいつは友達ではない。でも、知り合いっていうレベルの知らなさでもない。なんやろ、同じクラスのやつか。同級生か。

いろいろあったけど、なんとか悪くない状況に持っていけるように。

そしたら、他の連中の受験でないことも気にしなくてはならないような気がして、ヒロシはまとめて、みんなが幸せになりますように！　とやけになる。

あまりに長い時間その場にとどまるのも、他の参拝客やフジワラやヤザワに迷惑がかかるので、最後に、やっぱりとにかく今は受験！　と念を押して目を開き、何か悪いことでもしたかのように、そろそろと姿勢を低くしてその場を離れる。

参拝客の中を通り抜けて、終わった人々の動線に乗り、一息つく。お守りや破魔矢《はまや》や絵馬やおみくじや、ほかにもアミューズメントはいくらかあったのだが、三人とも、予算がない、という理由で断念した。そのわりには、境内を出るとすぐに出店に心を奪われ、なんでこんなにどれもうまそうに見えるのか、そして高いのか、とそれぞれにため息をついた。商店街までなんとか戻り、ヒロシはいちばん最初に見つけた店でからあげを買った。正月、出店購入、初詣帰りと条件の揃ったからあげは、異常なまでにうまく思えた。フジワラは肉巻きおにぎりに吸い寄せられ、ヤザワはイカの姿焼きを買っていた。

そこからは、徒歩で梅田に出て、ネットで予約していた映画に行った。『バイオハザード』シリーズの最後の作品を見た。相変わらずミラ・ジョヴォヴィッチがかっこよかったのでヒロシは満足した。地図も見ないまま、まったく迷わずに歩いて梅田に出られたのはヤザワの案内のおかげで、おまえすごいな、と改めて言うと、たまに練習に来るから、とヤザワは大したことなさそうに答えた。ヤザワは、将来自転車がだめになっても、タクシー運転手にはなれるな、と思うらしい。でもその前に写真家になりたいそうだ。フジワラが、何の写真家？　と訊くと、料理の写真、とヤザワは即答した。フジワラは、風景の写真家やないんや、と不思議そうにしていた。

映画を観た後は、少し早い夕食に牛丼を食べ、コーヒー屋でいちばん大きいサイズを飲みながらだらだらした。とりあえず最初は、受験いややなー、という話をしていたのだが、なぜか途中から、大阪天満宮に行くまでにしていたお笑いの話の続きになっていた。結局、いやなことにさわっているのもストレスになるので、いやな話というのは長続きしないものなのかもしれない。

すぐに暗くなって人通りが少なくなる窓の外を眺めながら、去年まで、元日は家で静かにごろごろしていたヒロシだったが、友達と外に出るのも悪くないな、と思った。鐘つきに行った件もあって、疲れが出てきていたフジワラは、ヤザワが高校から引っ越す地名を三回ぐらい訊き、そのたびごとに忘れていて、まるでおばはんのようだったが、ヤザワは機嫌を損ねた様子もなくいちいち答えていた。

年末年始にはさあ、帰ってこいよ、とフジワラは、冷めたカフェオレにうんざりしたように、カップを押しのけてソファに深く座り直した。ヤザワは、そうする、と答えて、チョコレートケーキの最後の一切れを口に運び、いかにもうまいという様子で動きを止めた。ヒロシは、それがあまりにも幸せそうに見えたので、おれも帰りにコンビニでケーキ買おう、と思った。そしてコーヒーには飽きたので、紅茶で食ってやろうと決める。紅茶は、親に訊いたりネットで調べたりして、前よりはまずくなく淹れられるようになっていた。大土居が家に来た時に買った二十五袋入りの紅茶は、まだ半分以上余っていた。

＊

一月に入ってから、学校では、六時間目から塾までの間に補習が実施されるようになった。出席は自由で、ヒロシは数学が飛び抜けてだめだったので、最初は数学だけ出ていたのだが、そのうち、家にいるのもつらくなってきて、そんなに心配はしていない教科の補習にも出るようになった。塾では、比較的勉強ができて、偏差値の高い高校を目指している生徒に囲まれているので、焦りでおかしくなりそうな部分もあったのに対して、学校で補習に出ている連中は、なんだかんだでなんとかなる、というような牧歌的な雰囲気で受験をとらえている者が多く、関わっていると少し安心した。彼らは彼らでいいやつだったりおもしろかったりするので、べつに受験で失敗しても人生真っ暗というわけではない、と思えた。

野末もそういう生徒の一人だった。楽天的というか脳天気というか、一応受験はいやだし自信もないし愚痴は言うのだが、話しているうちに、最後には、まあ三月の後期日程まで粘れば、どこか納得のいくところに滑り込めるだろう、という結論に必ず達する。

「もしぜんぜん行きたくないとこに入ることになっても、大学でやり直せるように高校一年から予備校通えばいいし」

「大学行きたいんや？」

「それはまだわからん。行きたいと思わんねやったらそれまでやわ」

「あかんとこに行って、そんで三年になって突然いい大学行きたくなって勉強が間に合わんかったら？」

「どやろ、浪人するか、そのまま行けるとこ行く。そこでできることを探す」

野末と話していると、だいたいの物事がどうとでもなりそうな気がする。何も考えていなさそうで、でもそういうわけでもなく、だめだった時にも、そこでどうすればいいのかについて頭を働かせている。何を訊いても、はぐらかしたりせずになんでも答えるので、だんだんおもしろくなってきて、将来何になりたいん？　と質問すると、野末は、体育の先生、と言った。ソフトボールの選手やなくて？　と訊き返すと、自分は才能ないから、と野末はきっぱり言った。球筋を読む能力に欠け、ボールが飛んできたら、どっちに動けばいいのか半秒迷うらしい。

「わからんけど、体育の先生にはなれそうやな」

「普通に会社員になって、休みの日にソフトボール教える人でもいいよ」

野末も小学生の時に、そういう人に世話になったのだという。お返しに野末は、山田はあんた何になりたいん？　画家？　と決め付けるように言ってきたので、ヒロシは一瞬怯《ひる》んで、まあ、そういう関係の、仕事、とだんだん小さくなる声で答えた。野末は、なれるやろ、なったらええやん、とまったく考えた様子もなく返して、話に飽きたのか、配られてきた英語のプリントに戻った。そしてそれから五分足らずの間に、beautifulの比較級ってビューティフリャーになんの？　more付けんの？　ていうか何文字以上あったら活用させるんやなくてmoreとかmostとか付けんの？　と矢継ぎ早に質問をしてくる。

「わからんけど、八文字ぐらいをめやすにしたらえんちゃう」

「わかった」

ちゃんと先生に教えてもらうことは大事なのだろうけれども、できないことがばれている者同士が教え合うのは気楽で、野末もそう思っているようだった。野末は、ヒロシより少し数学ができるので、とにかく各章の四ページ目までのことは完璧にして、計算問題だけは解けるようにしておけ、そうやって自分は常に定期考査では五十点台をキープしてきた、という助言をヒロシに授けた。

補習に出るのには、野末と話せるから、という理由もあったけれども、本当のところ、話したいことが話せているのかについては疑問だった。しゃべっているとおもしろいし、勉強や将来について考えることにまったく役に立たないわけでもないのだが、何か言い出せていないことがあるとヒロシは自覚していた。

大土居とは、文化祭の次の週にあった模試の帰りに会った時以来、ほとんど話らしい話はしていない。少しの間野末の家に避難していた大土居とその妹は、義父が家を出たので、自宅に帰ることにした、と言っていた。ヒロシは、遠くからだが注意深く、大土居の様子を観察しているつもりだったが、それ以降も目立った変化は見られなかった。文化祭の前と同じような感じだった。ただ、内情を知っているからか、ほっとしているというか、思いつめたような顔付きは、見かけることが少なくなったように思う。

大土居と仲の良い野末なら、大土居についてはなんでも知っているように思われたけれども、あえて様子を訊くのもなんだか具合が悪かった。ヒロシは、自分が他人から知った口をきかれたくない分、他人にもそう振る舞わなければいけないと強固に思っていて、たとえば自分が野末に「大土居最近どうなん？」などと尋ねることは、すでに知った口の範疇であると見なしていた。

何が、どうなん？　やねん、とヒロシは、やってもいない自分の行動に対して嫌悪感を持つ。完全に無駄な感情なのだが、日に一度、塾の帰りなどに、野末に大土居のことを訊いてみたい誘惑に駆られるたび、自分をそう戒める。

「difficult はたぶんなんか付ける、easy はそのまま」野末がぶつぶつ言う声が聞こえる。

「ほんならさあ、全部なんか付けるにしたらええやん、いちいち見分けんのんめんどくさいし。外人あほかと思うわ」

「そやな」

でもメジャー行った選手はこういうのに順応してんのかな、などと野末は子供みたいなことを言い出すので、ヒロシは笑ってしまう。

「そういやさ、私が補習出て、山田に数学教えてんねんって言ったら、さわが、山田どうなんって訊いてたで」そう思い出したように言いながら、野末がばっと顔を上げてこちらを見たので、ヒロシは驚く。「どうなん？」

「いや、何も……」

「受験うまくいってんの？」

今更突拍子もないことを訊いてくるので、ヒロシは、私立は絶対受かりそうなところを受けて、公立の前期はちょっと無理めなところを受けて、公立の後期に本命のところを受ける、そこに落ちたら、最初の私立に受かってても、まだ募集してる私立でもっと良さそうなところを探すかも、とむやみに詳細に答えてしまう。野末は、いろいろ考えてんねんなーあんたー、参考にするわー、と冷やかすようににやにやするので、もっと適当な答えでよかったのかもしれない、と後悔する。そして野末は、それ以上は何も訊いてこない。

大土居は自分の何を訊きたかったのか、とヒロシは思いながら、先ほど解いた連立方程式の計算問題の答え合わせをする。自信のあるものは正解していて、そうでないものは間違い、というわかりやすい結果が出ていて、何も前進していない感じに軽く失望する。できないことをやるより、比較的できる教科をより勉強したほうがいいようにも思えるのだが、同点の受験生とボーダーラインにいた場合、極端な弱点がある自分のほうが落とされる気もするので、しぶしぶやってもわからない数学に手を出して、やはりわからない、という悪循環を繰り返している。

補習の時間が終わる五分前になると、野末は、疲れた、めっさ疲れた、とひとりごとを言いながら、教科書やプリント類をリュックにしまい始める。ヒロシが、大土居はどうやって勉強してんの？　とつねづね疑問に思っていたことを言うと、十二月から塾行ってるよ、教科ごとに行くやつ、と野末は首を回しながら答える。十二月から行って志望校落とさんと間に合うん？　とヒロシが言い募ると、そやからめっちゃ勉強してるやろ、と野末はリュックのファスナーを閉める。

「九州の高専受けるからなあ」

「へ？」

「高校からはおかんの実家で暮らすんやって」

野末は目を眇めて、微かに否定的な表情でヒロシを見遣る。他人の母親への言及だが、野末の「おかん」という言い方には棘《とげ》がある。やっぱりいろいろな内情を知っているのだろう。

「もったいないわ、そう思わん？　山田」

補習担当の教師の、じゃあもうそろそろ、という声と共に、野末は立ち上がってリュックを肩に引っ掛ける。

「何が？」

「だってさ、せっかく仲良くなったのに、三年間とか期限付けられてその後ばらばらにされるとかさ。中学生やからって」

「まあな」

当たり前のことなのだが、改めて疑問を呈されると、不公平な感じもする。

「家族とか会社は、卒業するってことはないのに」

野末は、ほな、と一方的に言って、さっさと教室を後にする。ヒロシと野末は、いつもたまたまという態で補習で一緒になるため、その前後の過ごし方には一切保証がないのだった。低レベルな勉強の話や雑談はするが、共に校門を出ることはない。そこはなぜか厳密に決まっていた。

ヒロシは、半分ほどの生徒が後にした教室で、のろのろと帰り支度をしながら、野末が去り際に話したことについて考えていた。もっともなような気もするし、愚問だろうとも思う。文化祭の作業をしながら、野末は、弟を家から放り出して友達と暮らしたい、とよく言っていた。それは、二人の弟のうち、すぐ下だったりいちばん下だったり、両方だったりした。彼らとは、一緒にいても何も楽しいと思わないのに、ずっと同じ家にいなければならず、学校の友達とは期限付きで引き離される。野末の立場に立って考えると、確かに理不尽なことのような気がしてくる。ヒロシも、母親の日々変わる動向はどうでもいいし付き合いきれないので黙っていて欲しいのだが、クラスの人間の身の振り方はいろいろと気になる。

校門を出るまでうだうだと頭を悩ませて、やっと、そんなこと考えている場合か、とはっとする。そんな暇があったら、英単語の語彙《ごい》の一つでも増やしたほうがいいに決まっている。adopt と adjust の違いについて、頭の中で説明してみるだとか。ヒロシは、その二つを何度見ても取り違えてしまう。

あと十日もしたら私立の試験で、それから十日で公立の前期入試がある。十日や二十日は、遠いようで近く、でも、うまく覚悟が決められる距離感ではない。私立は、国語と英語だけで受けられる学科で、自信がないことはないのだが、場所が遠いし、そこから大学に進学できる見込みも薄いし、受かってもあまり行きたいとは思えない。だから、受験そのものも、ものの数には入らないような感じがする。その後の公立の前期入試は、逆に少し高望みな難しい学科を受ける。どちらも現実感がない。できれば、公立の後期入試を三回受けたい。

無性に、早く家に帰って音楽が聴きたいと思う。最後に話した時に、大土居がいいと言っていたバンドのものを聴いている。どれも一聴ではよくわからなかったが、もう少しで入ってきそうな感じがするのだ。

もう講師付きの自習のような状態に入っているし、塾も休みたいと思った。自分は何かの入り口まで来ているのに、受験に押し流されているような気がする。

信号待ちをしていると、風がものすごく寒く感じる。本当はこんなことやりたくない。

＊

ヒロシは、二月の半ばに十五歳になった。滑り止めの私立には受かり、公立の前期入試には落ちた。両方とも想定内の出来事で、ヒロシは、まだ自分は受験の本当の手応えみたいなものを知らないな、と思う。知りたくもないわけだが、いちばん優先的に相手にすべきものを最後に残しているのは怖い。クラスの連中の中には、私立が本命だったり、公立の前期に受かったりする者も出てきた。公立の後期入試以降の試験を待っている者との間で温度差が生じるだろうか、と思っていたのだが、よそではともかく、教室ではそうでもなかった。志望校に受かった者も、まだそうでない者と同じように粛々としているので、誰がらくになったのか、誰がそうではないのかが、外面的には見えにくくなっていた。

いっそわあわあ騒いでてくれててもいいのに、と思い、いやでもそれではこっちはよけいにつらくなるし、今のままでいい、と考え直す。二月の私立の入試と、三月の公立の後期入試の間は、ちょうど一か月間だった。長い人生のうちの、たった数十日の前後で、過ぎてみればどちらが先のことかもあいまいになるようなことなのに、どうしてこんなに大きな溝のように感じるのだろう。

ヤザワはすでに、一月に推薦で受かっていたのだが、ヤザワに関して普通の中学生の受験に対するしがらみを持ち出しても仕方がないのは明らかだったので、ヒロシは何とも思わなかった。ヤザワ自身も、ヒロシが合否を尋ねるまで黙っていた。うれしそうにも、悲しそうにもしていなかったが、ただ、あんまりふらふらもしてられなくなる、というような感じのことを言って、ほんの少しだけ憂鬱そうにしていた。確かに、運動で奨学金までもらって高校行って、バンドとかやったら怒られるよな、とヒロシが言うと、そう、とヤザワは五分ほど落ち込んだ様子を見せた。でも写真は続けるらしい。ヒロシは、そらそのぐらい続けたらええやろ、と真顔で言った。

増田も、公立の前期入試で人文学科みたいなところに受かったと耳にした。美術科には行かない、と言っていたので、その発言を守った形になる。ヒロシは、どうして絵に集中しないのか問いただしたい気もしたのだが、増田なりに考えるところもありそうだった。増田の母親は、娘の合格をとても喜んでいるらしい、とヒロシは母親から聞いた。増田が絵を描くことには反対でも賛成でもない立場なのだそうだが、とにかく、この年でそんなに将来のことを限定しても、とは思っているようだった。

その話を聞いて、ヒロシはヤザワに、勇気を振り絞って、おまえ自転車であかんかったらどうするとか考えてる？　と訊くと、ヤザワはあっさりと、だから、料理の写真撮る人、と答えた。そして、それか、体育関係の指導者か、タクシーの運転手、と付け加える。ヒロシが、じゃあ市バスの運転手とかも良くない？　と訊くと、いいけど、道路の風景はちょこちょこ違ったほうがいい、とヤザワは言っていた。

野末やヤザワには、将来何になりたいのかと質問するくせに、ヒロシ自身はあいまいだった。自分に関する、絵がどうのという夢は、どちらかというと、野末が「才能がない」と切り捨てたソフトボールの選手の側にあるような気がする。対するヤザワは、自転車の選手になるために、バンドをやったら怒られる不自由の方向へと向かっている。

なにも考えられてないよー！　と誰かにあらいざらい打ち明けたい衝動を抱えながら、ヒロシは受験勉強をし、中断し、冷蔵庫を開けに行き、また勉強を再開し、そして三十分も経つと水を飲むために中断する、というような、単調かつ集中力に欠ける苦しい毎日を送っていた。たまりかねて、同じように公立の後期入試に照準を合わせているフジワラにメールを送ると、自分は入試が終わった帰りに、前に一緒に行った戎橋筋のピザ食べ放題に行くことに決めている、と言われた。それだけを楽しみに勉強しているらしい。ヒロシは、おれも行く、と返信した。あそこのピザやスパゲティがそんなにうまかったというわけではないが、とにかく、受験が終わったらやることを決めると、少し心が晴れた。

大土居が、母親の実家の近くの高専に受かったという話は、三月の頭に本人から聞いた。塾が休みで、補習に出る気にもならない気詰まりな日、後期に落ちてどうしても最初に受かった私立に行きたくない場合はどういうところがあるかせめて探しておこう、と進路資料室へと出向くと、入り口のところで大土居とすれ違った。二人ともその時は、ああ、と言い合うぐらいにとどまっていたのだが、結局資料探しにも行き詰まったヒロシがすぐに資料室から出ると、大土居がまだそこにいたのだった。

「どないしたん？　受験は終わったん違うん？」

なんとなくクラスの中で伝わってきたようなことをヒロシが訊くと、大土居は軽く何度かうなずく。

「私が受けた高専は珍しかったから、指導の先生に、試験の様子とかの報告に来なさいって言われて」

「鹿児島とかやんな？」

「そう」

「なんか変わったことあったん？」

「どやろ、こっちの学校はぜんぜん受けてないから、違いがわからん」

最近は、六時間目が終わると、すぐに西日が差し始める廊下を、変な距離を空けて歩き始める。

「合否は出たん？」

「出た。いちおう合格してた」

いちおうも何も、合格か不合格しかないのだが、大土居の言い回しには、ばつの悪そうな感じが漂っている。

「よかったやん」

「そやな。落ちたら学校探すのしんどかったから」

「大阪におったまま九州の学校探すのはなあ」

のろのろと、斜めに離れて、陽の差さない階段を降りる。ほとんど同じペースで。大土居が追い抜かして、じゃあ、とでも言えばいいのに、何を気を遣っているのか、ヒロシについてくる。ヒロシは、話すことに困って、さらに変な空気になるのを承知で口を開く。

「シガー・ロスは声高い。なにゆうてんのかぜんぜんわからん。でもよかった。エイミー・マンはええけどなんか地味や。エイジアン・ダブ・ファウンデーションはすごいよかった」

後ろにいる大土居が、ははっという笑い声をあげる。そして、覚えてくれてたんや、なんかごめんな、と付け加える。

「どれもまだ、図書館とか動画サイトであったりなかったりして、アルバム二枚ずつぐらいしか聴けてないけどな、映画のサントラとか」

「エイミー・マンは、ボクシングやってる絵のえぐいジャケットのがいいよ。やっぱり何回か聴かなわからんけど」

「わかった」

ヒロシと大土居は、一階へと降りる。階段の手すりに対して外周の動線を取ったヒロシは、内側を通った大土居の横に並ぶぐらいに後退する。校庭では、二年と一年だけになった陸上部がランニングをしている。その内周で、サッカー部がストレッチをしている。校舎からいちばん遠く離れた隅っこでは、ソフトボール部が輪になって何か議論している。大土居が、そちらの方を見ているのがわかる。

「三月の十八日に、あっち行くねん。公立の後期の発表の日やったかな。卒業式まではおれてよかった。かえでが、せっかく仲良くなった子ができたのに、って残念がってた」

「友達できたんや？」

「かなりうるさくゆったし、母親はともかく、私もあんまりかまわれへんようになったから。あんたがかまって欲しそうにしたってさ、勉強せなあかんし、私は、受験生やしって言って」

「小学一年で十一月から友達作るって大変やろなあ」

「そやな。だから、公文式に通わせて、そこで同い年で同じ学校の子見つけて、そっからなんとかつるめるようになった」

「その手があったかー」

「そしたらぜんぜん私とか母親とおんの、おもんなそうにしてる」

大土居が、隣で肩をすくめる気配がする。変わり身の早い話に、そら、同い年のほうがええわな、とヒロシも笑ってしまう。でも、義父が出ていって、かえでが友達を作れるようになったのなら、どうして大土居とかえでは引っ越す必要があるのだろうと思う。

大阪にいればいいのに。野末を寂しがらせることはないのに。

少し黙った後、校門に一番近い階段が見えてくると、大土居はまた話し始める。

「親、別居はしたけど、まだ離婚してなくてさ」

「そうか」

「私とかえでを実家に預けたら、また母親はあいつと暮らすってさ」

「……」

「だってまだ好きは好きやし、って」

「最悪」

躊躇しながらも、ヒロシが間髪入れず呟くと、大土居は諦めたような乾いた声で笑う。

「まあ、私に関しては、ここまで育ててくれて、そんで深追いせんと放してくれることに感謝せなな、とは思う。学費とか生活費は出してくれるらしいし」大土居は、ヒロシの方を一瞬だけ見たものの、ヒロシはうつむいて視線を落としてしまう。「かえではかわいそうかな。だから、注意して面倒見ていくわ。どうやったらええんかわからんけど」

ヒロシは、できんちゃう、と小声で言う。確信はあったけれども、根拠は示せないので、無責任な発言だという後ろめたさがあった。大土居にそれが聞こえたかどうかはわからない。

校舎を出て、校門に近付く。ヒロシは、質問はあと一つだけだと決めて、年が明けてからいちばん頭を使って、それをひねり出す。

「お父さん、どんな人やったん？」

すでに先に立って歩き始めていた大土居は、ヒロシを振り向く。顔は影になっていて、表情がよく見えない。

「あんまり思い出とかないけど、とりあえず年いってたよ」大土居は、首を回しながら、歩く速さを緩めて、ヒロシが想像する、死者のことを話す人のそれとはかけ離れた口調で続ける。「十五とか離れてたと思う。母親の職場の上司やったんやって。私が小学校上がった時ぐらいに、病気で亡くなった。ものすごい小さい頃から、私に字を覚えさせた記憶がある。本読めなって、そしたら、自分の考えでどんな人間になるか選べるようになるからって」

だからって私は本好きな子でもないけどさ、と大土居は言う。かろうじて、口の端を上げたのが見える。

「じゅうぶん本好きやろ、あんな分厚い本読めんねんから」

ヒロシは、大土居が文化祭の読書感想文を書いたニルヴァーナの伝記本の厚さを思い出しながら、自分でも今やったらあれはちょっとつらい、と思う。

「あれ以降何も読んでないよ、勉強してたし」

不平を言っているのに、大土居の声は笑っているように聞こえる。ヒロシは、ほんの少しの間、深く目を閉じてそれを聴く。時間が止まっているように思える。なのに雲の動きを、傾いていく陽を、ヒロシは感じる。時間は進んでいる。

「あんまりいろいろ心配しいなよ」大土居はそう唐突に言う。「じゃあ、また明日」ヒロシが顔を上げると、大土居は校門を出ていったところだった。ヒロシはしばらく、その姿勢のままじっと立っていた。自分がこのまま帰るのか、それとも学校で何かやり残したことがあったのか、それすらもしばらくわからなくなった。

＊

フルノは、イケアから通りを真っ直ぐ東に行ったところにある大きな交差点を、待ち合わせ場所として指定してきた。ヒロシが、おまえはもうイケアに就職したらどうか、と言うと、玉造の教会にはイケアより行っているので、親からは尼さんになれと言われている、とフルノは真面目に答えた。

「でもうち実は浄土真宗やねんけどな。仏壇ある」

「中学もキリスト教系やってんからええんやろ、今更もう」

フルノは二月に私立に受かっていた。受験して入った中学からは、面接だけで高校に上がれる予定だったのだが、あまりにもクラスの人間関係に疲れてしまったので、高校は違うところに行くことにした。女子の自転車競技部があって、手頃な偏差値の高校を秋の終わりに見つけたのだという。そこからは、ぴたりと遠出を止めて、家で勉強していたらしい。中学の同級生には、外部受験をすることを誰にも言わなかったので、フルノを苦しめていた同じクラスの女は、フルノが手の届かないところに逃げるとなって、半狂乱で詰め寄ってきたという。

「友達やのに信じられへん！　とかって、おまえが悪いんやんって思うわ！」

フルノはでかい声で言いながら、左車線の左隅をすいすいと自転車で走っていく。長距離をわりと平気で走ってくることは知っていたし、速くなっただろうなとは思っていたが、ヒロシの予想以上だった。

いじめにあっていたというのとはちょっと違うけれども、女特有のめんどくさい関係に巻き込まれていたらしい。その場が二人だと寄りかかってきて、三人以上だとフルノをあげつらい、コケにしてくる女だったという。それで嫌になって離れようとすると追ってくる。女特有、とは思ったものの、男でもそういうことはありそうだな、とヒロシは考え直す。

「そんなやつより私の進路のことは山田のがよう知ってた。ざまみろと思う、だって山田やで！」

おれやからなんやねんよ……、とヒロシは少しがっくりきながら、フルノの好きなように言わせる。とにかくいろいろ吹っ切れられた上に、今日はわざわざ都島区から自転車で探しに来ていたヤザワに会えるので、精神的なトーンが高いのかもしれない。

後期入試前の、最後の日曜の昼過ぎだった。朝から塾に詰めてさんざんもがいたので、人に会うのはいい気晴らしになった。こんなことをしていてどうするんだろうという気もするのだが、勉強ばかりしていて自分に対する不満を溜め込むよりはいいとヒロシは考えていた。もう、心配してもあと一週間なのだ。それで第一志望に落ちたなら、野末の言うように、とにかく高校に入ってすぐに大学受験の勉強を開始するべきなのだろう。

文化祭の班の連中で、公立の後期入試を待っているのは野末とヒロシだけだった。学校での野末は、相変わらず落ち着きがなく、声がでかく、なんだかいろんなことを早とちりしたり、的はずれな文句を言ったりしながらも、最終的には自分でちゃんと納得したことを選んでいそうだったので、ヒロシは小さく心の支えにしていた。

ヤザワは、隣の区とヒロシの住んでいる区を隔てる、めがね橋のたもとにいた。車の行き来のためには渡し舟では間に合わず、かといって川を往来する船舶も高さがあるので、それらの事情をすりあわせた結果、巨大なループ橋にしてかなり高い位置に橋を造ることになったそうだ。上空から見ると、両岸の二つのループが眼鏡のように見えるから、通称がめがね橋である。増田が二年の時に、別の生徒の名前でこの橋の大きな絵を描き、その出来の良さに、ヒロシはしばらく絵を描くことを見失った。

ヤザワは、ちゃんとヘルメットを被って自転車を支え、フルノが近付いてもじっと立っているだけだったが、ヒロシが見えるぐらいのところまで近付くと、ゆっくりと手を上げた。ヤザワの姿を目にとめて、何か怯むものでもあったのか、フルノの自転車の速度がみるみる落ちていく様子は、後ろから見ていてちょっとおもしろかった。

こんにちは。はじめまして。

ヤザワは大きな声で言う。フルノは小刻みにうなずいて、ああ、ああ、などと言いながら、いったん自転車を停車する。

「こいつフルノ。小学校の塾で一緒やった」

ヤザワは、ヒロシの話に、フジワラ君もおったとこ、と一人納得してふんふんとうなずく。フルノは固まって、そう、フジワラ、でかい子、とこの場にいないフジワラの話を前面に押し出し、自分はその話題に隠れるようにする。

文化祭では、大土居さんを助けてくれたらしく、ありがとう。

フルノが他校の生徒だからか、ヤザワは、いつにもましてゆっくりと、礼儀正しく言う。

「いやいやいやいやいや」フルノは恐縮して肩をすくめ、首を振る。「大会の結果とか、ネットで見てました。同い年やのにすごいなあって」

たいしたことはないです。

ヤザワはそう断言して、それじゃ、とめがね橋のループの歩道内を自転車で登っていく。フルノも、はい、あ、はい、とそれについて行く。ヒロシは、自転車で登れない急な坂になっているループを見上げて、小さくうなだれる。両岸共に大きく二周回して持ち上がっているめがね橋を、自転車で登ったことがないわけではないが、どれだけ調子のいい時でも、自転車に乗っていられるのはせいぜい一ループ半までだった。それほど急激な坂だし、そもそも『自転車は降りて通行してください』という看板だってある。規則を破ったらいかんやないかヤザワ、と言いたいところだが、ヒロシはどんどん引き離されていっており、大声を上げるのもなんだか恥ずかしかった。

今日は調子のいい日ですらないようで、ヒロシは、半ループ登っただけでズルズル後ろに引きずられるような感覚を覚えつつ、フルノがわりとヤザワについて行っていることに感心した。そういえばフルノは、この橋を通ってイケアに行く時もあるそうだ。

ヒロシ自身は、この橋はほとんど通らない。渡し舟も、待ち時間がおっくうなので使わない。川向こうに自転車で移動する時は、区の北側まで走って、めがね橋よりは難度の低い橋を通って繁華街にゆく。もしくは電車かバスに乗る。

簡単に息が苦しくなってくる坂の険しさに逆に感心しながら、高校からは電車通学か、と思う。そういえば小学生の頃、塾にはいつも電車に乗って行っていた。小学校の頃の塾では、宿題と教室内での人間関係と勉強自体は本当にいやだったが、街に出るのは好きだった。そう思うと、高校に上がるのは悪いことではない気がする。ずっと地元ではいつか窒息してしまう。

　姿が見えなくなるほど離れてしまったヤザワだが、自転車から降りて少し下ってきて、フルノとヒロシに向かって手を挙げる。見ると、前から歩行者が来たようだ。ヤザワは、再び自転車に乗ることはなく、そのまま自転車を押して、ループの上に上がっていく。ヒロシも自転車から降りて、小学生ぐらいの男の子たちが野球をしているループの中のグラウンドを覗き込む。ヒロシは野球はしないが、あそこで練習したりプレーするのはどんな感じかと思う。何かシュールな気持ちになるだろう。別の野球のグラウンドに行った時に、あれ、まるく囲われてないよ？　落ち着かないな、という気持ちになったりするのだろうか。

　もしかしたらあそこ、野末が使っていたかも、と思いながら、ヒロシは、ヤザワが完全に立ち止まって、ループの中の写真を撮っている様子を見る。フルノも倣うように止まって、中を覗き込んでいる。フルノには、まったく写真を撮る習慣がないようで、ぼうっと見ているだけだった。ヒロシは、小さいスケッチブックでも持ってきたら良かった、と思う。

　それから三人とも、自転車には乗らず、自転車を押してループを登りきり、なおも険しい橋の上を歩いてゆく。ひどく高い所にある橋は、真ん中まで上りになっていて、この建造物には原則平たい場所はないんだな、とヒロシは思う。そういうところも、以前使っていていやだったのだろう。

向こう側から誰かが、やはり自転車を押してやってくる。増田だった。ロシア人みたいな毛だらけの帽子をかぶり、マフラーでぐるぐる巻きになっている。増田は、ヒロシたちに気が付いた様子で、少し立ち止まったのち、軽く首を傾げ、やがて、こんにちは！と言う。山登りみたいだ、とヒロシは思う。前にフジワラやヤザワとハイキングに出かけた時も、こんな感じだった。

増田は、ヒロシの側から見える橋の頂上の位置にぴたりと立ち止まり、自転車のカゴの中のリュックを探って、デジカメのようなものを取り出し、塀の側の金網に近づけて川と岸の様子を撮っている。

「絵のうまい子やんな」フルノは、ぼそっと言いながらヒロシを振り返る。ヒロシはうなずく。「あの人とだけ話してないけど、野末さんとか大土居さんから聞いた」

「文化祭の時に？」

「うん、あんたの班の出し物を見に行った時に」フルノはひどく遅れて、どこかおずおずとした様子で手を挙げる。増田はこちらを見ていないのだが。「あんたと同じぐらいうまい」

ヒロシは、一瞬胸が痛むのを感じてうつむく。フルノは気を遣ってくれたのだろうか。本当のところはどうなのだろうか。

「高校は普通科行くって言ってたけど、絵は描きいよ」

フルノは少し笑い、そして急いで、増田のいる橋の頂上に近付いてゆくヤザワの後に続く。ヒロシたちがやってくるのに気付いた様子の増田は、カメラを下ろして会釈する。

「ここ、いいよね」そう言いながら増田は、金網に指を横切らせる。「知ってるかわからんけど、私、学校の授業でこの橋描いた」

知ってる。

ヤザワは言う。ヒロシも知っている。自分の絵を描き終わった後、絵が苦手な生徒の代わりに描いて、賞を取った。中学校の玄関ホールにまだ飾られている。増田は、ヒロシたちがそのことを知らないと思っている。

「高校からは電車乗って学校行くからさ、こっちにはもうあんまり来んやろなと思って。アルバイトとかしたいしさ」

増田は校区のかなり北側に住んでいるので、区の南側に架かるめがね橋よりは、駅のほうが近いのだろう。ヒロシは改めて、高校に上がることは、軽く地元を離れるようなものなのだな、と感じる。

ヤザワと増田は、並んで金網にデジカメを押し付け、両岸の風景を撮影する。フルノが、あんたはいいの？　とヒロシに訊いてくるので、おれはカメラはあんまり、と答える。どちらかというと、見ておもしろかったものの細部を自分で想像しながら描くのが好きだった。そういうところが原因で、増田に負けてしまうのかもしれないけれども。

ヒロシは、少し身を乗り出して、金網の向こうの川と両岸を眺める。中途半端に古そうな工場や倉庫だらけで、歴史があるだとか、逆に最新でピカピカだとか、人の心を癒したり感心させたりするものは見受けられない。それでも興味深いと思った。造って、営んで、川を行き来し、変な橋を作る人間を、何かけなげだとすら思った。

フルノも、ヤザワや増田につられるように、携帯を取り出して構えている。ヒロシは、川を上ってゆく船を眺めながら、ヤザワがどうしてめがね橋を待ち合わせ場所に指定して、友達とここに来たがったのか、言葉ではなく理解したような気がした。

増田は、自転車を押して家に帰り、ヤザワとフルノとヒロシは、下から人が来ないのを確認して、自転車に乗った。ヤザワは速いのかと思うと、けっこう恐る恐るで、後ろからやってきたフルノに抜かされそうになっていた。下から誰かが上がってくるのが見えると、三人は自転車を降り、縦一列になってループを下っていった。もう一つのループの地上中は、撤去した自転車の一時預かり所になっている。片や少年野球のグラウンドで、片や自転車の預かり所というのは、どうやって決めたのだろうとヒロシは思う。

下りは苦手、と先頭を歩くヤザワは、車のエンジンの音に負けないように、大きな声

で言う。少しするとフルノは、イヴァン・バッソは下りが遅かったんですよね！　と言う。ヤザワはそれに対して、バッソはすごくかっこよかった！　と話の方向を逸らす。ヒロシは、確かにな、とヤザワの部屋で読んだ自転車の雑誌の写真を思い出しながらうなずく。ポスターを部屋に貼っているのは、ベルギーの違う選手だが、好きな選手ではあるのだろう。

　めがね橋を降りると、ヤザワに連れられるままに自転車で走り、気が付くと市立中央図書館のあたりまで来ていて、そこから更に東に移動し、心斎橋まで行って、なぜか東急ハンズに入った。なんで？　と訊くと、なんとなく来たかった、とヤザワは簡潔に答えて、三階でコーヒーメーカーを眺めていた。フルノは、擦《こす》ると消えるペンのカートリッジを買い、ヒロシはA6サイズのスケッチブックを買った。

　その後は、安いファミレスで二時間ほど話して、フルノは都島区へ帰っていった。最初は緊張していたフルノだが、だんだんそうでもなくなってきて、自転車の選手の話をしたり、トレーニングについて質問したり、はては、彼女いるんですか？　ということまで訊いていた。ヤザワはいちいち丁寧に答えていたが、お菓子工場に勤務するフランス語の先生の娘さんとは、やはりどうにもならなかったようだ。

　フルノと解散した後は、日が落ちるのがかなり遅くなってきた夕方の道を、ヤザワと帰った。ヤザワはともかく、ヒロシは疲れていたし、特に話すこともないので、二人ともずっと無言だったのだが、ヒロシたちの住んでいる区に戻るために、駅に近い北側の橋に差しかかったところで、突然ヤザワが大声で言った。

ヨーロッパは、どこも街並みがきれい。

そうやな、とヒロシは同意する。外国へは行ったことがないし、旅行パンフレットも建物と空撮メインなので、本当はよく知らないのだが、たまにストリートビューなどを見ると、そうなのだろうと思える。

自分はそこで走ると思う。

ヤザワは、本人としてはゆっくり走っているつもりなのだろうけれども、それでもすぐにヒロシを引き離してしまう。ヒロシは、ヤザワの言葉には応えず、しばらく必死でペダルをこいでヤザワに追いつこうとする。

登りだった坂の勾配は、真ん中のあたりでふいに下りになり、ヒロシはヤザワに追いつく。

そしたらこのへんのことを忘れてしまうんかなあ、と思う。

西に向かっている上、川の上を通っていると妙に視界が開けて、太陽が異様に眩しい。ヒロシは目を細めて、顔を背ける。

でも、楽しかった。

「そうか」

　ずいぶん遅れて、ヒロシは言った。ヤザワが話し始めたのが橋に差しかかったあたりで、ヒロシがそう言ったのは、橋を渡り切った後だった。夕陽が少し隠れて、ヒロシはほっとした。

＊

　志望校は遠かった。それも、旅行に出かけるような非日常の遠さではなく、ただ漫然と遠かった。ＪＲと私鉄を乗り継ぎながら、受かっても毎日これなのか……、と少し気が滅入った。そんなことを考えるとツキが落ちるような気がしたが、もうどうあがいても仕方がないので、満員の車両で吊り革にぶら下がりながら、ヒロシはうとうとしていた。

　早めに出たつもりだったのに、試験会場である教室はすでに二席を残して埋まっていて、ヒロシは、出入り口に立つなりその片方に駆け寄り、周囲から隠れるようにリュックを抱え込んで筆記用具を出した。純粋に試験の結果と内申しか合否には影響しないと聞いてはいたが、いきなりこんな無様なことではやばい、と額に汗が滲むのを感じた。もう一つの空席は、ヒロシの斜め前で、自分がこんなにも焦っているというのに、まだ見ぬその席の人間は、鷹揚にも着席していなかった。

不審に思いながら、塾の講師が作ってくれた、最低これだけは覚えておけという数学の公式が書かれたプリントを眺めていると、厳《おごそ》かに入室してきた中年の男の試験官の後ろから飛び出すようにして、ひょろりとした男が、すみませんすみません！　と、相当走ったのか、割れた声であやまりながら入ってきた。ヒロシは、うわあ、と他人事ながら胃が痛くなり、その他の受験者たちは、あわれな、という気配を、肩口や首の振り方で示した。

「すみませんあの、早めに家出たんですけど、電車の急行と特急まちがえてもうてあの」

遅れてきた男は、試験官を振り返りながらそう弁明し、ぜいぜいと息を切らしながら、ヒロシの斜め前の席に座る。こいつは落ちる、と教室全体が考えている雰囲気が漂うが、当の男は、えーと、鉛筆、消しゴム、と自分でいちいち言いながら筆記用具を机の上に出している。ヒロシの緊張は、そいつのおかげでだいぶほぐれたが、どうもその男の、妙にひょろひょろした体型や特徴的な丸っこい髪型には既視感があって、今度はそのことが微かに心の底に渦巻き始めた。

最初の科目は国語で、比較的国語が得意なヒロシは時間が余ったので、男をどこで見たのか少し考えたが、やはり思い出せないので、もうこのことは考えないようにしよう、と心に決めた。いずれにせよ、騒がしく遅れてきた斜め前の男のことなどは、二時間目の数学が、本当に計算問題しか解けなかったことで吹っ飛んだ。

他の教科の出来はまずまずといったところで、理科は丸暗記していた酸化銀の化学式が出題されたし、社会は、授業でやった記憶はないがドキュメンタリーで観たことがあるウクライナ情勢についての問題が出て解答できたので、他の受験者よりは有利なはずだった。英語の長文読解は、焼きそばの作り方についての会話文で、これ焼きそば作れる奴のが有利やないか、とじりじりしながらも、なんとか解答用紙をすべて埋めた。

やりきった、と疲弊しきって席を立つと、斜め前の男は、他の受験者たちがぐったりと立ち上がってぞろぞろと出入り口に向かうのにもかまわず、ぼさっと突っ立って後ろを振り向いている。口が開いている。何かおかしなことでもあるのか、とヒロシもつられて振り向くが、銀縁眼鏡を掛けた賢そうな男が、筆記用具をペンケースにしまっているだけで、特に変わったことはなかった。

まあ、こいつは出だしからつまずいてたし、より疲れ切っていて自分で何をやっているのかもわからないのであろう、アホそうやし、受ける学校間違えたっぽい、と勝手に納得しつつ、リュックのファスナーを閉めていると、突然、ヒロシの脳裏に、夏の夕方の海際の記憶が蘇った。

「あのさあ、どっかで……」

斜め前の男が、口を開く。いや、声は知らない、声のことは知らない、とヒロシは首を振り、イメージ的には光の速さでリュックを背負って、しゃかしゃかと教室を出てゆく人ごみに紛れ込んだ。火の匂いが鼻先にちらつき、消防車のサイレンの音が頭の中で鳴る。

わかった！　という声が聞こえる。ヒロシは、校門へと向かう受験者の人ごみの隙間に肩を差し入れ、背中をかがめて、中に紛れようとする。

絶対に振り向いてはいけない。でも両方共合格したらどうするのか、いや、あいつあんなんやったし落ちるかもやけど、ていうか、おれのほうがあかんかもやけど、いやおれは受かりたいよ、あーでも怖くて学校来れんやろ、あいつが落ちたらええんやけど、そんなんおれの立場ではわからんし、うわあああ。

「自転車の人の友達やろ！」

ヒロシは、ほとんど気を失いそうになりながら、人ごみを掻き分けて校門を出る。斜め前の男は、夏にイケアの裏でヤザワに暴行した一味の見張りだった。

男に声をかけられているという状況そのものを否定しなければならないので、ヒロシは一切相手にせず、平常心を装い、すたすたと駅へと向かう。本当は、早く帰りたい！と叫び出したいぐらいだが、なんとかそれは抑えこんで、ひたすら進むことに全神経を集中させる。腕や肩を摑まれたりしたらどうしようか。人違いであると主張しよう。イケア？　はあ？　自分は行ったこともないよ。

幸い、仲間は誰一人いないようだったが、地元に帰れば暴力を厭わない奴らとつるんでいる。関わってはいけない。

「引っ越しするんであいつらとは縁が切れた！　高校から人生やり直す！」

知らん。帰れ。どうでもいい。こっち見んな。

あやまりたい、とでも言うのだろうか。でも母親によると、たちの悪い人種は、「あやまりたい」という台詞《せりふ》を、相手の領域に踏み込む糸口にしてしまうという。そこで耳を貸したら負けだ。え、あやまってもらったらええんちゃうん？　とその時は、母親が性悪だと感じたが、今は正しいような気がした。今朝もいろいろと話しかけてきたのを、全部無視した。たまにはいいことを言うのか。

さまざまな中学の制服を着た受験生の人ごみに、必死で同化を試みているうちに、ヒロシは駅へとやってくる。切符を買うところを見られたくない、と思いながら周囲を見回し、見張りの男がいないことを確認して、私鉄の終点までの乗車券を買う。

ほとんどが同じ方向へ帰ってゆく受験生たちに流されるように、ホームに出る。声はもう聞こえてこないし、見張りの姿は見当たらないので、諦めたのかもしれない。ヒロシは、受験をしてきたということも忘れてしまうような別の緊張感から解放されて、がっくりと肩を落とし、やってきた普通列車に乗り込む。二駅で乗り換えがあり、ヒロシは慎重に周囲を見回しながら、急行に乗り込む。ここからが正念場のような気がする。

連結の近くの吊り革につかまり、そうだ、そういえば今日はフジワラとピザ食べ放題に行くのだ、ということを思い出して、やや安堵する。このことはフジワラに言わねばならない。あいつは試験うまくいったのか。

「人違いやったらそれでええけど！」

耳元で、先ほどさんざん聞いた声がしたので、ヒロシは、息を呑んで連結の側の壁にぶつかる。前に座っている、見たこともない制服の女子の足を踏みそうになる。

「すまんびっくりさせた。先に電車乗ってたんわからんかったか。おれはピタパ持ってるから、券買わんでも改札入れんねん」

知らんわ。ヒロシは泣きたくなる。

「とにかく、人違いやったらそれでええけど」

「そうですよ、人違いですよ」

「そうか……」見張りは、心底がっかりしたように、吊り革を両手で摑んでずるずるとうなだれる。ものすごくやせているので、何かほとんど溶けているようにすら見える。

「まあいいけど」

ならどっか行け、とヒロシは突っ込みかけたが、下手にこれ以上関わり合いになってはいけないので、じっとしていることにする。それでどうしたらいいのか。次の駅で降りるか。

「人違いならそれでいいけど、ほな、独り言として」ヒロシは、目をつむろうとしてやめる。本当に、早く駅について欲しい。「おれ、一年の時も二年の時も友達できんくてさ、なんやろ、なんか、うるさいからかもしれんけど、最初はよくてもだんだん避けられていくっていうか。でも三年になったら、あいつらがグループに入れてくれた。そんですごい恩義を感じてて、まあ超パシリやったけど。ああいうことするっていうのは、当日になって言われた。あいつら、おれにはほんまに大事なことはいっこも言わへんねん。なんでそんなことすんの？　って訊いたら、自転車の人が、調子こいて中二の女の子にひどいことしたから、その子のためにもボコってくれって、間中っていう奴に言われたって」

ヒロシは目をつむって、吊り革を持つ腕に頭をもたせかけ、寝ているふりをする。見張りはなおも話し続ける。

「にしたってひどいけどさ！　あの人の片耳が聴こえんことは、おれらの中では誰も知らんかった。ただ、間中にとにかく耳をやれって言われたらしい」

ヒロシは、いたたまれない思いで見張りの言葉を聞く。間中の悪意に背筋が寒くなる。悪い人間はいる、だから気をつけろ、と周囲の人間に言いたくなる。今日はとにかくフジワラに言おう。

「これ以上ひどなったら、もう警察に通報して、そしたら学校も行かれへんようになりそうやから夜逃げしよう、と思ってたら、消防車が来てさ……」見張りは、当時のことをありありと思い出して怖くなったかのように声を低める。「あの後、親が離婚寸前まででいってもうたやつとか、女にふられたやつとか、兄ちゃんにしめられたやつとか、無灯火で自転車乗ってて電柱にぶつかって骨折したやつとか、なんかもういろいろあった。それで更生したとかっていうんでもないけど、なんか、元気はなくなった。今はゲームばっかりしてる……。おれは、親に立て替えてもろた自転車の弁償費用を、高校でバイトして返さなあかんし……」

ヤザワの自転車の弁償費用は、一人七万円だとか担任の森野は言っていたような気がする。それはちょっと大金だ。ヒロシがその立場なら落ち込む。高校入学と同時に借金を返さなければいけないなんて。

「高校なんかえらい遠いやんか、それでもできるいいバイトとかあると思う⁉」

見張りは、吊り革を持っていないほうの手で頭を掻きむしる。前の席の女子が、ものすごく怪訝《けげん》そうな顔をする。ヒロシは静かに首を振る。

結局、心斎橋に行くために乗り換えた地下鉄の路線まで、見張りの男はついてきて、あれこれと話していった。町村《まちむら》というそいつは、自分の苗字を、町か村かどっちやねんといつも思うのだそうだ。町村が話しかけてくる様子は一方的で、ヒロシから何かを引き出そうだとか、取り込もうという気配はなく、ただもうしゃべらずにはいられないという感じだった。暴行グループの奴らが、こいつに一切大事なことを言わなかったというのも理解できる。だからといって、悪い奴に気をつけろ、ということについてどうフジワラに説明するかひたすら考えていたヒロシは、一切町村の話には答えなかったのだが。

「出だしは最低やったけど、テストはくっそできた！」ヒロシが地下鉄の座席を立ち上がると、町村は言った。「あんたはどうかわからんけど、ほなな！」

ヒロシは、背後で地下鉄のドアが閉まる音を聞きながら、肺の中と言わず、体じゅうをめぐる血液が運んでいる酸素まですべて吐き出してしまうような勢いで溜め息をついた。

＊

公立の後期入試は、以前は卒業式の後にあって、受験生を苦しめたそうなのだが、卒業式が入試と合格発表の間にあるというのも問題だと思う。どうしてもう二、三日だけでもテストを早めてくれないのだろうと、塾やクラスの連中はやたら不満を口にしている。もはやそのぐらいしか話題がないというのもある。本当につらいのは、三月の中旬以降にまで進路決定がもつれ込んでしまい、これからさらに高校を探さないといけないような生徒で、ヒロシのクラスにはいないようだったが、学年単位では数人いるという話を聞いた。自分にはとてもではないが耐えられない。

　卒業式では、そんなことばかり考えていた。小学校の時はもう少し、あー卒業なのか、ぐらいの感慨はあったと思うのだが、中学ではずっと上の空だった。同じように、公立の結果を待っている野末も、あまり元気はなく、ソフトボール部の後輩に囲まれて、高校めんどくさい！　もう卒業したくないよ！　と自棄気味に言っていた。大土居は、いつもと変わりない様子で、増田はホールで下級生に呼び止められて、継続してホールに飾られることになっためがね橋の絵の前で何か質問を受けていた。増田と同じような、内向的な雰囲気の女子だったが、かなり熱心に増田に話しかけていた。ホールの絵は、表向きは増田作ではないので、下級生女子はいろいろと調べたのだろうと思われる。

　ヤザワは、ヒロシが想像していたほどはもてておらず、卒業式の一時間後には、ヤザワの家で昼ごはんをごちそうになっていた。ヤザワの母親が呼んでくれたもので、フジワラにもいちおう声をかけたが、悪いけど山岳部で送別会があって、とのことだった。

　ヤザワの母親が用意してくれた食事は、焼いた肉と、チーズがかかったトマトソースのパスタと、色味の多い野菜が入ったサラダで、変に自己流に工夫していない分うまかった。ヒロシの母親はなぜか、料理本通りにごはんを作る以上に自分で少し足したほうが良い、と頑なに信じていて、自ら食事を台無しにしてしまうことがよくある。

ヤザワの母親は息子を「空気が読めなくて友達がいない」と言い、ヤザワは母親を「気が強くて怖い」と言っていた。ヤザワの両親の離婚の原因は、父親が小さいカフェレストランをやって失敗したからだという。ものすごい借金をこさえたというわけではないが、離婚しないとヤザワを安心して育てられないぐらいの額ではあったらしい。父親は、今は東京で料理人として雇われて働いている。ヤザワは四月から、その父親の親戚の家から学校に通うので、今の母親の実家から出て離れて暮らすことになる。だから最後に、珍しい息子の友達と食事をしたかったのかもしれない。ヒロシは、何を話したらいいのかわからなかったが、初詣の詳細や、受験の愚痴や、第一志望の公立に受かっても遠いことなどを話した。ヤザワの母親は、でも寄り道が楽しくなるかも、と元気づけようとしてくれた。

夕食も食べさせてもらった後の帰り際に、徹也があっちに行った後も、気が向いたらまた寄ってね、と言われた。ヒロシは、ありがとうございます、と答えつつ、そういうことはないだろうなあ、と思いながら家に帰った。息子を高校に入る前に手放すのは、どんな気持ちなのか、と考える。ヤザワはたぶんこれから、短い帰省はあっても、よほどのけがをするだとか病気になるだとかしない限りは、だいぶ長いこと母親の実家には戻ってこないだろう。

寂しいだろうかな、と、ぼんやりとだが推測する。ヒロシも、これから中学に通わなくなって、ほとんど毎日顔を合わせていたヤザワやクラスの連中と会わなくなることが、どうも信じられなかった。

　それから合格発表までの数日は、ほとんどないのと同じような過ごし方をした。家で惰眠をむさぼり、起きたら手持ちの画集を眺めて、高校行ったら美術部に入ろう、ということばかり考えていた。今更ながら、もう、行けるならどこでもいいという気分になっていた。

　合格発表の日の道のりも、受験の日と同じように長く感じた。もはや参考書も単語帳も持たなくていいヒロシは、ひどく時間を持て余して、落ち着きなく携帯プレーヤーの曲を何度も変えた。十五にもなって、一曲を聴き通せないことを密かに恥ずかしく感じた。大土居が言っていた、「ボクシングやってる絵のジャケット」のＣＤは、入試の日の帰りにフジワラと行った心斎橋の輸入盤屋で見つけた。『マグノリア』のサウンドトラックよりもさらに、ヒロシにはつかみどころがないのだが、思い出したように聴くと、気持ちが高揚でも落ち込みでもない水準に戻されるので、たまに耳にする。

　正味二十分にも満たない乗車時間なのだが、あまりに長く感じたので、もし受かっていなくても、毎日これをやらなくていいんならそれも悪くない、と自分に言い聞かせながら、ヒロシは見慣れない制服の中学生たちの流れに身を任せた。すでに駅に向かって帰ってきている者もいる。ごく平然とした顔の者もいれば、あからさまに喜び合いながらやってくる女子もいる。見るからに落ち込んでいる者は意外とおらず、なら騒いでいない者がみんなそうなのかというと、とりあえず入学式は制服着るとして、何日めぐらいから私服着んの？　などと話していたりして、一目では何もわからない。

自分はどんな顔をして帰るんだろうか、と一歩一歩を長く感じながら校門に入り、校舎の側面に直接くっつけられている、大きな合格発表の貼り出しの前へと急いだ。手足がびっくりするぐらい冷えている。背伸びをして、前を塞《ふさ》いでいる学生服の男たちの肩の間から顔を出し、校舎を見上げる。番号があった。腰が抜けるかと思った。

喜び合う相手がいないヒロシは、しばらくそこに突っ立った後、ほかの受験者の邪魔にならないように、静かに回れ右をして、少し震えながら校門を出た。短い決定のひときだった。体の中で長い間血の巡りを悪くしていた大きな石みたいなものが、一瞬で砕け散って流れていったような気がした。体も頭も軽くなり、このまま道路に飛び出して交通事故に遭うんじゃないかと思った。

ヒロシを追い抜いていく知らない学校の女子が、何か案じるように横顔を覗き込んでいく。人に心配をかけるような顔をしているのだろうかと思う。違うんだ。受かったんだ。

昨夜はほとんど眠れなかったので、早く家帰って寝たい、とだけ考えながら、駅へ向かっていると、おーい、おーい、という割れた声がした。またか、またあいつか、とげんなりしながら、奴の声がいつもひび割れたようになっているのは、たぶんものすごくよくしゃべるので常に声が嗄《か》れているからなのだ、ということに気が付く。本当にどうでもいいのだが、そんなことにまで気が回るぐらい、頭が冴えている。

「ちょ、待て、おまえ、どうやった？」町村というそいつは、ヒロシの真後ろで息を切らしながら、階段を上ってくる。「おれは受かってた！」

何も言うまい。和《なご》むまい。気を許すまい。

「クラブの勧誘受けた？　おれ映画撮りたい！」

知らない。ヒロシの背が低いので、在校生も見逃してしまったのだろう。何も答えないでいると、町村は諦めたのか、話しかけてくるのはやめてヒロシの横で路線図を見上げる。黙ってしまったわけではなくて、何かぶつぶつ呟きながら、頭を左右に振っている。こいつは、中学の人脈もやばかったが、こいつ自身も何かおかしなものを持っているのかもしれない。

ああ受かったのに！　とヒロシはわめきたくなる。ヤザワを暴行した他校のグループの見張りと、受験先で出会ってしまったことについては、担任の森野とフジワラに相談したが、とりあえず二人共が、相手にすんな、連絡先教えんな、と言っていた。森野は、見張りの生徒なら、確かにグループの中枢にいたわけではないので、そんなに害はないだろうと向こうの中学の先生に聞いているけれども、慣れないところに呼び出されるとか、しつこく話を聞き出そうとしてくるだとかがあったら、私に教えるように、と言っていた。今のところはどちらもないのだが、時間の問題のようにも思える。

ホームで電車を待っていると、わかった！　と町村が突然声を上げた。

「おまえ、受かってたんちゃうん！　おれの六人後の受験番号やろ、見た！」

ヒロシは首を振りながら電車に乗り込み、吊り革を持つ。よかったな！　と町村はヒロシの真横の吊り革を摑もうとしてバランスを崩し、前の席に座っているおばさんの膝に手を突きそうになり、すみません！　と妙にスムーズにあやまる。ドジが原因であやまり慣れているようだ。

「おまえおたくっぽいけど、『アイアン・スカイ』っていう映画観た？　微妙やった！」

人をいきなりおたくと決めつけた上に、微妙な評価をしている映画の話をもちかけるって、とヒロシは注意したくなるが、我慢する。微妙だが、ヒロインの女優はきれいだった、というような話を皮切りに、町村は、映画についてだらだらと話し始めた。曰く、スパイダーマンはアメイジングが付く前のシリーズも『ファインディング・ニモ』みたいに3D上映したらええのに、とか、『アーティスト』は三回観たらいいと思えた、とか、『パシフィック・リム』がやっぱりどうしても神、とか『アベンジャーズ』シリーズにはプロットが存在しない、とのことで、おたくはおまえなんちゃうんか、とヒロシは指摘したくてうずうずした。

町村は、ヒロシのことは「おまえ」と呼ばわるだけで、名前も訊いてこないため、ヒロシは、もしかしたら名前を知られているかも、と危惧したのだが、唐突に、名字、「ゆ」なんとかちゃうん⁉　と訊かれたので、ヒロシは、そうそう、と答えた。自分が「ま」ではじまるので、六人後なら「ゆ」だろうという、ものすごく浅はかな予測をしたようだった。どうやら、学校での名前の順と、受験番号の順番を混同しているみたいだ。こいつあほや、とヒロシは改めて思った。町村は、それ以上は何も訊いてこず、映画の話に戻ったり、合格が判明した後、さっそく学食を覗きに行ったりした話などをした。カレーうどんが二〇〇円やで！　と言う。そりゃ安いのだが。

町村は、そのままの勢いで、ＪＲへの乗り換えをしながらもしゃべり続けた。母親の話を聞き流し慣れているヒロシは、逃亡したくなるほどでもなかったのだが、自宅方面への電車と反対方向の電車のホームが同じだったので、発作的に、反対方面への電車に乗ってしまった。あれおまえそっちなん⁉　と、町村が、閉まるドアの向こうで言っていた。

大阪駅で降りて、ヒロシは特に行くあてもないまま、とりあえずヨドバシカメラに入り、パソコンの展示品を少し見た後、地上に出て吉野家で昼ごはんを食べた。その後、また地下に潜ってルクアがある方に出たのだが、なんだかいろいろありすぎてよくわからなくなりＪＲに乗ってすぐに帰った。大阪駅の界隈には、四十分ぐらいしかいなかったので、ヒロシは、自分にはぶらぶらを楽しむ才能はあまりないのだろうか、と少し悩んだ。

地元の駅まで戻り、改札に向かって歩いていると、ランドセルを背負った女の子と、初老の夫婦らしき男女と、ヒロシと同い年ぐらいの女の家族とすれ違った。あ、山田、という声には聞き覚えがあった。大土居だった。

「もう行くんや」

大土居が母親の元を離れて、公立の合格発表の日に大阪を出るとは聞いていたが、改めて何か早すぎるような気がする。

「だってあと二十日もないやん、入学式まで」

大土居にそう言われるとすぐにもっともなように思えて、ヒロシは、そっか、と同意し、まあ、そっか、と咀嚼するように首を傾げる。大土居は、祖父母と思われる夫婦やかえでを振り向いて、ちょっとだけやから、先にホームに行っといて、と声をかける。夫婦はうなずいて、ヒロシの顔を見ようとするかえでの肩を軽く押し、その場から立ち去る。二人共、身なりは普通の老人よりぴしっとしている。大土居の祖父は、少し厳しそうに見えた。

「じいちゃんとばあちゃん」肩越しに指を差す大土居に、ヒロシは、知ってる、と答えそうになり、でもそう言うには姿すら見たことがなかったな、と思い出して、ただうなずく。「母親のほうの。父方の親戚も、来てくれていいよって言ってくれて、ありがたいねんけど。そっちは愛媛で。みかん送ったるわって」

大土居にしてはとりとめのないことを言う、とヒロシは思う。一時間ほど前までヒロシと一緒にいた町村の影響だろうか。というか大土居と町村は知り合いでもなんでもない。

少し間を置いて、公立受かったん？　と訊かれ、ヒロシは何度か軽くうなずく。大土居は、そりゃ良かった、と笑う。そしてまた言葉に詰まる。

何を話したらいいかわからなかった。話したいことも別にないのだ。でも何か言わなきゃと思った。ぼうっと立っているだけで引き止めておいていいほど、相手は時間のある人間ではない。なにか言わないといけない。向こうでも頑張れ、とか、おれにもみかんをくれ、とか。向かい合って立っていると、大土居が少し小さくなったように見えたので、それがどういうことか訊きたいような気が少ししたが、十五歳の女の背が縮むとも思えないので、ヒロシはやはり黙っていた。

「引っ越しはけっこうしたけど、毎回友達と離れるのが辛いと思うわ。まあ、離れても友達は友達やねんけど、周りに馴染まなあかんしさ」ヒロシは、大土居の話にただうなずく。声を聞いているだけだった。何を言っているのかは二の次だった。「高専か、なんやろ、そっから大学行くんやったら、そっちのほうでも、山田に似てる人がおったらいいと思う」

右回りか左回りか、どちらかの電車が発車し、ホームに風が吹き込んでくる。頬と鼻が異様に冷たい。合格はしたものの春はまだ遠い。硝子《ガラス》のように冷たい手が伸びてきて、ヒロシの頬を軽く払う。

「髪の毛が」大土居は言う。「かゆくなる」

顔を上げると、大土居が手を上げて踵《きびす》を返した。ヒロシは口を開けて、さまざまに浮かんでは消える言葉の中で、いちばん短いものを拾い上げて言った。

「また」

大土居が、振り返って手を振った。ヒロシも手を上げて、軽く下手くそに振った。男は女ほど、別れの時に手を振らない。そして唐突に、大土居が縮んだのではなく、自分の背が伸びたのだという当たり前のことを悟った。毎日自分よりでかくて同じように成長しているヤザワといるから、わからなかったのだが。

回れ右をして、改札を出る。また電車が発車するアナウンスが聞こえてきて、風が吹きつける。ヒロシはのろのろと自転車置き場へと向かい、チェーンを外す。ペダルを踏む足になかなか力が入らないので、結局自転車を押して家路につく。今日はいろいろあったから、と思う。遠くの高校に、合格しているかしていないかだけを確認しに行って、なぜか大阪駅で下車して、地元の駅で大土居を見送った。合格した、と、フジワラやヤザワや母親にメッセージを送らなければいけない。学校に寄ってもいいし、授業が始まるにはまだ早いから、塾に報告に行ってもいい。

　今日これから会うかもしれない人や、近いうちに会う人物、連絡を取るべき友人のことを考えながらも、ヒロシはぼんやりと、自分が窓の破れた建物のように感じていた。そこから何かが出ていって、冷たい外気が吹き込んでいる。

　区役所のあたりまで歩くと、いいかげん自転車に乗りたいという気分になってきて、調子が少し戻ってくるのを感じた。ミスタードーナツの店先を眺めながら、買って帰ろうかと中を覗くと、野末と増田と、ほかソフトボール部員と思しき女子たちが、何か盛んに話し合っているのが見えた。彼女たちは、ヒロシの前に大土居を見送ったのだろう。野末は制服を着ていたので、ヒロシと同じように合格発表の帰りと思われる。落ち込んではいない様子だったので、合格したのかもしれない。でも親友が行ってしまって、それも祝い切れない気分かもしれない。

　話しかけようかと思ったが、それでどうなるということもなさそうなので、とりあえず近場の塾に寄って、そこから学校に報告に行こうと思った。やはり、会うべき人も話すべき人も、自分はたくさん持っている、と思う。それでもヒロシは、自分の心の一部がなくなってしまったような気がした。

　自分が世界地図なら、どのぐらいの大きさの島が消えたのだろうと思いながら、サドルに乗ってペダルを踏む。きっとオーストラリアぐらいだ。それが大きいのか小さいのかはわからないし、話して参考になることを言ってくれるような相手もいない。

でもべつに誰かに言いたいとも思わなかった。ただ、ずっと自分はその空白を持ち続けるだろう、とヒロシは確信しながら、少しペダルを踏む力を強くした。

*

ヤザワが大阪を出る前日は、イケアに日用品を買いに行きたいというのでそれについていくことにした。待ち合わせ場所である交差点に行くと、買い物にも行かないといけないのだが、その前に少し見に行きたいところがある、と言われ、区の南西にある大きな鉄鋼メーカーの工場のあたりへと連れていかれた。

母親が実家に出戻った小学生の時からずっと同じ所に住んでいるヒロシからしたら、そこにその巨大な工場があることはべつに珍しくもない事実だったが、中学校から転校してきたヤザワからしたら、今もそれは特別なことのようで、引っ越す前によく見ておきたいのだそうだ。

見に行くのはべつに悪くないけど、忙しいしいつでも行けるし、という心持ちでしかなかったヒロシだが、運河に架かる橋のたもとから、八階建てのマンションぐらいの高さの円筒形のタンクのようなものと、それと同じぐらいの大きさで、つがいのように並んでいるタンクの骨組み自体のような、やはり円筒形の金属のオブジェが見えてくると、おおっという声をひとりでに上げていた。オブジェは進行方向に向かって三つ並んでいて、姉妹のようにも見える。ヤザワとヒロシは、特に申し合わせもなく、橋の上で自転車を降りて、それぞれにいい位置を探しながら、円筒形一族の写真を撮ったり、用途を想像したり、骨組みの中でスパイダーマンとヴェノムを戦わせてみたりした。

それからは、一町分もありそうなあのパイプの密集とありえない長さがいい、とか、なんで道路の上に建物同士をつなぐ橋を見かけるとなんか興奮するのか、といったことを、言葉少なに語り合いながら自転車を押し、あらゆるものが大きくて長くて古い工場の外観を眺めて回った。何度かヤザワから自転車ロードレースのディスクを借りて観たが、確かに、どう考えてもこんなところは走らなそうなので、しっかり見納めをしたいのは少しわかるような気がした。

かなりの長い間、両脇に工場が建っている道路を行ったり来たりしたのち、埋立地を横切って運河を渡り、イケアに行った。意外にも、ヤザワは一回しか来たことがないとのことで、入り口がでかい、などと言いながらうれしそうだった。

昼ごはんがまだだったが、先に買い物に回ることにした。ヤザワは、日用品を買わなければいけないと言いながらも、全然関係のないクリムトの絵のパネルとか、観葉植物とか、オリジナルのプリント布などにばかりひきつけられて、一向に生活に必要そうなものを買おうとしなかったので、ヒロシがそのことを指摘すると、よく考えたら、向こうで買うべきものとこっちで買うべきものの区別がつかない、とのことだった。言われてみれば確かにそうだ。ヒロシもよくわからない。なのでとりあえず、行ってすぐに必要そうなものを買ったらどうか、と提案すると、ヤザワは少し考えて、枕カバーのコーナーに行った。

何を買うべきかを見分けられたのは、食品の売り場でだけだった。ジンジャークッキーのでかい缶にフラフラと吸い寄せられるヤザワに、ヒロシは、どう考えても大阪で食い切れんやろ、待て待て、と引き止め、電車の中のおやつにしたら、とヤザワのカゴに勝手にプレッツェルの袋を投げ入れた。

結局、ヤザワが買ったのは、枕カバーとシーツ、スプーン、箸、フォークといった小さな食器にとどまり、自分たちはまだ生活するってことがいまいちわかってないな、ということを実感しただけだった。

その後は、二階のレストランに行き、海が見える窓際の席で食事をしながら、ヤザワが撮った写真を見せてもらった。少しずつ変化していく風景の画像を眺めながら、ヒロシは、あの運河の橋への坂を登っているうちに、タンクのようなものと骨組みが不意に見えてくるのがいい、と改めて思う。タンクと骨組みの間に立てられている、黄色地に青い文字の社名の看板がいるのかいらないのかについては、少し議論になったが、ないならないで外国の風景のようになって絵になるし、あったらあったで、これが日本でしかも家の近くなのかよと気分がざわつくのでいい、という結論に達した。

話の途中で、ふと海の側をよく見てみると、ヤザワが他校の生徒に暴行された空き地が見えて、ヒロシは少し苦い気持ちになる。ヤザワは、ぼんやりと頰杖をついてそちらを見下ろしながら、何を引き上げてるのか、とゆっくりと言う。覗き込むと、空き地には何台か、大小の重機が入っていて、海面にクレーンを下ろしている。

「ごみちゃう？　不法投棄が問題になってるって聞いたことある」

そうか。

ヤザワはうなずいて、再び自分のデジカメの中のデータを眺める。自分の撮った写真も工場の界隈も、ものすごく気に入ったようだ。

「受かった高校にさ、おまえをぼこった連中の見張りのやつ、合格してやがった」最後のミートボールを口に放り込んだ後、一応はっきりさせておかなければいけないような気がしたので、ヒロシは話し始める。「まあ、通報しようとも思ってたらしいんやけど」

ああ、とヤザワは、コーヒーに砂糖を入れながら、事もなげにうなずく。

中学にあやまりに来たんで、会ったよ。

「がりっがりの、めっさうるさい」

そうそう。

ヤザワは少し笑いながら、紙コップに口をつける。

十月になっても来てた。そいつだけ。

「そうか」

ヒロシは、何か少し安心するものを感じながら、近くのサーバーにコーラをお代わりに行き、その話はそこで終わった。だんだんドリンクバーにも飽きてきたので、ヒロシとヤザワは、それを最後の一杯にして、イケアを出た。

自転車のチェーンロックを外すと、ヤザワは何も言わずに、建物の裏手の海側へと走っていったので、ヒロシもそれについていくことにした。少し陽が傾き始めていた。光を遮るものがない海の上で、太陽が、ほとんど目を開けていられないほど黄色く輝いていた。ヒロシは微かにくらくらしながら、金網の扉が開いている空き地へと、吸い込まれるように入ってゆくヤザワの後ろに続く。

海からの引き上げ作業をしている人々の少し手前で、ヤザワは自転車を降りた。クレーンが何か、三角形のような平行四辺形のようなものと、円が重なった形の、心もとないながらしなやかな佇まいの投棄物を、ゆっくりと海から引き上げているところだった。自転車だった。

また少し陽が沈み、眩しさを増した。ヒロシは片目を手で覆いながら、一度は海に捨てられたヤザワの自転車が、空中をのぼってゆくさまをじっと眺めていた。走っている途中に時間を止められたトムソンガゼルのようだと思った。

海風は油のにおいがした。波間で砕けた大量の光が網膜に吹き付け、ヒロシの喉を塞ぐようだった。

＊

四月の外気はまだ寒く、駅までの道のりは、相変わらず遠かった。バスを使えばいいのだが、ただでさえ電車で煩雑な乗り換えをするのに、もう一つ交通機関を増やすことは苦痛に思えたので、ヒロシは駅までの足に自転車を使うことを選択した。

電車はばかみたいに混んでいた。ぼうっと突っ立っていたら、そのまま向かいのドアに押し付けられて潰れそうな様相だったので、ヒロシは死にものぐるいで吊り革を探して握り締め、吐き出すような勢いで排出される乗客と共に降車し、私鉄の乗り換えに向かった。毎日こんななのか、と思うと、本当に憂鬱で、帰り道で途中下車してさんざん遊んでやろう、ということに希望を託すしかなかった。

高校の最寄り駅に向かう私鉄は、ＪＲほどではなかったが、やはり混んでいて、人ってなんで一律朝の八時とか九時から活動を始めるんだよ、もっと時間をずらせよ、と改めて疑問に思う。

でも本当に気にかかっていたのは、制服を着ている自分と同い年ぐらいの人間のことだった。隣で吊り革を持っていた坊主の男は、ヒロシよりずっと体格が良くて、同じ学年かどうか図りかねたが、後ろでずっとしゃべっている女の三人組は、話の内容からしてこれから入学式で、ヒロシは、話し声のわずらわしさと、同じ中学からつるんでやってきたということに対するうらやましさと、なんだったら同じクラスになるかもしれないから話しかけて欲しい、という度を越した不安で、わけがわからなくなった。

急行から普通に乗り換え、高校がある駅で下車したのは、ほとんどが制服を着た同年代の人間だった。ヒロシは、同じ電車から降りた彼らが、誰も、自分と同じ中学の生徒ではない、ということを改めて不思議に思いながら、線路沿いの細い道を進む生徒たちの流れに加わる。中学で関わった連中も、だいたい今日が入学式なのだろうかと思う。ヒロシは、中学とは別の制服を着た友人たちのことを思い浮かべようとして、しかしすぐにやめた。

ヒロシは深く息を吸って、ゆっくりと口から吐き出す。今の自分にはそのぐらいしか、確信をもってできることはなかったから。けれど、すべてがリセットされたわけでもないと思う。ヤザワの自転車が海に落とされたように、出会った連中は好き勝手に、ヒロシの中にいろんな物を投げ込んで離れていった。ヒロシ自身も、彼らにそうした。

入学式に向かう生徒たちを、電車が追い抜かしていく。ヒロシはその音の隙で、柄にもなく背筋を伸ばしてみる。中学の時は、受験のために拘束されていた時間が長かったので、高校ではさんざん好きなことをしようと思う。絵も描く。バイトもする。空は快晴というわけではないが、そこそこ晴れているようだった。

たぶんまた誰かが自分を見つけて、自分も誰かを見つける。すべては漂っている。

解説

石川忠司

本書『エヴリシング・フロウズ』で津村記久子が描こうとするのは中学三年生の日常の「すべて」、すなわち未熟な時期をかたちづくっているあやふやな要素の「総体」だ。

主人公のヒロシは地味な少年でかつて絵画を描くことに夢中だったが、中学二年のとき一種の挫折を経験し、現在では以前のような熱意は薄れている。未練を残しつつも、今ひとつ本気になれていない。――こんなふうに主人公を設定した場合、ヒロシが挫折を克服してめでたく絵画への情熱をふたたび取り戻す、みたいな展開になるのが普通だろう。それがいわゆる「青春小説」の定石なのだから。また、ヒロシはクラスメイトの野末に好意を持っている。ところが、読者の興味を惹きがちなこうしたエピソードにもメインスポットは当てられず、二人がどうなるかの顛末も丁寧に追いかけられることはない。

要するにヒロシ、ヤザワ、フジワラといった男子たち、および野末、大土居、増田といった女子たちの日常を描くにあたって、津村は彼ら／彼女らの抱えている事情や問題に一切のヒエラルキーを設けていないのだ。ここでは特定の「文学」的なテーマに沿って作品全体がまとめられ物語化されるはずもなく、中学三年生の日常を構成する要素が平等にあつかわれている。例えば、自己実現と友人とのどうでもいい馬鹿話は等価である。人間的な成長と「野末がブラウスの下に着ているTシャツのバックプリントを確認しよう」とする情けない行為も等価である。恋愛とお節介な母親への苛立ちも等価なのである。

本書の物語的なクライマックスを強いて挙げるとすれば、それは恐らくラスト近くでのヒロシと大土居の別れのシーンだろう。大土居の小学生の妹は義父から性的いたずらを受けており、そうした事情を知ったヒロシも彼なりに何とか大土居姉妹の力になろうと努力を重ねて、結局大土居は中学卒業後、九州の高専へと進み、妹と一緒に同地の祖父母と住むことで騒動はいったん落着する。そして大土居の引っ越し直前、地元の駅で偶然彼女と出会ったときのヒロシの心理はこう描かれるのだ。「何を話したらいいかわからなかった。話したいことも別にないのだ。でも何か言わなきゃと思った。ぼうっと立っているだけで引き止めておいていいほど、相手は時間のある人間ではない。なにか言わないといけない。向こうでも頑張れ、とか、おれにもみかんをくれ、とか」。

「おれにもみかんをくれ」がたまらなくいい。これは大土居の父方の親戚は愛媛にいるからなのだが、注目すべきは大土居とヒロシのエピソード自体切なくて相当の力を持つのに、作品全体をこの感動的なラインに収斂させていないのみならず、当のエピソードをシリアス一色・深刻さ一色で染め上げてもいないことである。津村がシリアスなシーンを描くとき、それは必ずどこか阿呆らしさへと転落していくかも知れない契機をはらむ。しかし、リアルな現実とは大体そういうものなのではないか。そもそも恋愛や自己実現などのトピックが人生の特権的な中心を成すと考えるのは頭がどうかしている証拠だし、どんなにシリアスな経験だってその周辺は常に笑いや阿呆らしさのたぐいによって取り囲まれているのではないか。経験を多方向へと開かれた「明るいもの」としてあつかうのは津村記久子という書き手の重要な特色だ。

さらに津村の作品の場合、経験をヒエラルキー化しない描き方がたんに創作上の手法にとどまらず、倫理の領域にまで力強く引っ張り上げられているのを読者は見るだろう。ヒロシはヤザワと友達づきあいしているが、実は相手が本当のところ何を考えていて何を望んでいるのかあまり分かっていない。たまに進路とか好きな人とかの話はすれども、普段は他愛のないやりとりに終始している。そしてヤザワに限らず野末や大土居とも、ヒロシの接し方は基本的にそんな感じだ。ヒロシは薄情なのか？　ひとと距離を取りすぎなのか？　いや、むしろきわめて真っ当な人間というべきである。

人間同士のかかわりを考えるとき、音楽や絵画などを語りあっている段階はまだ表面的で、もっと互いの中に踏み込んでこそ本物のつきあいだとかいう驚くべき「文学」的な錯覚が世間には存在する。つまり人間同士の会話も暗黙の内にしっかりとヒエラルキー化されており、そうしたヒエラルキーの最高位に位置するのが内面の奥底に触れることば、相手の本質と誠実に向かい合ったことばなのである。しかし外界内面を問わず、またシリアスだったり下らなかったりも問わず、さまざまな方向へと関心が拡散していって、まさにそんな拡散の中で現実のかたちを保っている人間を、勝手に内面とか本質とかに還元し、しかもその本質にやはり勝手に名前をつけ、出来合いのラベルを貼って分かった気になる行為こそ失礼千万なのではないか。

ヒロシは、というか本書の登場人物のほとんどは、こうした人間づきあいのヒエラルキー化をほとんど無意識のうちに退けている。だからこそ、ヒロシは大土居の事情を知りつつも、クラスのグループで文化祭の準備をしているとき、大土居に対して以下のように接するのだ。

「なんかあかんかったら言えよ」

「言う」

なんかってなんやねんボケ、と自分に対して思うけれども、そうとしか言えないのも事実だった。その「なんか」を言い当てるような人間にも、自分はなりたくないと、ヒロシは漠然と願った。

このシーンだけではなく、本書を通してずっとヒロシは何かを一方向に沿って決めつけるようには思考しない。例えば野末について。「野末は、なんの話をしていても声がでかいし、早口だし、笑うときは手を叩く。ひどい時は膝を叩く。あいつは一般的な女子ではないのか、とヒロシは、肯定でも否定でもなく思う」。例えば大土居に義父と間違えられてバットで殴られそうになった事件について。「真剣に何とかしたいのなら、やはり学校か警察に届け出るべきなのだが、そうはしなかった。正直なところ、ヒロシはただ、問題を頭の中で放し飼いにしていたいのだった」。ちなみにこう思っているとき、ヒロシは大土居が義父と自分を間違えて襲った事実をまだ分かっていない。

人間でも事件でも何でもいいのだが、ある対象にかんして一方向的な判断をしないとはすなわち明確な「意見を持たない」ことにほかならないだろう。大体、世間ではひとびとに意見を持たそうとする圧力が少し強すぎやしないか。誰もが政治について、社会について、歴史について何がしかの意見を持ち、自らの立場をしっかりと伝えられるのが素晴らしいとされている。本当に大きなお世話であって、断言しておくが、人間にとってほとんどのことはどうでもよく、普段はまるで何も考えておらず、ふと心が動いたとしても大抵は「肯定でも否定でもない」あやふやさが脳裡を一瞬去来するだけだろう。

なのにどこを見ても正しい意見だらけで世間は窒息しかかっている。そんな中、ヒロシの「優柔不断」な態度は天晴れかつ非常に風通しがよいのだが、しかし、彼は実はやるときはやる人間なのだ。

近代文学が創設されて以来、小説の歴史とは心理描写の重きが増していくことで、古代的・フォークロア的な行動の痛快さが失われるプロセスであった。近代小説では登場人物はうだうだ悩み、始終考えてばかりいてなかなか決定的な行動へと移れない。そう考えると本書に見られるヒロシの行動力はやはり称賛に値しよう。ヤザワが女子を妊娠させたとの噂を信じ込んだ不良連中がイケアの裏手でヤザワをリンチにかけているとき、ヒロシはためらいなくノートに火をつけボヤを起こして消防車を呼び、そのどさくさに紛れてヤザワを救出するのだし、あるいは大土居の家で文化祭の後片付けをした帰り、いやな予感がしたので口実を見つけて引き返し、家の中で親子が揉めている気配を感じ取ると、咄嗟に大声をあげて大土居の両親が顔を見せずにはいられない状況をつくりもするのだ。

なぜヒロシはこんなにも大胆になれるのか。多分、意見を持っていないからだろう。津村は「人間は考えを一方向に定めてから、つまり意見を持ってからのちに、その意見にしたがって行動する」という迷信とは無縁である。近代文学の登場人物は――現実の近現代人も――この迷信にとらわれていて、自分の中でまず意見を定めるよう努力し、そしてそれはそれでひとつの立派で完結した営みなのだから、意見を形成しただけですでに何かやった気分になってしまい、最終的に行動へは踏み出せない。実のところ意見と行動とは質的に完全に別物であり、意見を前提に倫理的な行動が帰結するはずもないのだ。

意見は所詮意見、たんなることばである。倫理はいつも意見や思想や意志などとはまるで無関係に、しかも誰もが予想し得えなかった異様なかたちで、ある日あるところに突然到来する。あと問題はそれに応えるか応えないかだけだろう。好きな女子に告白もできず、自分の進路さえ強い意志で決定できず、日常を誠実に漂っている「優柔不断」な人間だからこそ、かえって倫理的要請に応えられるさまを津村は見事に描き切った。

心理的な「優柔不断」さと痛快な行動とのあいだで引き裂かれている文学的状況は今でも続いている。前者を優先させると辛気くさい「純文学」になり、後者を優先させると馬鹿丸出しの「エンターテイメント」になる。持ち前のセンスとある種倫理的な緊張感によって、津村は右の図式をあっさりと乗り越えてみせたのだ。まったく大した書き手だといっていい。

（文芸評論家・東北芸術工科大学芸術学部文芸学科教授）

初出誌　「別冊文藝春秋」
二〇一二年五月号〜二〇一三年一月号
単行本　文藝春秋刊　二〇一四年八月
DTP制作　萩原印刷

文春文庫

エヴリシング・フロウズ

定価はカバーに
表示してあります

2017年5月10日　第1刷

著　者　津村記久子《つむらきくこ》
発行者　飯窪成幸
発行所　株式会社 文藝春秋

東京都千代田区紀尾井町 3-23　〒102-8008
TEL　03・3265・1211
文藝春秋ホームページ　http://www.bunshun.co.jp
落丁、乱丁本は、お手数ですが小社製作部宛お送り下さい。送料小社負担でお取替致します。

印刷・大日本印刷　製本・加藤製本
Printed in Japan
ISBN978-4-16-790848-5